名古屋市蓬左文庫　原本所蔵・監修

尾州家
河内本

源氏物語

第二巻

紅葉賀・花宴・葵・賢木
花散里・須磨・明石

八木書店

目次

第四冊　紅葉賀・花宴・葵

朱雀院乃行幸ハ神な月のとをかあまり
なりよのつねならすおもしろかるへきたひなれ
はいまれの事なれは御方〳〵物見給はぬ
ことをくちをしかり給うへもふちつほの
みたまはさらむ事をあかすおほさるれは
試楽
しかくを御前にてせさせ給源氏の中将ハ
せいかいはをまひ給けるかたてにはおほ
殿のとうの中将ハかたちようゐ人にはことなる
をたちならひてハなを花のかたはらのみやま
木なりいりかたの日かけさやかにさしたるにかくのこゑ
まさりもののおもしろきほとにおなしまひの

あしふみおもちよにみえぬさまなりゑいなと（詠）
したまへるはこれや仏の御かれうひん（迦陵頻伽）
かのこゑならんときこゆおもしろくあはれな
るにみかとなみたの（を）こひ給ひかんたちめみこ
たちもみななき給ひぬゑいはてゝそてうち
なをし給へるにまちとりたるかくのにき
はゝしきにかほの色あひまさりてつねよ
りもひかるとみえ給ふ東宮の女御かくめ
てたきにつけてもたゝならすおほしてかみ
なとそらにめてつへきかたちかな
うたてゆゝしとのたまふをわかき女房なとは

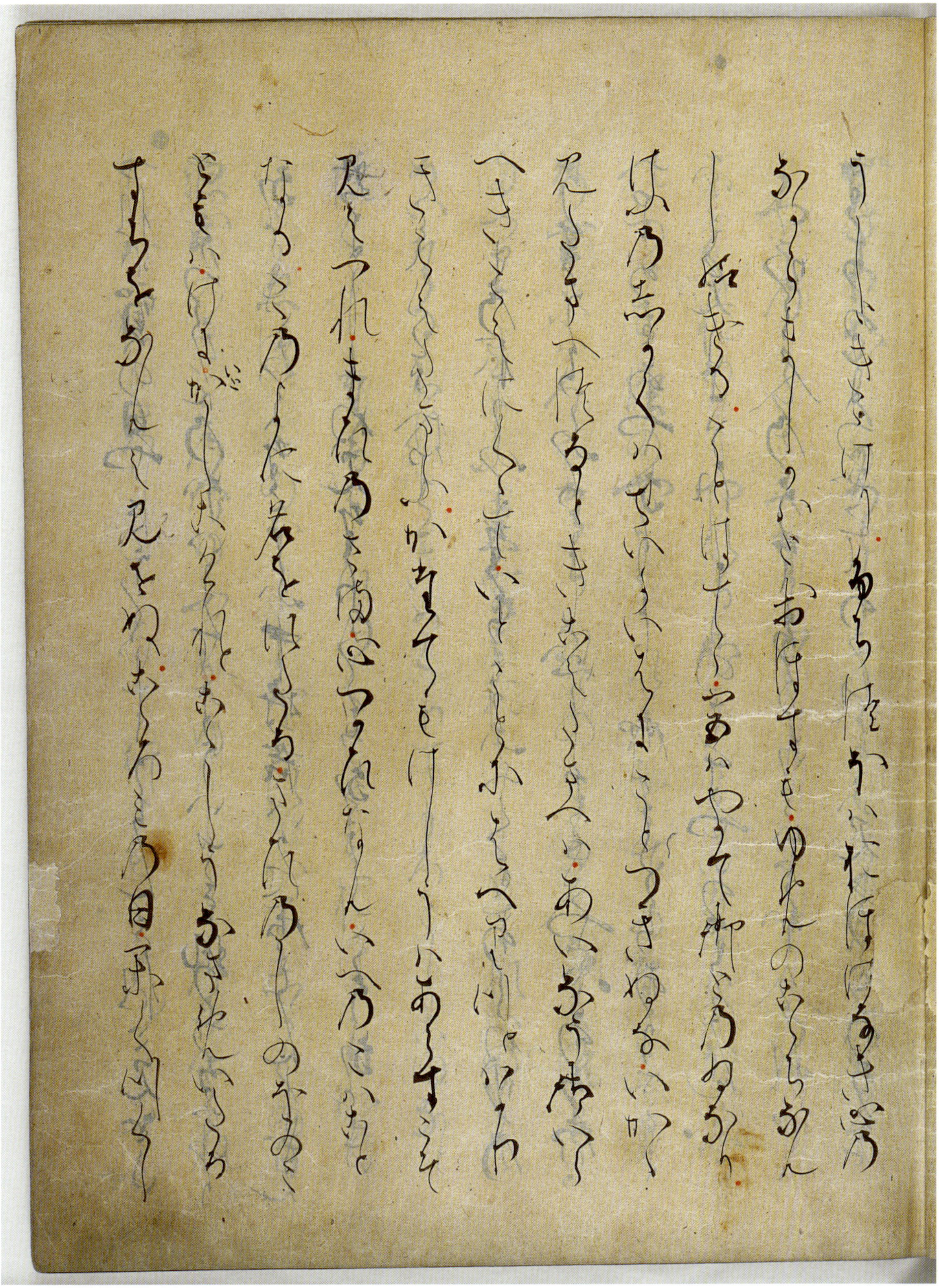

つれいの賀の日やさうくしからんとこれは見なさる
てまつらんの御かはりにていやさき御つかうまつり
おときゝなくさまふ中将君いのたからんしきん
せうしわたりなひもなしたるからしこうあとき
こしらへや
ゆうさりのまへつかひなりあつかひへくえあつかひ給ひ
うそうちふかやし心しやうきやさあらぬ給へ
へやめきあやなかりし御こゝろありさま
小さき見しとされしのきすやあやしかりん
かく人のうちすゑてあらはさからんゆく
またちめつきこしあはれとは見そなはすあらまほしと

かきりなくめつらしきさまにけにいとなくて
やうのかたさへたとゝしからす人のみかと
まてにおもほしやれる御きさきことはかねても
れてち経のやうにひろけてみゐたまへり
行幸にはみこたちなとのこる人なくつかう
まつりたまへり東宮もおはしますれいのかく
めいたるふねこきめくりてもろこしこまと
尽くしたるまひともくさ〳〵おほかりかく
のこゑつゝみのおとよをひゝかすひとひの日
源氏のきみの御ゆふかけゆゝしうおほされ
しかいなもありてみす行ところ〳〵にせさせ

きく人もことはりとあはれかりきこゆるに
春宮の女御はあなかちなりとにくみきこえ給ふ
かいしろ（垣代）なとは殿上人も地下も心ことなりと
よの人に思はれたるいうそくのかきりとゝのへ
させ給へりりんたい（輪臺）はさいしやうのことさゑもんの
これうんちちおんしちすくちとかつき
やてかきほくしてこのへ給まれのし
いかゝまなてかゝめとかつゝこもり
ゐてなむ（なん）ならひけるこたかきもみちのかけ
四十人のかいしろいひしらすふきたて
たるものゝねともにあひたる松風

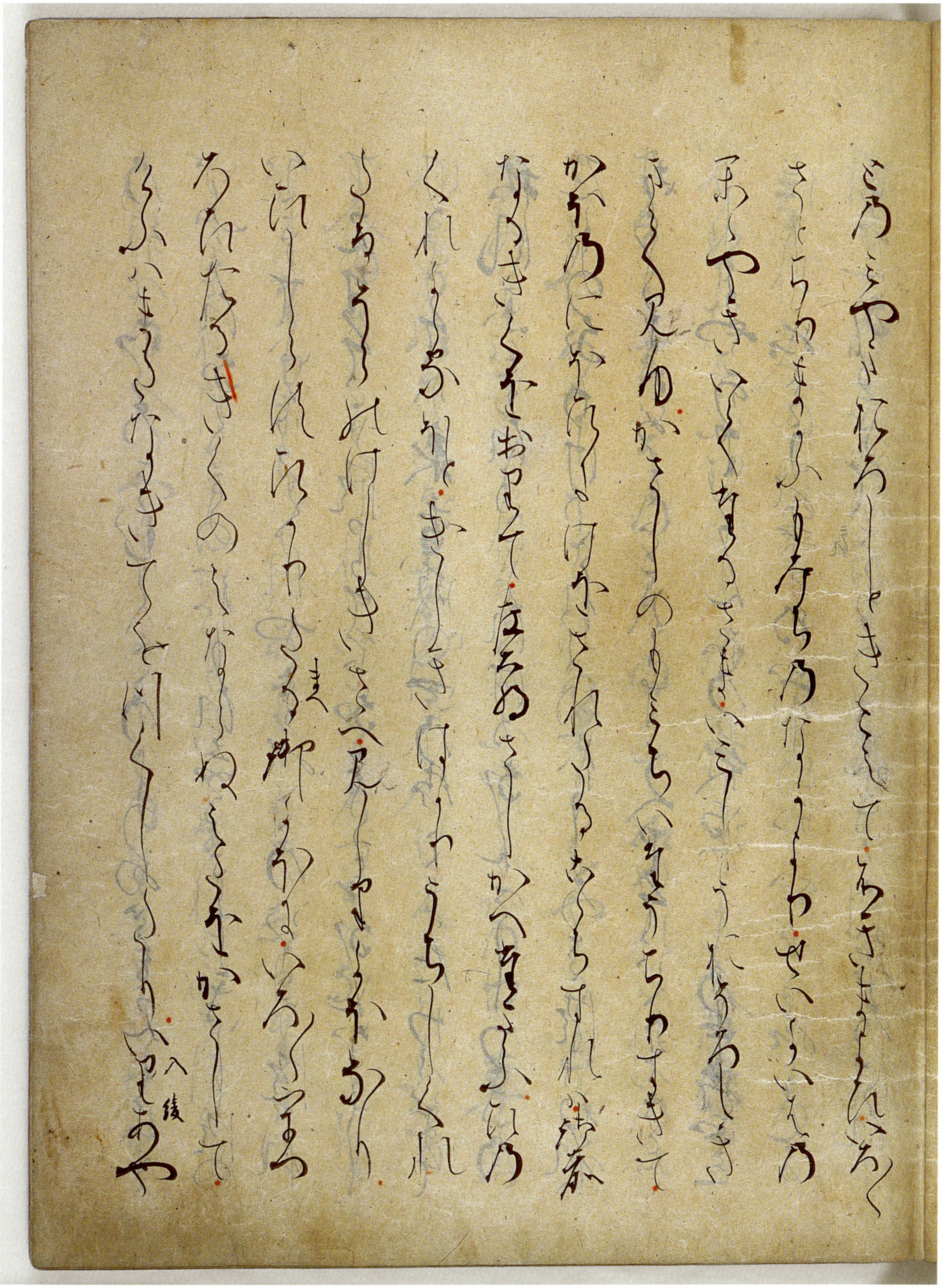

のほとそゝろさむくこのよのことゝも見えす
いふかひなきしもの木のもといはかくれ
かきていふかくれやまの木のはにうつもれたる
て見たてまつりてすこしものゝ心しるはなみたおとし
けりさては承香殿の女御の四のみこまたわらはにて
秋風楽まひ給へるなむさしつきのみものなり
ける見ものなりけるこれらにおもしろさのつきにけれは
ことゝもにめもうつらすかへりてはことさましにや
ありけんその夜源氏の中将正三
位し給ふ頭中将正下のかゝいし給ふ
かんたちめみなさるへきかきりはよろこひし給ふもこの君

給ふこの君にひかれ給へるよろこひなれは
こそあれ人のめをもおとろかし心をもよろこはせ
たまふむかしのよゆかしけなり
宮はそのころまかて給ぬれはれいのひ
まもやとうかゝひありき給をことにて大殿には
さはかれ給いとゝかのわか草
たつねとり給てしを二条院には人むかへ給なり
と人のきこえけれはいと心つきなしとおほいたり
うちうちのありさまはしり給はす
さもおほさんはことはりなれと心うつくしく
れいの人のやうにうらみのたまはゝわれも

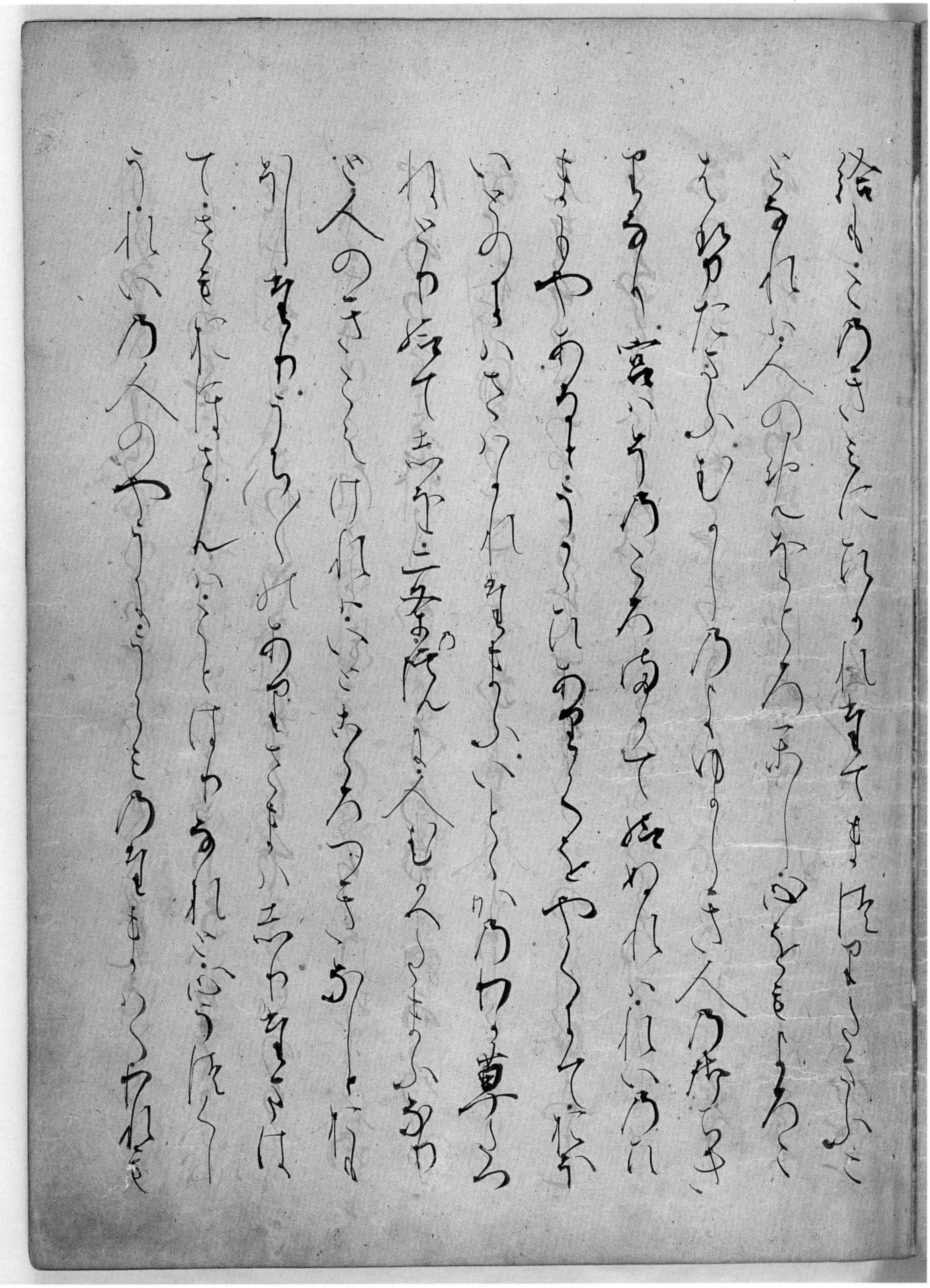

うらなくうちかたらひて．なくさめきこえて
んものを．たゝおもはすにのみとりなし給ふ心
つきなさに．あくかれありきて．さるまし
きすさひことをいてくるそかし．人の
御ありさまの．かたほに．そのことのあかぬ
かなとみゆるきすもなし．人よりさきに
見たてまつりそめてしかは．あはれにやむ
ことなくおもひきこゆる心をしりたまは
ぬへて．たのしわさとおもひこえいかなるにく
あられ．さかとをこのまいにけりなとか
なんと．たゝへしりうなくしのわれをと

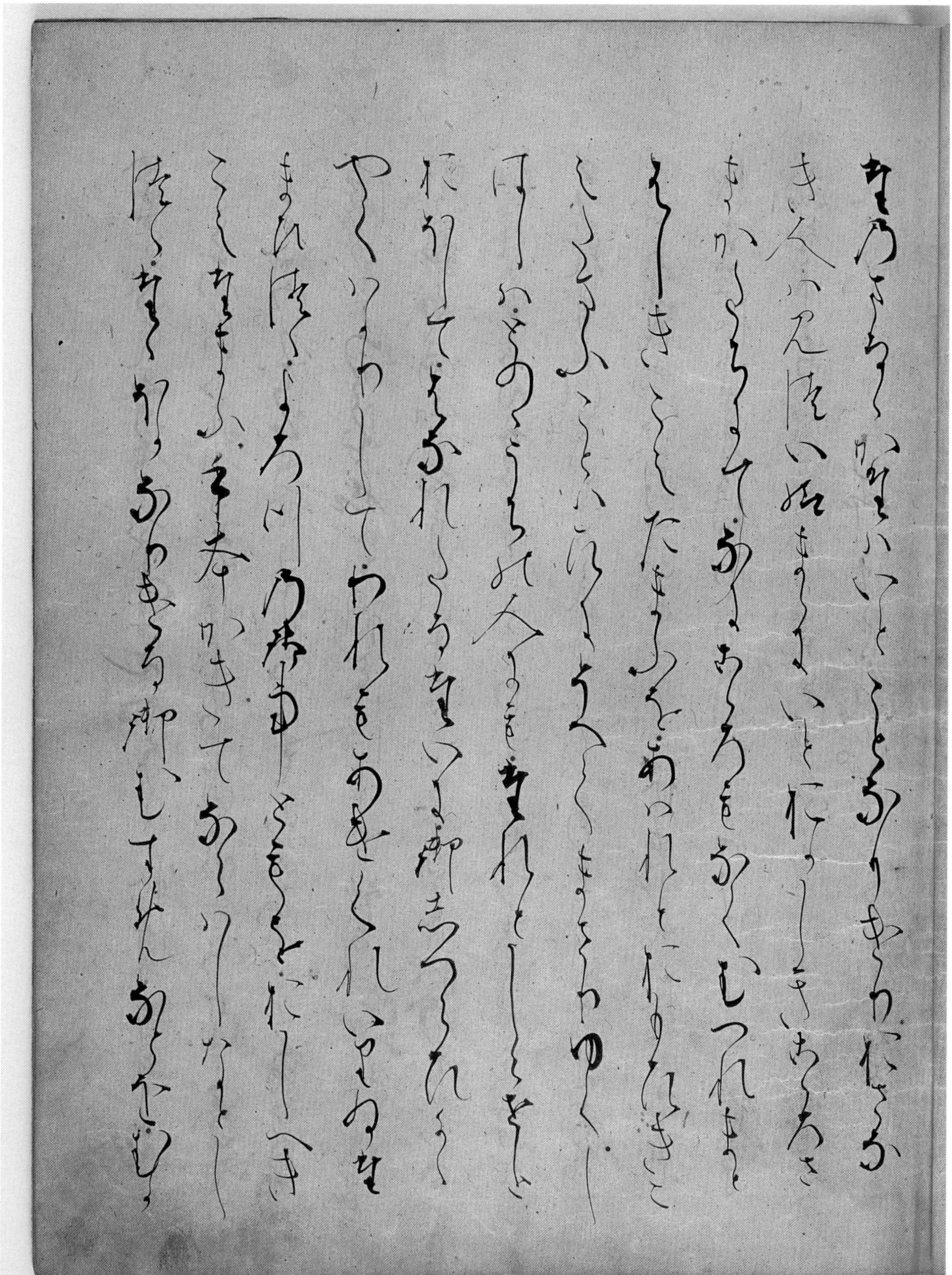

へきこえ給つらんやうにそおほしたるまん
ところけいしなとをはしめてことに
わかちて心もとなからすつかうまつらす
惟光よりほかの人はおほつかなくのみ思ひきこえた
りかのちゝ宮もえしりきこえ給はさりけ
りひめきみはなほとき〳〵おもひいてきこえ
給ときあまきみをこひきこえ給をりおほ
きこえ給つゝなき給ふをりおほかり
きみのおはするほとはまきらはし給
をよるなとはとき〳〵こそとまりたまへ
こゝかしこの御いとまなくてくるれはいて

ふとしもたれきこしもたまふおほあともあると
いとらうしくたはれきこえもものへやま二三日
内をさわかれてさふらひたまはいよのをたい
すゝれなかいといなうくしてなかしもたうへ
心くるしうてけうあきこゆるかんたくら
ておもきこえもしはいろのくにはしさけ
ふ備前をかくへきさまもなふてあやしさ
ものうれしとありにはしけるかなほ
かうしあしたなよふよしいのめしくとみく
みきこしたなれもりなちつわのまうて
まいへる三条の宮や小将あわさいをゆかし

うてまいり給へれは王命婦中納言の君
中務なとやうの人/\たいめしたりけさや
かにもてなし給へるかなとやすからす思へと
ゆれとしつめてにはかりのおほかたの
御ものかたりきこえ給ほとに兵部卿の宮
まいり給へりこの君おはすときゝ給て
たいめんし給へりいとよしあるさまし
ていろめかしうなよひたまへるを女
にて見むはをかしかりぬへく人しれす
みたてまつり給にもかた/\むつましく
おほえ給てこまやかに御物かたりなと

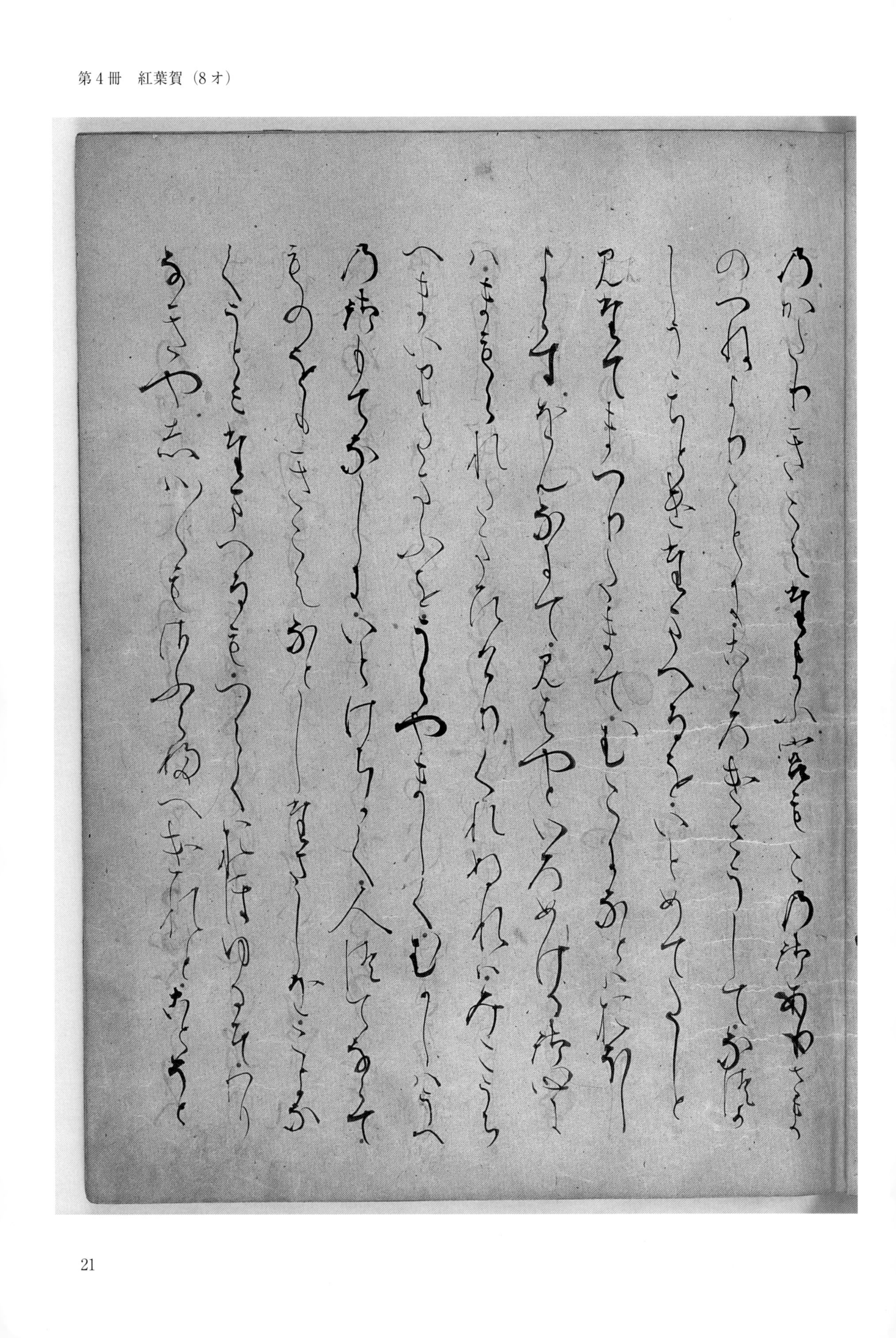

[illegible]

[illegible]

[illegible]

[illegible]

[illegible]

[illegible]

[illegible]

[illegible]

[illegible]

[illegible]

[illegible]

ぬほとはおのつからおこたり侍るをさるへ
き事なとはおほせ事も侍らんこそうれ
しくなとすくすくしうていて給
ぬ命婦もたはかりきこえんかたなく宮の
御けしきもありしよりはいとゝうきふしにおほしおきて
心とけぬ御けしきもはつかしく
いとおしけれはなにのしるしもなくて
すきゆくはかなのちきりやとおほしみたるゝ
ことかたみにつきせす少納言はおほえす
をかしき世を見るかなこれも故尼うへの
この御事をおほして御おこなひにもいのりきこえ

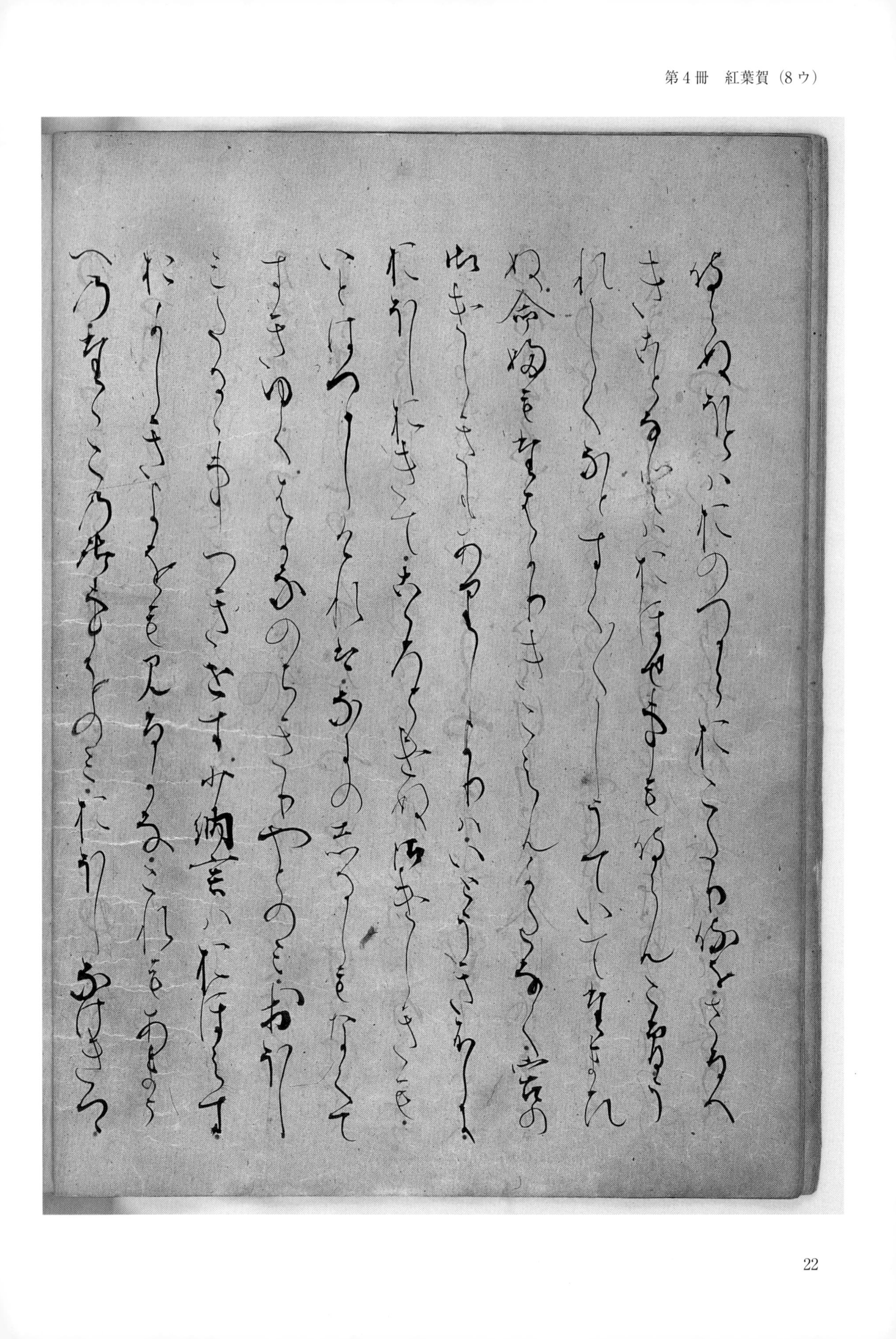

たこあれなきものしかとものゆかしうやゝやうく
おほゆるをおほいとのにもやんことなくてたゝ
すさましのれ〳〵にたゝくつれ〳〵とも
ふみなとものしくにとうすれなれとおほ
むつましやにたはしけくされとかくとゆわ
きさまをつらせたまへるの御せうとのかたの
きこえたまふ御くるしかりけるは三月にて
うちとて参にのりたまはむとてもまうつる
ものおもふにやかくてたいこてうとまうの
ほのかにくるしさいふゆかしうすいふ
てかきとてくれ給ひうちもつきまさきのら

うかゝやかにけしきたちこゝろさへなまめきたれはきこえさす
つる御けしきいとしうらうたくおもひしりてしつゝ
おもへりおとこ君は朝拝にまいり給とて
いとうつくしうきよらにてさしのそき給
へりけふよりはおとなしくなり給へりやと
てうちゑみ給へるいとめてたくあいきやう
つきたまへりいつしかひゝなをしすゑて
そゝきゐ給へる三尺のみつしひとよろひに
いろいろしつらひすゑて又ちいさき
やとも作りあつめてたてまつり給へる
をところせきまてあそひひろけたまへり

給へりついなやらふとていぬきかこれをこほち侍りに
けれはつくろひ侍るそとていと大事と
思いたりけにいと心なき人のしわさにも
侍るなるかないまつくろはせ侍らんけふは
ことゐみしてななき給ひそとていて給ふけしき所せきを
人々はしにいてゝみたてまつれはひめ
君もたちいてゝみたてまつり給ひてひゐなの中の
源しの君つくろひたてゝうちにまいらせ
なとし給ふことしたにすこしおとなひさせ給へ
とをにあまりぬる人はひゐなあそひはいみ侍る
物をかく御をとこなとまうけたてまつり給ひては

まうけたてまつり給てはあるへかしう
しめやかにこそ見えたてまつらせ給はめ
御くしまいるほとをたにものうくせさせ給
なとて少納言きこゆ御あそひにのみ心い
れ給へれははつかしとおもはせたてまつらんと
ていへは心のうちにわれはさはおとこまうけ
てけりこの人々のおとことてあるは
見にくゝこそあれ我はかくをかしけなる人をも
もたりけるかなと今そおもほししりけるさは
いへと御としのかすそふしるしなめりかし
かくおさなき御けしきの事にふれてしるけれは

れはよの中の人をあやしとにおもふあもあるへき
れとことくよろつわすれてわすれんとおほえ
しいさわやきたまふ君はいつしかとゆかしけにおほしめして
ことかきりなしかの人しれぬ御心にもいみしう心もと
て宮に参りたまひて上のおほつかなかりきこえさせ給を
こしらわせてすこしつゝさわやい給ける
ふ宮の御心の人しれぬ御心にもわりなしと思ひ
しすまもつゝわさと人まに参てかしつきまゐらせて
いたまてしのつかはやへしあくにわすれし
きこめてうちあけいとうかひとたひまれて
うさくさうしうのもにほはさちへしてめてたし

しはやりのちふしてとまれいとくちをしき
ありてなにしにしも心にしもすゝめのへき
うちきこえなまめきたるさまなとも人にはいとゝ
とかりしりしをもそのわたりにはことにもてなしなされ
ふとのわかきて心ちくるしきをなけなりしほとを
〔おなゝゝかくものしたる人のあなたさへこのめ
なきふかう心のおしはかりてすさましきにかくしきこと
られてそこつくしたまへることもしりたまへるを
し大臣もきこゆるありさまもいとはなはたしくやん
ことなくものしける宮のうちにもゆゝしくかしこき
きこえさせ給ふ御心かはりいとゝまさりてす

こしをたにつけたるは・めさましうにたりきこえしこそ
つらく・たとへし君は・なにとなしとも・なりけきこえし
ならの・ちきりのめへまてとしたなく・はてをさ
かくきものりをかき・内侍のとうしとは・なりはへき
こしなさほすつし・又なまてこそつはなりときころ
もわちれてかしつきいとすめきこえしこそは内侍と
めていくはくならては・内侍さうかくし・ならさらうのみ
わらやまひきて・若きき・内侍かうはすへて・内侍のまて
いてきさまにて・たかひ・かやうしやくはなき・内侍くろうしくく
内侍くはいとくわかうつらしくなるこの・いとあはれなる
内宴なといふことをなほへかけるなと・これはさやうのおほくに

こそなときこえ給へはそれはまさるもはへりこれはたゝ
めなれぬさまなれはなむとてしゐてさゝせたてまつり
給けによろつにかしつき
たてゝ見たてまつり給にいけるかひありたまさかにても
かゝらむ人をいたしいれて見むに
ますことあらしと見え給ふ参座しにとてもあまた
所もありき給はす内春宮一院はかりさてはふち
つほの三条の宮にそまいり給へるけふは又こと
にも見え給ふかなねひ給まゝにゆゝしきまてなりまさり
給御ありさまかなと人々めてきこゆるを宮
もときちやうのひまよりほの見給につけては

にほはすましおほつかなくこの御事しはすもす
きにしか心もとなきにこの月はさりともと宮人もまち
つれなくてたちぬ御もののけにやと人もきこえさはく
はくを宮いとわひしうこのことにより身のいたつら
になるへきことゝおほしなけくに御心ちもいとくるしう
てなやみ給中将の君はいとゝあはれにおもひあはせら
れて御すほうなとさとはなくてところ〳〵にせさせ給
よの中のさためなきにつけてもかくはかなくてやこと
なんとゝりあつめてなけき給に二月十よ日のほと
にをとこみやむまれ給ぬれはなこりなくうちにもみや
人もよろこひきこえ給へりいのちなかくもとおほすは

いうきたれとも・へきさてんすとかうきいしけるかたとふ
きゝしやむなしくきなしまゝにまゐりの人わ
それやあまりさたすきてやゝさたやみて
なかしぬらへのはしりさいふのしくにほめしつ
なまこさやなしかの人侍はるのなま
いとしうちのとゝのて人またいとなくて
うへのにはすつかなるかきとこしぬやさは見ちまて
あてくはしくなかしくなしさきなまめくへき
むはしきれなんとて見たまひつゝとぬ
いかてかなかなるましきものしくめつゝ
かなきまてうはしさやはつらさまなきめつゝ

あまた見しらかりしは宮御心のおにいとくるしう
いつゝ人見たてまつらんあやしかりつるほとのあや
まりはまさに人におもひとかめしやさらぬはかなき
ことにたにきすをもとむる世にはいかなる名
のはつゐにもりいつへきにかとおほしつゝくるに身
のみそいところうかりしきや命婦のきみはたまさかにあひ
給ひてもいみしきことゝもをつくしきこゆへと
なにのかひあるへきにもあらすわか宮の御事を
わりなくおほつかなかりきこえ給へはなとかう
しもあなかちにの給はすらんいまおのつから見たてまつら
せ給てんときこえなからおもへるけしき

しきかなこまかにしなさせかなしうあはれにをかし
いみれいかにもよしありてあはれにいそかしきて
あはれいかならむよにかあらむ人つてな
らてきこえさせんとてなきたまふさまそ心
くるしきもらたのむ
いかさまにむかしむすへるちきりにてこの
よにかゝるなかのへたてそかゝることこそ心え
かたけれとのたまふ命婦も宮のおもほしたる
さまなと見たてまつるにえはしたなくもさしは
なちきこえす
みてもおもふ見ぬはたいかになけくらん

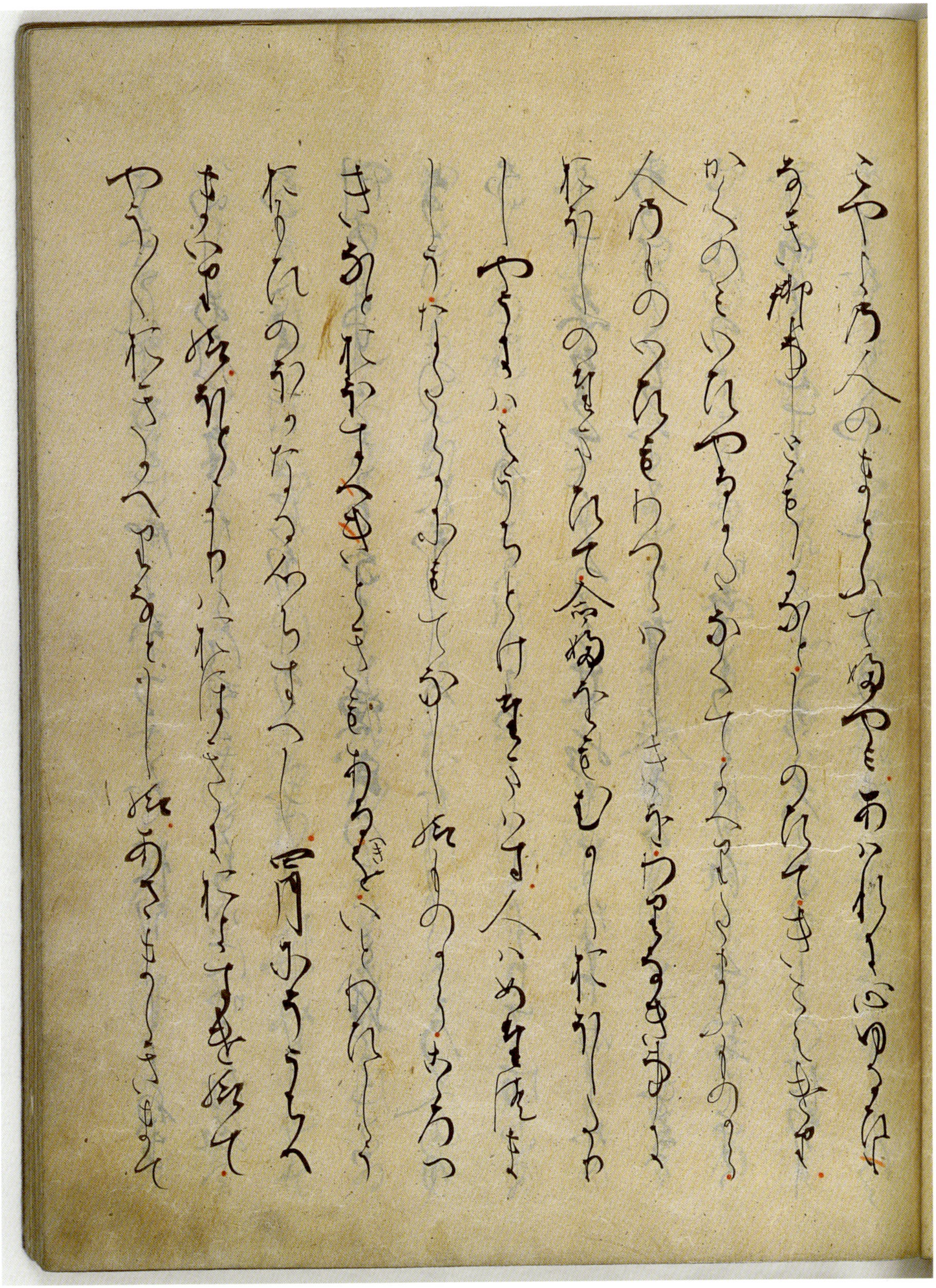

こやよの人のまとふてふやみとやあはれに心ゆるひ
なき御ことゝもかなとしのひてきこえけりか
くのみいひやるかたなくてかへり給ものから
人のものいひもわつらはしきをわりなき事に
のたまはせて命婦をもむかしおほいたり
しやうにもうちとけむつひ給はす人めたつなと
おほしなから心つきなしとおほすおりもあるへ
きをいとわひしくおもひのほかなる
心ちすへし四月に内へまいり給
ほとよりはおほきにおよすけ給て
やうやうおきかへりなとし給あさましきまて

こきれしいとゝきゝ所かつきたるかたはらいたくまあ
みゝあれはいとなしひろすまきとらはにかよはぬへ
ふさとうけいにかはれめしおほりさはしりの
けくまのこをやかた源氏乃すけは給なさまさか
すさひのさいはかりめりなゝのかゝ乃人の御
ふりきとのもしわしよりて侍ゆゝ
しすゑなきてまつらせ給すなかめかきし
あそひくちおしう成ぬ人のそてこしある
きゝ侍あはせまいかまつられりておとなしく
かさはしすゝさいあへくるしうはなかりけり
めすかたはかくやしくもあるまき侍りしはなかりけり

ひかりにてさしいて給へれはきすなきたまと
おもほしかしつくに宮はいかなるにつけても
むねのひまなくやすからすものをおもほすれいの
中将のきみこなたにて御あそひなとし給に
いたきいてたてまつらせ給てみこたちあ
またあれとそこをのみなむかゝるほとより
あけくれ見しされはおもひわたさるゝに
やあらんいとよくこそおほえたれいとちひ
さきほとはみなかくのみあるわさにやあらんとて
いみしううつくしとおもひきこえさせ給
へり中将のきみおもてのいろかはる心ちして

して、おそろしうも、かたしけなくも、うれ
しうあはれにも、かた〳〵うつろふ心ちして
なみたおちぬへし。ものかたりなとしてうち
ゑみ給へるか、いとゆゝしううつくしきに、
わかみなから、これにゝたらんはいみしう
いたはしくおほえ給ふそ、あなかちなるや。
宮ハわりなくかたはらいたきに、あせもなか
れてそおはしける。中将はなか〳〵なる
心ちのかきみたるやうなれは、まかて給ぬ。わか
御方にふし給ひて、むねのやるかたなき
ほとすくして、とのへとおほす。おまへの

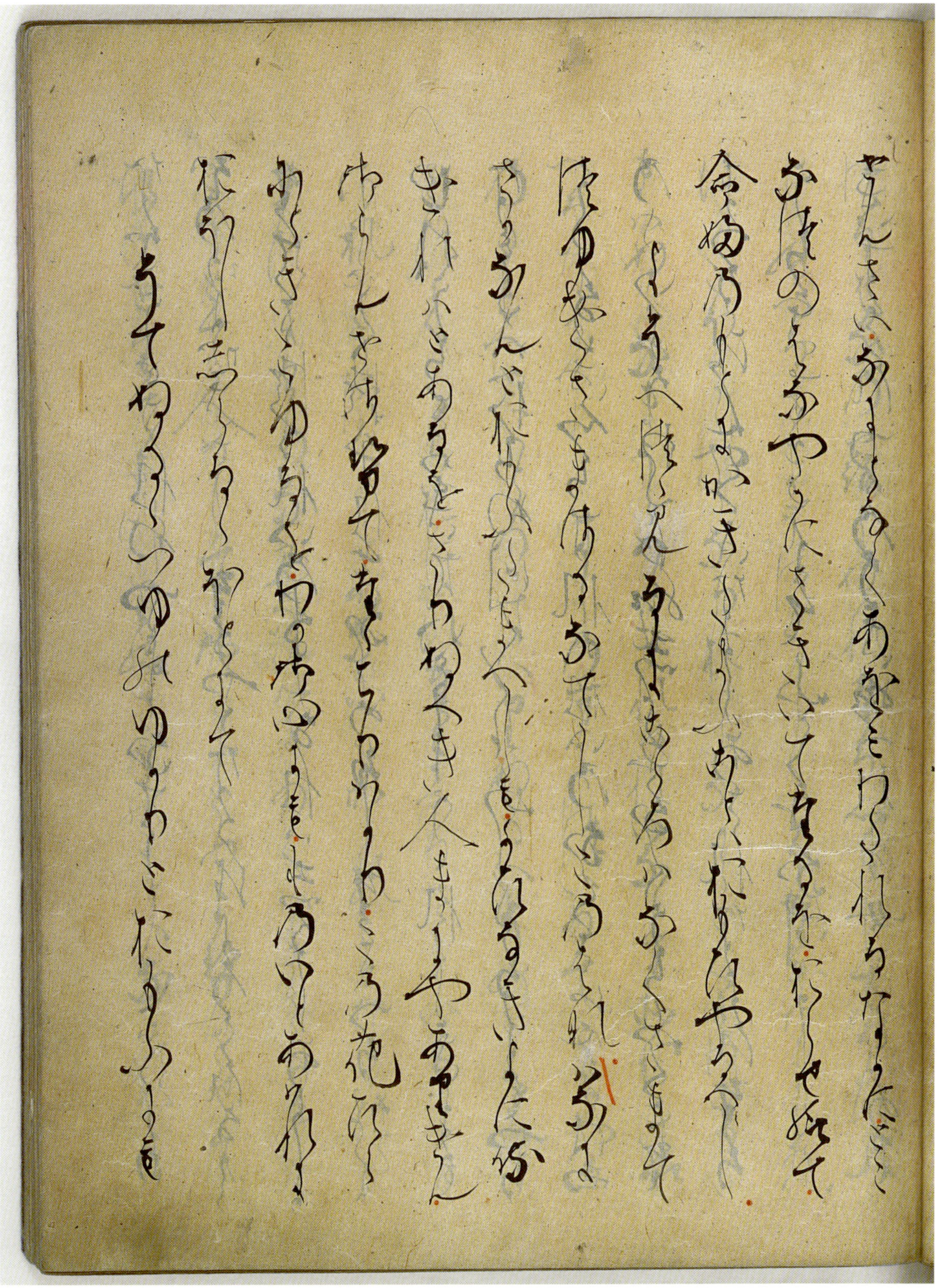

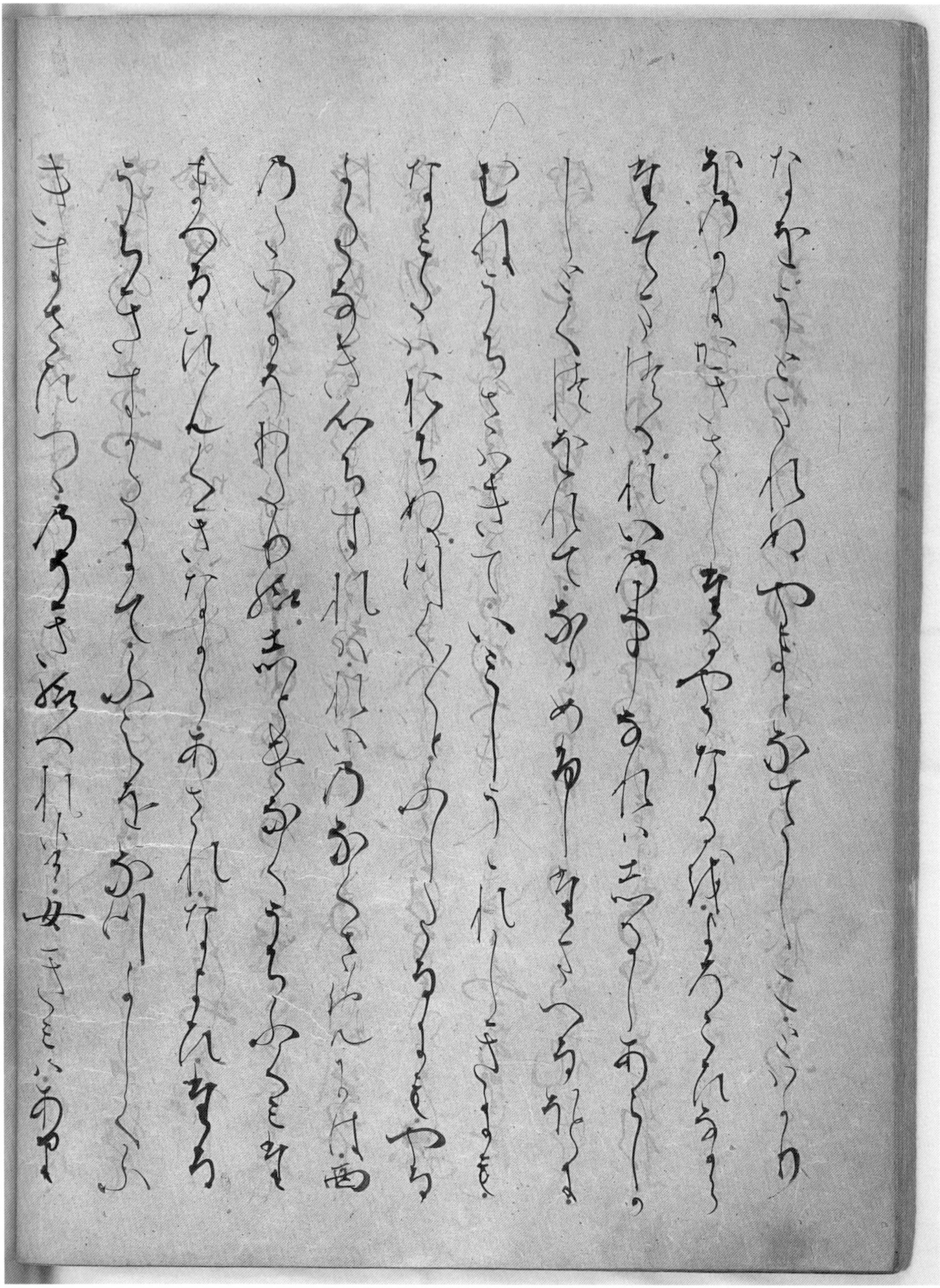

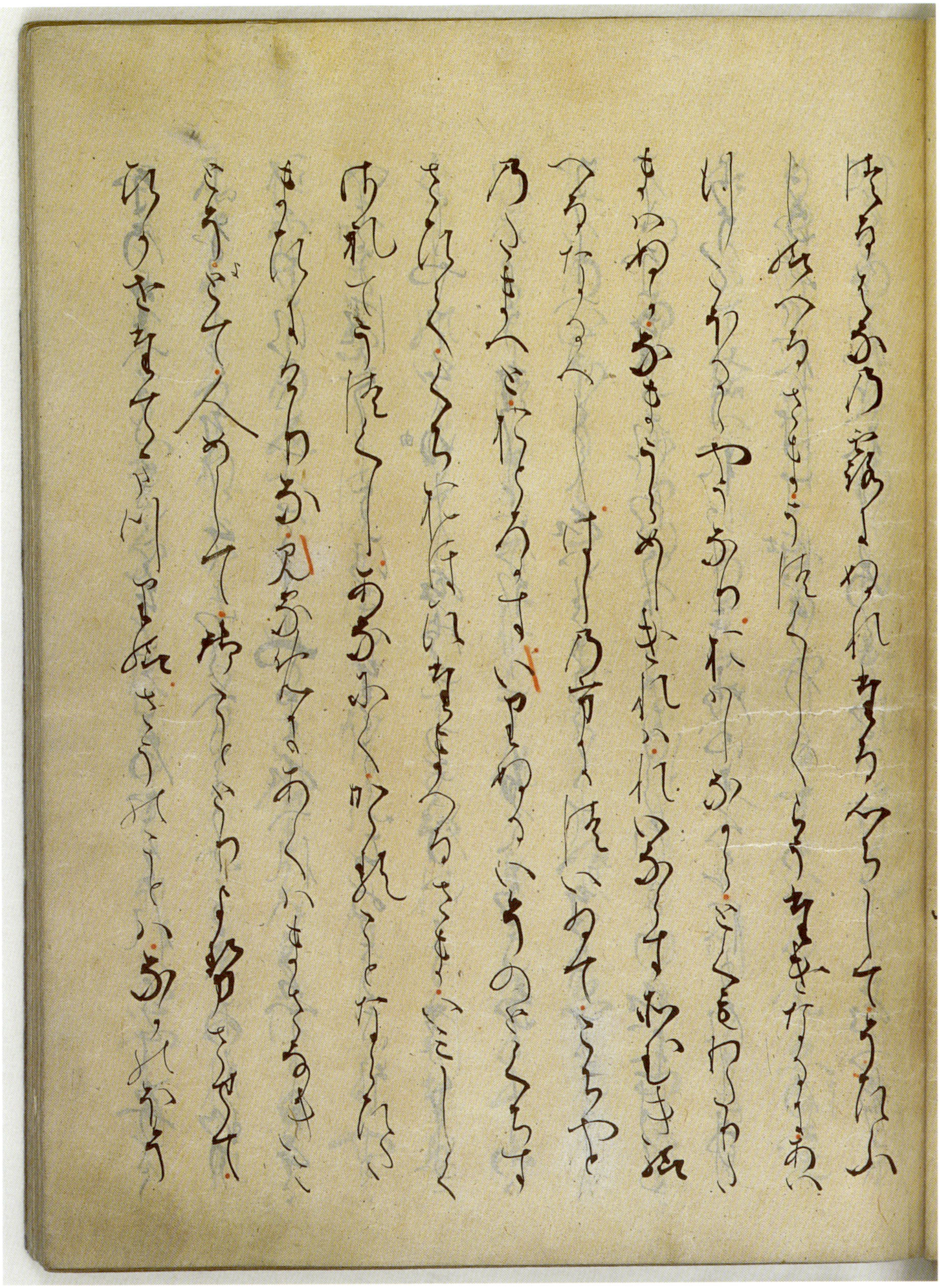

はなの露にぬれたる心ちしてそひふ
し給へるさまうつくしうらうたけなりあい
けうこほるゝやうにておはしなからとくもわた
まはぬなまうらめしかりけれはれいならすそむき給
へるなるへしはしのかたについゐてこちやと
のたまへとおとろかすいりぬるいそのとくちすさ
みてくちおほひし給へるさまいみしく
されてうつくしあなにくかゝることくちなれ給にけりな
まさなきことそよ見るめにあくはまさなきことそよ
とて人めして御ことゝりよせてひかせ
たてまつり給さうのことはなかのほそをのたへかたく

[illegible]

かきあはせてまたわかけれとひやうしたかへす上手
めきたり大とのあふらまいりて絵とも御覧するに出
給へしとありつれは人〻こはつくりき
こえてあめふり侍ぬへしなといふにひめきみ
れいの心ほそくてくし給へりゑも見さし
てうつふしておはすれはいとらうたくて御
くしのいとめてたくこほれかゝりたるを
かきなてゝほかなるほとはこひしくや
はあるとのたまへはうなつき給ふ我もひと日も
見たてまつらぬはいとくるしうこそあれと
とをさなくおはするほとは心やすく

なまねたきこゝちしてはなやかなるしくしくうちとけなとす
すき人の心やすくしたになれたれて思ひしりかくも
あらくうちとものゝ心しかもおもひたれはいのやうに
おしはかりてうつかてはかつへきさまのいくまうし
人のうへをなれなしからなれなれみえたるにおもひて
なれふさまほしくてさしてさうしんとおもひしらて
こまくしかりなれきこえしにとまくるつらしくて
さしかへつくきこえしぬいさやうて侍りさなわ
かゝまてれ御ぬれいとへ心くるしうてさふらふ
いうてすけわかとのぬへいとふらふて時にきこえ
こなたにもはかなしつゝはれきいとおもしろきて

はやおこしていてすなりぬときこえ給へはなくさめて
おき給へりもろともにものなとまいるいとはかなけにす
さひてさらはねたまひねかしとあやふけに思たまへれは
かゝるを見すてゝはいみしきみちなりともおもむき
かたくおほえ給かやうにとゝめられ給おり〳〵なとも
おほかるをおのつからもりきく人おほいとのに
きこえけれはたれならむいとめさましき
しわさなるかないまゝてその人ともきこえすさやう
にまつはしたはふれなとすらむはあてや
かに心にくき人にはあらしうちわたりなとに
てはかなく見給けむ人をものめかし給て

人もやとかめんとてかくしたまふなゝりこゝろなけにいはけてきこゆるはなとさふらふ人々もきこえあへりうちにもかゝる人ありときこしめしていとおしくおとゝのおほしなけかるなることもけにものけなかりしほとをおほな／＼かくものしたる心をさはかりのことたとらぬほとにはあらしをなとかなさけなくはもてなすなるらんとのたまはすれとかしこまりたるさまにて御いらへもきこえたまはねは心ゆかぬなめりといとおしくおほしめすさるはすき／＼しううちみたれてこのみゆる女房にまれ

卿のくの人ゝなとになへてならす見えきこゆ
さめるをいかなるもののくまにかくれありきて
かく人にもうらみらるらんとのたまはす
御としねひさせ給ぬれとかうやうのかたえすくさせ
給はすうねへ女くら人なとをもかたちこゝろある
をはことにもてはやしおほしめしたれはよし
あるみや仕人おほかるころなりはかなき事を
もいひふれたまふにはもてはなるゝこともあり
かたきにめなるゝにやあらんけにそあやしう
すいたまはさめるとこゝろみにたはふれ事をきこ
えかゝるおりあれとなさけなからぬほとにうち

ちいらへてまことにはみたれ給はぬ
をまめやかにさう〱しとおもひきこゆる人も
ありとしいたうおいたるないしのすけ人もや
むことなく心はせありあてにおほえたかくはありなからいみしく
あためいたる心さまにてそなたにはおもからぬ
あるをかうさかりすくるまてなとさし
もみたるらんといふかしく給けれはたはふれことい
ひふれて心みたまふにゝけなくもおもはさり
けるあさましとおほしなからさすかにかゝるも
をかしくてものなとのたまひてけれと人のもり
きかんもいとふるめかしくかれつれなく

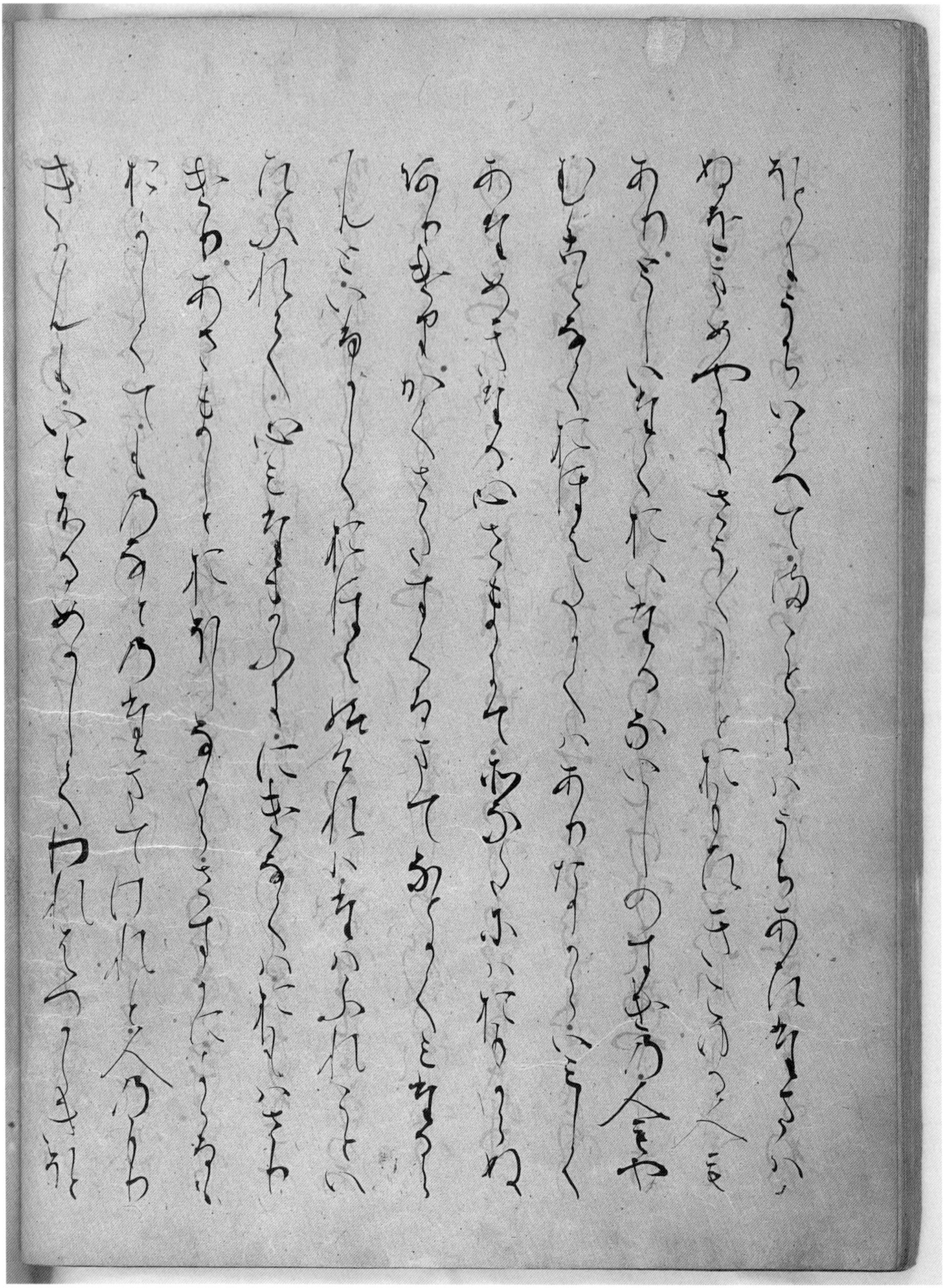

ふれはつれなくもてなし給へるを女はいとつら
しと思へりうへの御けつりくしにさふらひける
をはてにけれはうへはみうちきの人めしていてさせ
給ぬるほとに又人もなくてこのないしつねより
もきよけにやうたいかしらつきなまめきて
さうそくありさまいとはれやかにこのましく見
ゆるをさもふりかたうもと心つきなく見給ふ物から
いかゝ思ふらんとさすかにすくしかたくて
ものすそをひきおとろかし給へれはかは
ほりのえならすかきたるをさしかくして見かへり
たるまみいたう見のへたれとまかはらいたく

くろみおちいりていみしうはつれそゝけたり
につかはしからぬあふきのさまかなと見給て
わかもたまへるにさしかへて見給へはあかきかみの
うつるはかりいろふかきにこたかきもりのゑを
ぬりかくしたりかたつかたにてはいと
さたすきたれとよしなからすもりのした草
おいぬれはなとかきすさひたるをことしもあ
れうたての心はへやとゑまれなから
もりこそなつのと見ゆめるとてなにくれとのたまふ
もにけなくや人見つけんとくるしきを女は
さもおもひたらす

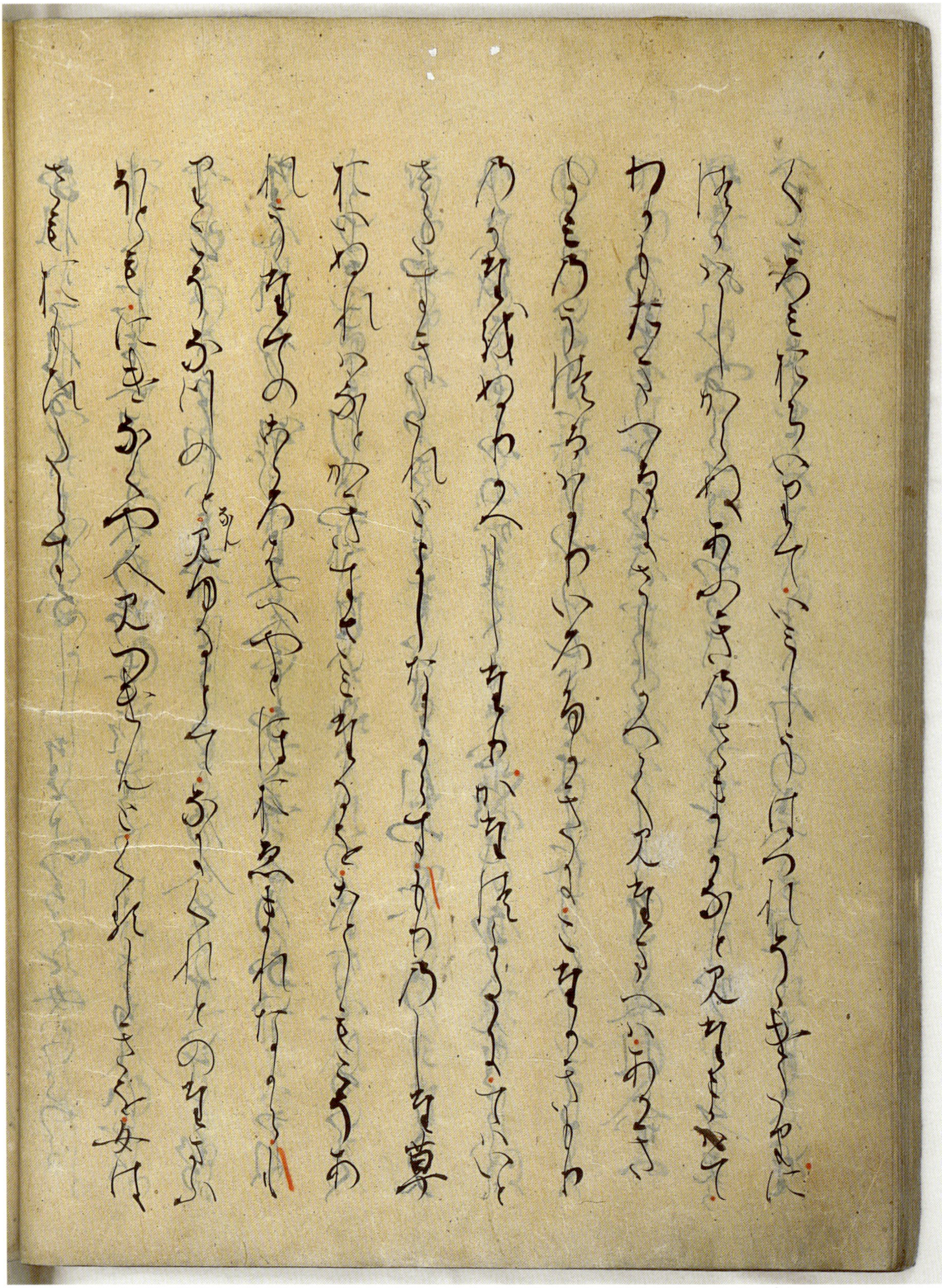

きみしこはてなれのこまにかりかはん
さかりすきたるしたはなりともといふさまこ
よなくいろめきたり
さゝわけは人やとかめんいつとなく
こまなつくめるもりのこかくれわつらはしさに
とてたちたまふをひかへてまたかゝるものをこそ思
ひ侍らねいまさらなる身のはちになんとてなく
さまいといみしいまきこえん思ひ
なからそやとてひきはなちていて給を
せめてをよひてはしはしらとうらみ
かくるをうへはみうちきはてゝみさうしより

のそき給ふにゝつかはしからぬあはひかなと
いとをかしうおほされてすき心なしとつねに
もてなやむめるをさはいへとすくさゝりける
はとてわらはせ給へは内侍はなまゝはゆけれと
にくからぬ人ゆへはぬれきぬをたにきまほしかる
たくひもあんなれはにやいたうもあ
らかひきこえさせす人〻もおもひのほかなる
ことかなとあつかふめるを頭中将きゝつけていた
らぬくまなき心にてまたおもひよらさりけるよ
とおもふにつきせぬこのみ心もみまほしうなりに
けれはかたらひつきにけり

この君も人よりはいとことなるをかのつれなき人の
御なくさめにとおもひつれと見まくほし
きはかきりありけるをとやうたてのこのみや
いたうしのふれは源氏の君はえしり給はす
見つけきこえてはまつうらみきこゆるをよはひの
ほといとほしけれはなくさめんとおほせとかなはぬ物
うさにいとひさしうなりにけるをゆふたちして
なこりすゝしきよひのまきれにうめいてん
温明殿
のわたりをたゝすみありき給へはこの内侍ひはを
いとをかしうひきゐたり御前なとにてもをと
こかたの御あそひにましりなとしてことにまさる

ふ人なきさまするふれいよりものこよなうにほしけり
なかりしいとあはれにきこゆかしやほくわかなや
あふさしいとゆゑいとなうしくてうれしふかすて
しころつきなまめき文君すこしいれなむむつしめ
人をかくやなとしもおもひこそはとゝわれなふ
ほさやもていとゝいかなるにかはたわれとまれなるかな
きなかわあはれやかしのたやたうまれてまち
しわたまきつるまにしいくにいてきたまふやとこちゐへ
なくさめつゝいとゝいれなくへそすゝや
なまめわかし人しをあらし所まさやすむ
うちとてをかくるあやにうつきうみるにこちのほとく

をわれひとりしもきゝおふましけれとうとまし
やなにことをかくまてはとおほゆ
人つまはあなわつらはしあつまやのまやのあ
まりもなれしとそおもふとてうちすきなまほし
けれとあまりはしたなくやとおもひかへ
して人にしたかへはすこしはやりかなる
たはふれことなといひかはしてこれもめつらし
き心ちそし給ふ頭中将はこの君のいたう
まめたちすくしてつねにもとき給ふかねたき
をつれなくてうち〳〵しのひ給ふかた〳〵おほ
かめるをいかて見あらはさんとのみ思

わたるにこれをみつけたるこゝちいとうれしう
かゝるおりにすこしおとしきこ
えて御心まとはしてこりぬやといはんとおもひて
たゆめきこゆ風ひやゝかにうちふきて・やゝふ
けゆくほとにすこしまとろむにやとみゆるけ
しきなれは・やをらいりくるに君はとけても
ねられ給はぬこゝろなれはふと
きゝつけて・この中将とはおもひよらす・なほわす
れかたくすなるすりのかみにこそあら
めとおほすに・おとなおとなしき人にかくにけなき
ふるまひをして・見つけられんことははつかし

さま〳〵やつれけしきなんよくものふるまひは
しるかりつらんものを心うくすかいたまひけるよ
とてなをしはかりをとりて屏風のうしろにいり
たまひぬ中将をかしきをねんしてひきたて
まつる屏風のもとによりてこほ〳〵とたゝみ寄
せておとろ〳〵しうさはかすに内侍はねひたる
れといたくよしはみなよひたる人のさき〳〵も
かやうにて心うこかすをり〳〵ありけれはなら
ひていみしう心あはたゝしきにもこの君を
いかにしなしきこえぬるにかとわひしさにふる
ふ〳〵つとひかへたりされとしれていそゆく

たれとしられていてなはやとおほせとしとけなきすかたにてかうふ
りなとうちゆかめてはしらむうしろて
おもふにいとをこなるへしとおほしやすらふ
中将いかてわれとしられきこえしとおもひて
ものもいはすたゝいみしういかれるけしきにもてなしてたちをひき
ぬけは女あか君あか君とむかひて
てをするにほとほとわらひぬへしこのま
しうわかやきてもてなしたるうはへこそさ
てもありけれ五十七八の人のうちとけてもの
いひさはけるけはひえならぬはたちの
わかうとたちの御中にてものおちしたる

いとつきなしかくあらぬさまにもてひかめて
おそろしけなるけしきをみすれとなか〳〵
しるく見つけてわれとしりてことさらにする
なりけりとをこになりぬその人なめりと見
たまふにいとをかしけれはたちぬきたる
かいなをとらへていといたうつみ給へれは中将ねたき
ものからえたへてわらひぬまことはうつし心か
とよたはふれにくしやいてこのなほしきむ
とのたまへとつととらへてさらにゆるしきこえさすさらは
もろともにこそとて中将のおひをひきときて
ぬかせ給へはぬかしとすまふをとかくひこしろふほとに

あるものかとほころひはほろほろとたえぬれは中将
はくしめるなやもりいてんひきかはし
かくほころふるなかのころもにうへにとりきは
しるからんといふきみ
かくれなきものとしるしるなつころも
きたるをうすき心とそ見るといひかはして
うらやみなくしとけなきすかたにひきなされ
てみないてたまひぬきみはいとくちをしくみつけ
られぬることゝおもひてふしたまへり内侍はあさましく
おほえけれはおちとまれる御さしぬきおひ
なとつとめてたてまつれり

うらみてもいふかひそなきたちかさねひきてかへりし
なみのなこりにそこもあらはにとありおもな
のさまやと見たまふもにくけれと
わりなしとおもへりしもさすかにて
あらたちしなみに心はさはかねと
よせけむいそをいかゝうらみぬとのみなむありける
おひは中将のなりけりわか御なほしよりは
色ふかしと見たまふにはたそてもなかりけり
あやしのことゝもやおりたちてみたるゝ人はむへ
をこかましきことはおほからむといとゝ御
心おさめられたまふ中将とのゐ所より

これまつとちつけさせ給へとておしつゝみてをこ
せたりけるをいかてとりつらんと心やましこのおひを
えさらましかはとおほすその色のかみにつゝみて
なかたえはかことやおふとあやふさに
はなたのおひをとりてたにみすとてやり
たまふたちかへり
君にかくひきとられぬるおひなれは
かくてたえぬるなかとかこたんえのかれさせ
給はしとあり日たけておの〳〵殿上にまいり
たまへりいとしつかにものとをきさましておはする

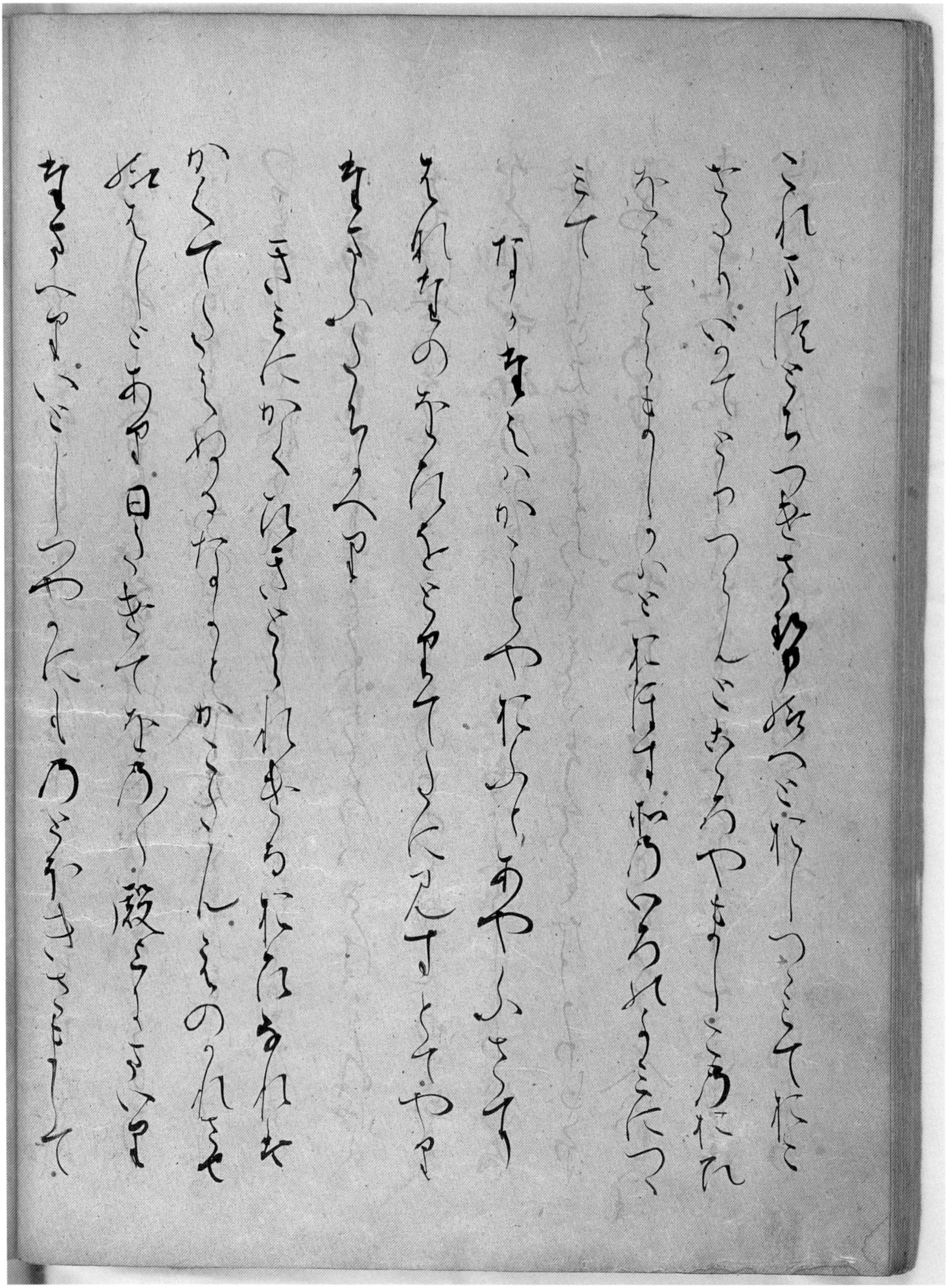

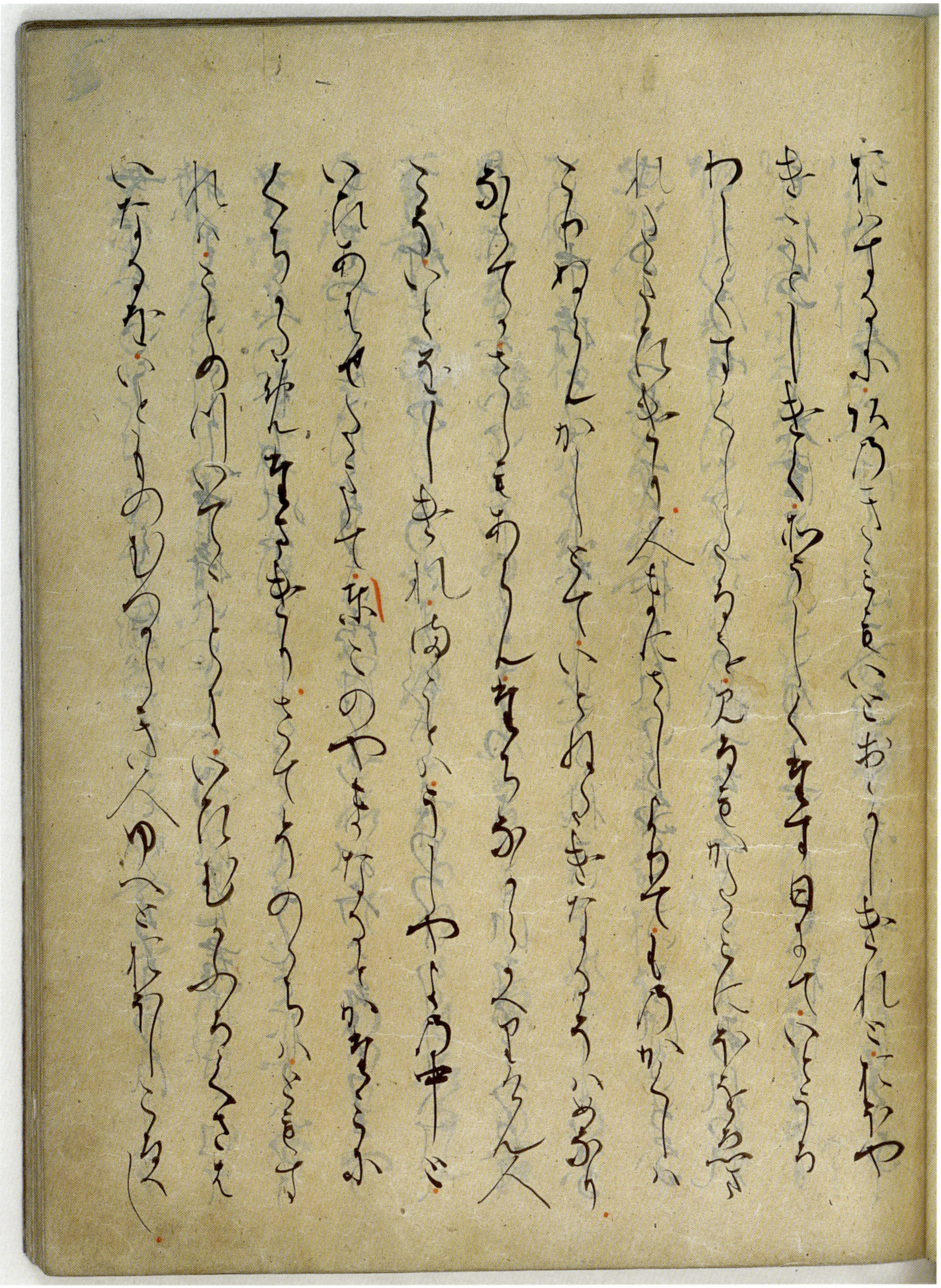

はするにとうのきみもいとおかしけれとおほや
けことしけくそうしくたす日にていとうる
はしくすくよかなるを見るもかたみにほゝゑま
る人まにさしよりてものかくしは
こりぬらんかしとていとねたけなるしりめなり
なとてかさしもあらんたちなからかへりけん人
こそいとおしけれまことはうしや世中よと
いひあはせてとこのやまなるとかたみに
くちかたむさてそのゝちともす
れはことのついてことにいひむかふるくさはひなるを
いとゝものむつかしき人ゆへとおほしゝるへし

女はなをいみしくくるしみにこゝにかくろへなきわれしと
あかきみいとゝ中将いとゝうらみのはてん君あかきみとて
まさへはやわれかきしとくるしきはやかにたはふれ
きこやるにこともなき中将はしくおもいとうちゑまれ
へ御ゆてなしつゝなつかしきわつらはしくてこ
うきことをはいとしもきはもなくれなくつらさ
この中将はさしもふかくしもあれはこゝろしらぬ
きゝまさつきてもなけれはいとゝあはれこめる
みつからのおとゝいふいろめへきてこそあれわれ
をはなれし大臣にさいこゆる中まてにはなけれと
なりまさる又なくにしつれはなき

なにはかりおとるへききはとおほえ給はぬなるへし人
からもあるへきかきりとゝのひてなに事もあらま
ほしくたらひてそものし給ける
この御なかとものいとみこそあやしかりしか
されとうるさくてなん七
月にそ（藤壺）きさきゐ給ふめりし源氏の君
宰相になり給ぬみかとおりゐさせ給はん
の御心つかひちかうなりてこのわかみや
を坊にすゑたてまつらんとおほすに御
うしろみし給へき人おはせす御はゝかた
みなみこたちにて源氏のおほやけことしり
給すちならねははゝ宮をたにうこきなきさまにしおき

みこたちにてけんしのおほやけこと
しりたまふすちならねははゝ宮をたにうこきなきさまにしおきてつよ
りにとおほすになんありけるこきてんいとゝ
御こゝろうこきたまふことはりなりされと東宮の御
よいとちかくなりぬれはうたかひなき御くらゐ
なりおもほしのとめよとそきこえさせ給ける
けに春宮の御はゝにて廿よねんになりたまへる
女御をゝきたてまつりてはひきこしたてまつり
たまひかたきことなりかしとれいのやすから
すよ人もきこえけれと人の御ありさまやん
ことなきさまやゆかしされたまふれもんなるかな

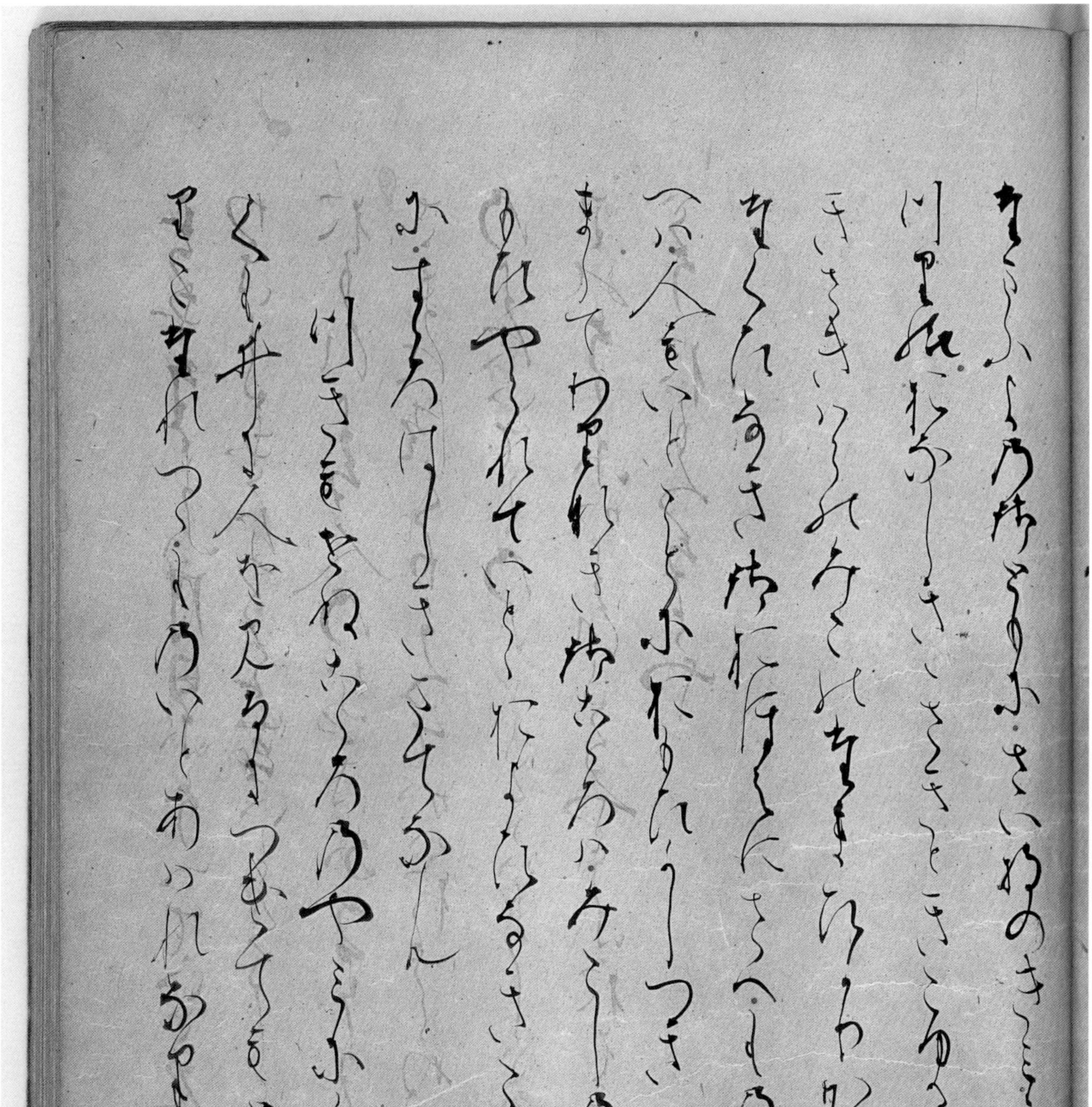

まいり給ふよの御ともにさいしやうのきみもつかうまつ
り給ふおなし宮ときこゆるなかにも
きさきはらのみこたまひかりかゝやきて
たくひなき御おほえにさへものし給へ
は人もいとことにおもひかしつききこえたり
ましてわりなき御心にはみこしのうちもお
もひやられていとゝおよひなき心ちし給
ふにすゝろはしきまてなん
つきもせぬこゝろのやみにくるゝかな
くもゐに人をみるにつけてもとのみ
ひとりこたれつゝものいとあはれなりみこはおよ

ちかきほとに月日ふりていと見まほしきわ
かきなかゝるを宮にはとくにはなき
たよれる人のなふさふめかりつけふいつ
さまに侍くおほえてかへりたまひね侍りわ
のよそにてもひとしかはさりしを月日のほ
とめもゝかなるやうやうふたまひすゝめわ
とうたまへつかさむや

源氏
花宴

きさらきのはつかあまり南殿乃さくらの
宴せさせ給きさき春宮の御つほねひたり
みきにしてまうのほり給ふこきてんの
女御は中宮のかくておはしますを折ふしことに
やすからすおほせと物見にはえすくし給はて
まいり給ふ日いとよくはれてそらのけしき
とりの声も心ちよけなるにみこたちかんたち
めよりはしめてそのみちのはみなたむゐん（探韻）
給はりてふみつくり給ふ宰相中将春といふ
もしたまはれりとのたまふ声さへれいの人

こゑなかれいまことの中将人の見うつしも
たゝならすおほゆへかめれといとめやすく
もてしつめてこはつかひなとものものしく
すくれたりさての人〳〵はみなおくしかちに
はなしろめるおほかりさての人はみな
おほかり地下の文人なとはましてみかと東宮
の御さえかしこくかゝるかたにやむことなき人
おほくものしたまふころなるにはつかしく
はる〳〵とくもりなきおまへのにはにたちいつるほと
はしたなくてやすきことなれとくるしけなり
としおいたる博士とも

のなりあしくやつれたれとれいのなれたる
さまもあはれにさまさま御覧しらるなん
をかしかりける樂ともなとはさらにもいはすとゝのへさせ
おとゝのへさせ給へりやうやういりひになるほと
に春の（春鶯囀）うくひすさへつるといふまひいとお
もしろく見ゆるに源氏のきみの御もみちの賀
のおりおほしいてられて春宮かさしたまは
給てせちにせめのたまはするにのかれかたく
てたちてのとかにそてかへすところを一おれ
けしきはかりまひ給へるにゝるへきものなく
見ゆひたりのおとゝうらめしさもわすれてらく

をくこにいまよ川きはに竹ねいつとなろしこあ
れい柳花苑といふまいをこれはいまそこし
あそしてかくる井もやとい法うにやしまうき
むいと於しろくまへそまなへれは於たまんうなき
はりてめつしきは花はてへなもつわさうねかんろ
次にもあまりこそれまへるまへと夜さてわねし
ことまけち次にも次と次詩としなつまうま源氏乃
きこの御なは講師もしよこやう次句ことまもし
のうしろもつ顕とも乃はなりろ宰しさいかといに
いみしつやうのにろまもせこのきこ段ろわ
水しをまへれをいのくうはみをとのなろつま於

ひきこえさせ給ふ中宮ハ御めのとまるにつけ
ても東宮の女御のあなかちにゝくみ給ふらんも
あやしうわかゝくおもふもいかなれハこゝろうくそみつから
されおほしかへされける
　おほかたに花のすかたを見ましかハつゆも
心のおかれましやハ御こゝろのうちなりけん
ことのいかてもりにけんよいたうふけてなんことハて。に
けるかむたちめおのおのあかれきさい宮中宮かへらせ
給ぬれハのとやかになりぬるに月いとあか
うさし出てをかしきを源氏の君ゑひこゝ
ちに見すくしかたくおほえ給けれハうへの人々も

うちやすみてかやうに思ひかけぬほとにもしさりぬへき
ひまもやあると藤つほわたりをわりなうしのひて
うかゝひありけとかたらふへきと
くちもさしてけれはうちなけきてなほあらしに
こきてんのほそとのにたちより給へれは三の
くちあきたり女御はうへの御つほねにやかてまう
のほり給にけれは人すくなゝるけはひなり
おくのくるるともあきて人おともせすかやうにて
よの人はあやまちもするそかしと思てやをらの
ほりてのそき給へは人はみなねたるへし
いとわかうおかしけなるこゑのなへての人とはきこえぬ

えぬおほろ月よにゝるものそなきとうち
すしてこなたさまにはくるものかいとうれしく
てふとそてをとらへつ女おそろしとおもへるけしきにて
ましとおもへるあなむくつけこはたれそとの
たまへはなにかうとましきとて

ふかき夜のあはれをしるもいる月のおほろ
けならぬちきりとそおもふといふまゝにや
をらいたきおろしてとはおしたてつあさましきに
あきれたるさまいとらうたけになつかしけ
くゝこゝに人とのたまへとまろはみな人にゆるされ
たれはめしよせたりともなんてう事かはあらん

たゝしのひてこそとのたまふこゑにこのきみ
なりけりときゝさためていさゝかなくさめけりわひし
と思へるものからなさけなくこはこはしうは見えしとお
もへりゑひこゝちやれいならさりけむゆるさん
ことはくちをしきに女もわかうたをやきて
つよき心もしらぬなるへしらうたしと見給ふに
ほとなくあけゆけはなれしそこゝろ
周章
あはたゝし女はましてさまさまに思みたれたる
けしきいとしるしなをなのりし給へいかて
かきこゆへきかうてやみなんとはさりとも
おほされしなとのたまへは

うきみよにやかてきえなはたつねても
くさのはらをはとはしとやおもふといふさまいと
なまめきたりうしろ文きのまへかしきはきこえまさるわこと
はりやきこへたかへたるもしかなとて
いつれそとつゆのやとりをわかむまにこさゝ
かはらにかせもこそふけわつらはしくおほす
まかくハなにかつゝまむもしすかいたまふ
かともいひあへす人々おきさはきうへの御つほね
かはまゐりちかふけしきともしけくまよへは
わりなくてあふきはかりをしるしにとりかへて
いてつへくいてたまひぬきりつほには人々おほく

さゆしにてハおもやきハなるもあれハさしもなきゆみ
な義卿しのにあまさハるこつきしらにさ
そしねなそすらいうてかしなまつれどねもく
しなまハ次たうしわ川さ人の華ハたしられ女御の
御たとうとも小さそハあゆつて光源とて大殿
ハ又らひ乃かとなうんかしそらの宮のきはのさ
とうの中将のむハ光姫宮のまミなりとおそはしさ
きこしめそれなまもりハなかりしいまむこし
たかしうたまくれまし六のきミハとうし宮とさて
まうしんこ思わわさ心さしてかしつくはなまいらむ
右殿ハとたしもあつきうれとたてハしくしいれ

むかしも尋てハしくなと思こそしけぬさまたに
さてたえなむとはおもはぬけ
しきなりつるをいかなれハいひかよはすへきさまを
をしへすなりぬらんなとよろつに思
しあはするにも心乃とまるなるへしかやうな
るにつけてもまつかのわたりの御ありさまのこ
よなうおくまりたるはやとありかたう思ひくらへ
られ給ふその日ハ後宴乃ことありてまきれ
くらし給ひてはきのふのことよりも
なまめかしくおもしろしふちつほハあかつきに
まうのほり給ひにけりかのありあけ乃いて

やしぬしむとゝろもうしうておもへいきぬく
まれきいよしきこよこれに給ふつきてうつ〱い妙
こまふ御さへよわ於ゆるいまへるゝをいまなしむ
きらのちむまかくるへ給てをてゝいつわつるゝるさ
こもいてもうわ給ふや御ふゝのさとれと見ても
なむしむと見いつわつる於ゆうし宮信めわ左中弁など
いうさいてまさらわしかしつはいふわつるこうこ
こてんの御あかれをいへめわ川ま遣しいあるね
まちれともしるゝてるさ二川ちるわいつわ給
こきいこゆるさもむねうち給ふれくいのましくてゝ
いつれとしるへのゝんちて於ゝてきて川遣れまれ

てはことゝしくもてなされんもいかゝそや人のあ
りさまなとよく見さためぬかきりはわつらはし
かるへしさりとてしらてあらんはいとくち
おしかるへけれはいかにせましとおほしわつらひ
てつくつくとなかめふしたまへりひめきみいかに
つれつれにおほしぬらむ日ころになれはくんし
のらもしやあらんとらうたくおほしやるかの
しるしのあふきはさくらかさねにてこきかたに
かすめる月をかきて水にうつしたる
心はへめなれたれとゆへなつかしく
もてならしたりくさのはらをはといひしさまの

御心にかゝりておほしたまへハ
よにしらぬこゝちこそすれあり明の月の
ゆくゑをそらにまかへてとかきつけ
給ておきたまへりおほいとのにもひさしうなりに
けるとおほせとわかきみも心くるしけれはこし
らへむとおほして二条の院へおはしぬ見る
まゝにいとうつくしけにおひなりてあいきやうつき
らう／＼しき心はへいとことなりあかぬところな
くわか御心のまゝにをしへなさむとおほすにかな
ひぬへしおとこの御をしへなれはすこし人
なれたることやましらむとおもふこそうしろ

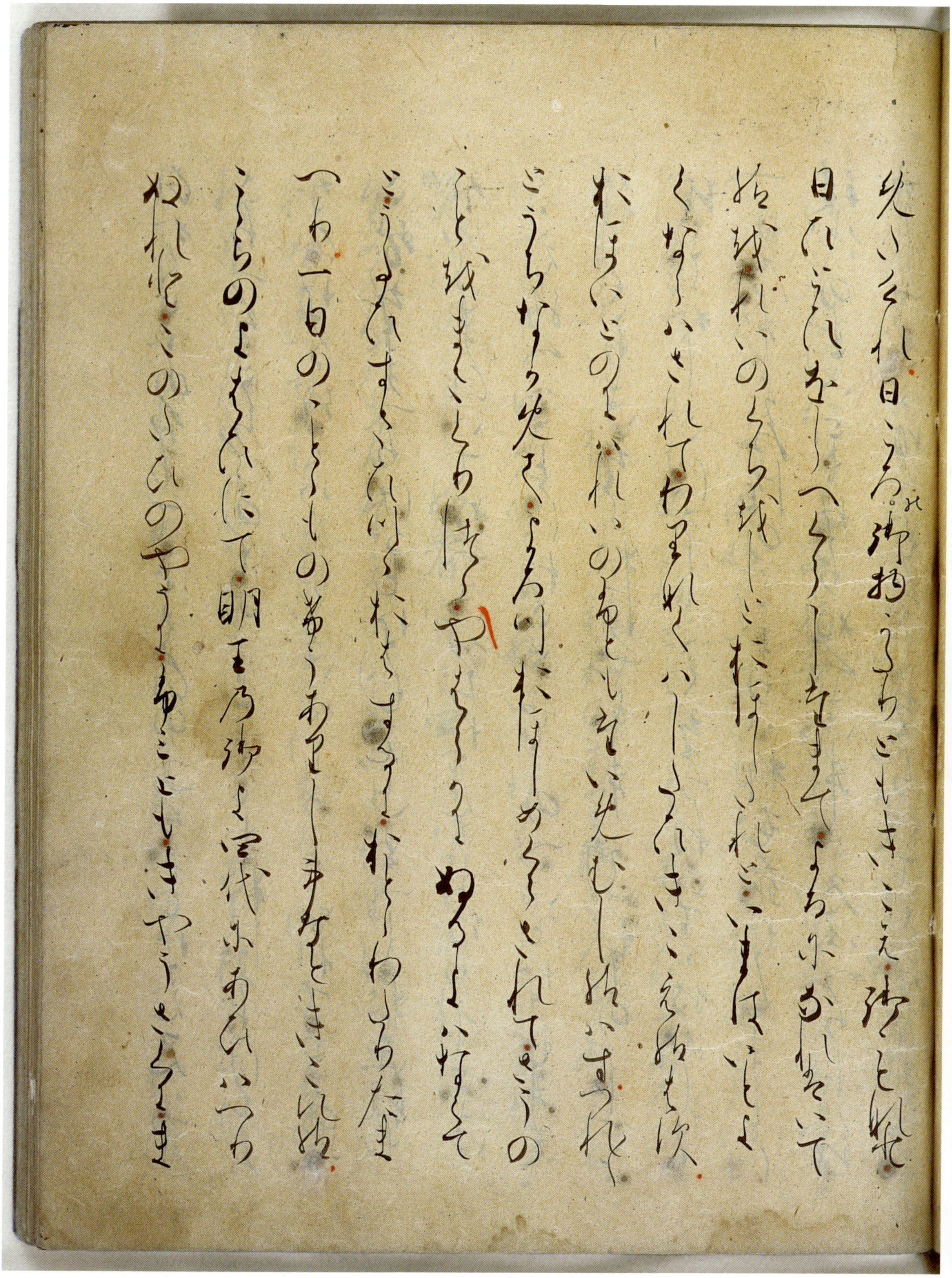

ひかくこゝのかわてよきものゝめらしなん見ハて
さわつるこゝろのものゝよすともおほすわけるこそ
かくなる紙くハしくきこしめしいれてそこのへ
さうなまつりけるもなむ見しまへしなき紙も
殆
かとしまいいてぬへきゆらなんし给わしさき
こえぬへハことにわきと昨日のへいとなむ弁色
いつしきわきそおほやまきあ新ふむものしも
我こなかしこにうしこまつねいて给わしなる
一日乃本より法のことよりハ柳花苑なんまうしたに
後代のまいともなりぬへき事と見ハつかし我
ましてさつゆるもろきなるらいてさ我らまへら

ましてハいミしきよの光ハかくは侍らましなと
きこえ給ふ中将弁なとまいりあひてかう
らんにせなかをしつゝとり／＼にこゝろわこしきこえさせ給
はうにあはくものゝねともしらへあはせてあそひ
たまふいとおもしろしかのありあけのきみは
なかりしゆめのおもひいてゝいとなけかしうてなかめ
給ふのこし給春宮に四月はかりとおほしさ
ためたるなれはいとわりなくおほしみたる
れたまへるをとこ君もわれたつ
ねたまはんにはあとはかなくはあらねといつれと
もしらてことにゆるしたまはぬわたりにかゝつらは

らうえい人わたりつくしたまへはらうゑいはしやまそ
花よなるかな二月廿よ日にみなみのはいとのま
にこのけち(結)に上達部殿上人たまはしはへりてまつり
て御つくりもののいれたえんしたまへはをさか
はきさいにまかしりかつののちわなかしこやかしつられ
まつわすれおほくれたまきこえさせ給ひしはいまはふ
はゆへおもしろき持あそひしうはへりつちの様
こやまちのおしさはみうきはてれたまはに
はゆへてをしなきことものしたまふ
こころやうしてきましあへしうしておもしろつわ
源氏のきみはうちにくくつゝはれむものにて

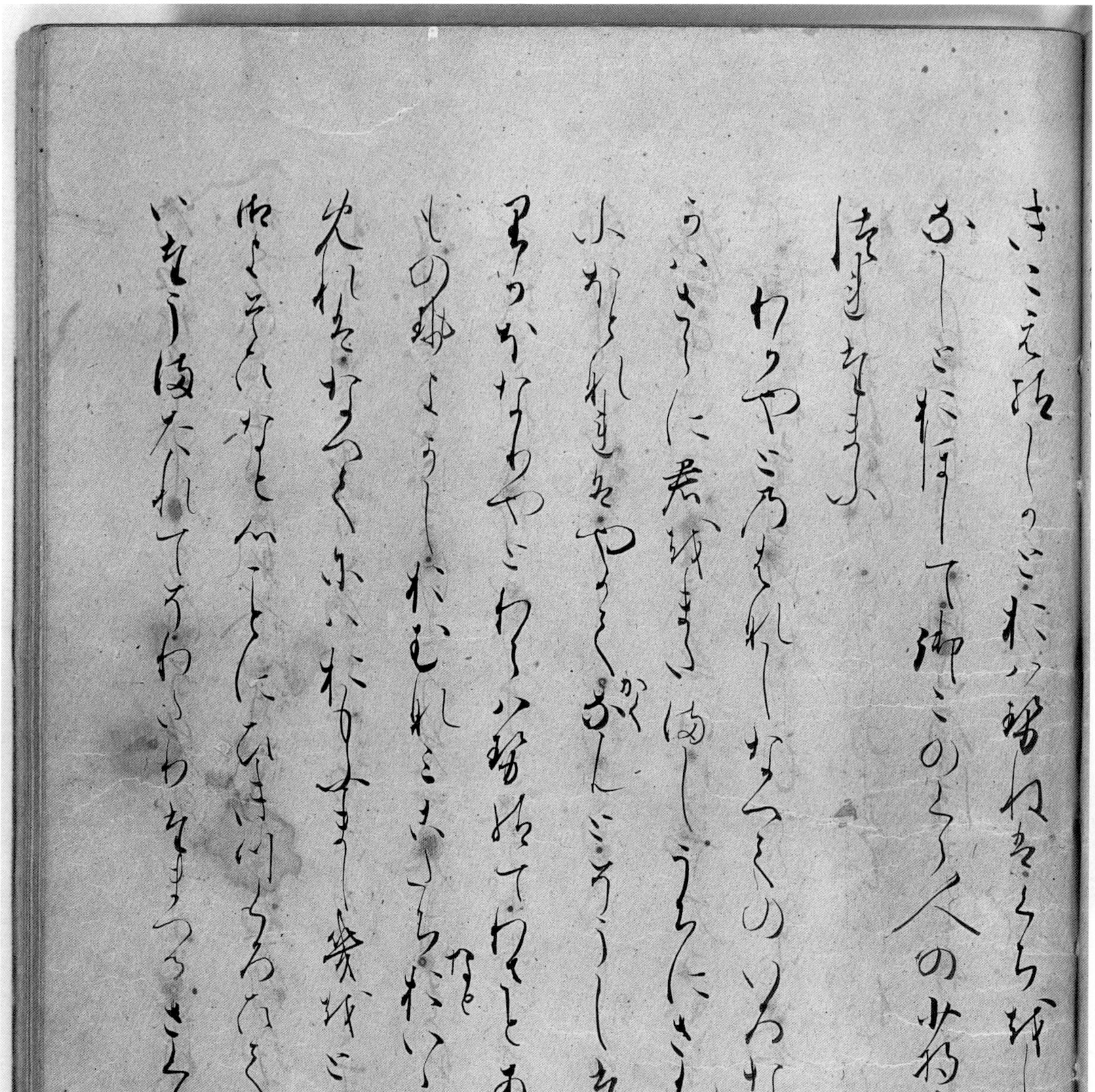

きこえ給しのことはりおはせねはくちおしうものゝはへ
なしとおほして御このくら人の少将をたてま
つらせ給ふ
わかやとの花しなへての色ならは
なにかはさらに君をまたまし　内にさふらひ給
ほとにてうへにそうし給へはしたりかほなりやとわらはせ給て
わさとあめるを
ものせよかしおむなみこたちなともおひいつるところ
なれはなへてのさまにはおもふましきをなとのたまはす
御よそひなとひきつくろひていたうくるゝほとに
まちたれてそわたり給さくらのからのきの

の御なをしえひそめのしたかさねしりいとなか
くひきてみな人はうへのきぬなるにあされたる
おほきみすかたのなまめきたるにていつかれいり
たまへる御さまけにいとめてたきはなのにほひも
けおされてなかなかことさましにそみゆる御あそ
ひなといとおもしろくしてよすこしふけゆくほとに
源氏のきみいたうゑひなやめるさまにもてなし
てまきれたち給ぬしんてんに女一宮女三宮
おはしませはひんかしのとくちにおはしてよりゐ
たまへりふちはこなたのつまにあたりてあれはみ
かうしともあけわたして人々いてゐたり

すたれとものこほれいてたるさまなとをたうか
のおりおほえてことさらめきもていてたるをふ
さわしからすまつふちつほわたりおほしいてらる
なやましきにいたうしひられてわひにて侍りか
しこけれとこのおまへにこそはかけにもかくさせ
給はめとてつまとのみすにひきき給へれはあな
わつらはしよからぬ人こそやむことなきゆかりはかこ
ちはへるなれといふけしきをみ給ふにおもゝしきさまにはあらねと
いとおもしろうはあらねとおしなへての人ともは
にはあらすあてなまめかしきけはひしるし
そらたきものいとけふたうくゆりてきぬのおとなひ

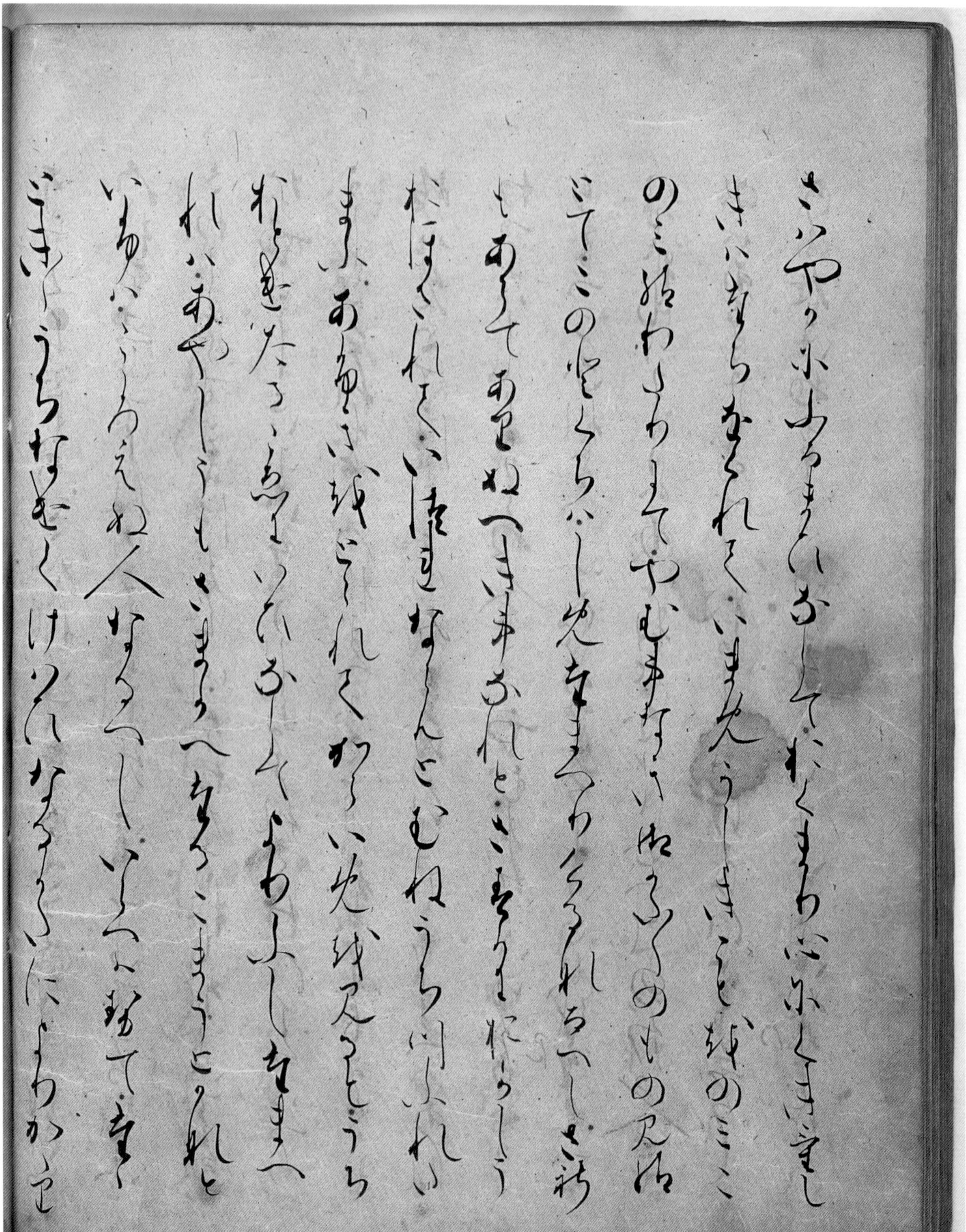

さやかにふるまひなしておくまり心にくきけ
はひはたちおくれいまめかしきことのみこ
のみわたりてやむことなき御かた〳〵ものみ
とてこの戸くちはしめたまへるなるへしさし
もあるましきことなれとさすかにおかしう
おほされていつれならむとむねうちつふれて
あふきをとられてからきめをみるとうち
おほとけたるこゑにいひなしてよりゐたまへ
れはあやしくもさまかへけるこまうとかな
といふは心えぬ人なるへしいらへはせてたゝ
ときときうちなけくけはひするかたによりかゝ

てき丁こしに手をとらへて
あつさゆみいるさのやまにまとふかなほの
見し月のかけや見ゆると　なにゆへかとおしあて
にのたまふを　えしのはぬなるへし
心いるかたならませはゆみはりの月なき
そらにまよはましやはといふ声たゝそれなり
いとうれしきものから

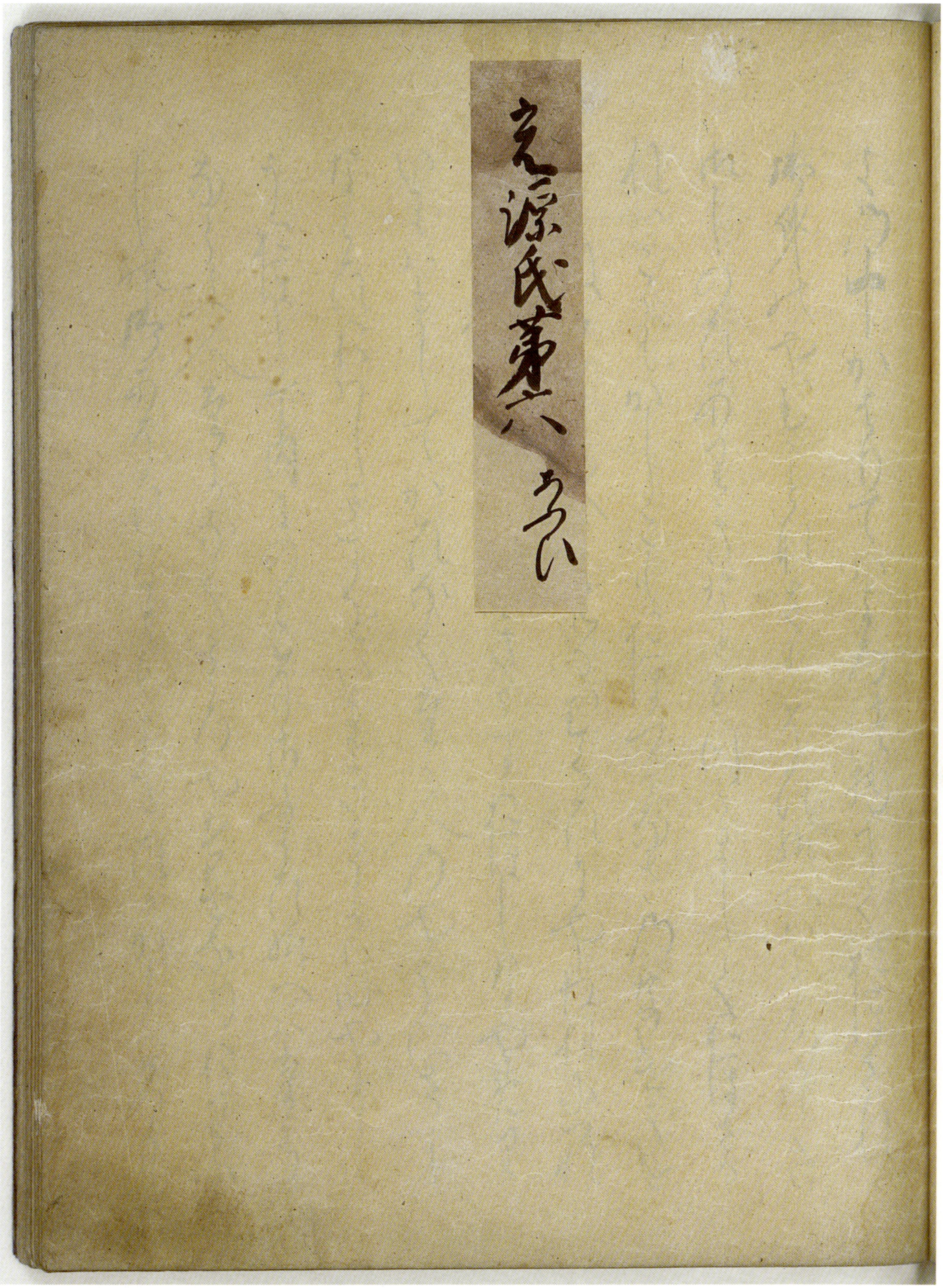

よの中かはりてはよろつ物うくおほされ
御身のやむことなさもそひぬれはかろかろしき
御しのひありきもつゝましくおほされて
こゝもかしこもおほつかなさのなけきを
かさね給ふむくいにやなほわれにつれ
なき人の御心をつきせすおほしなけく
いまはましてかれなくたゝ人のやうにてそひ
おはしますをいまきさきは心やまし
うおほして内にのみさふらひ給へはたちなら
ふ人なうこゝろやすけなりおりふし
には御あそひなとをこのましうせさせたまひつゝ

きさきは心やましくおほすにや内にのみ
さふらひ給へはいまの御ありさまにめてたけれや
ことにめてたきはされと春宮をそいとこひしく
思ひきこえ給ふ御うしろみのなきを
うしろめたく思ひきこえて大将
の君によろつきこえさせ給ふもかたはら
いたきものからうれしくおほすまことや
かの六条のみやすところの御はらの前坊の姫君
みやは斎宮にゐ給ひにしかは大将の御心はへも
たのもしけなきをおさなき御ありさまの
御さまのうしろめたさにことつけてくた

りやしなましとかねておもほしたりけれ院にも
かゝることなんときこしめして故宮のいと
やむことなくおほしときめかし給しを
かろ／＼しうおしなへたるさまにもてなす
なるかいとおしきこと斎宮をもこの御こ
たちのつらになんおもへはいつかたにつけて
もおろかならさらんこそよからめ心の
すさひにまかせてかくすきわさするは
いと世のもときおひぬへきことなりなと
御けしきあしけれはわか御心ちにもけに
とおもひしらるれはかしこまりてさふらひ給

女人乃罪障ふかゝましきすあるにハ清れ
をしなへてにもておしなへて女乃うらみをかけ
いとあさましきかりなとのいまうするにつけても
ふかきしつね心乃うちたにあさなきことにきこえ絶し
清あされ事ともきこえかしうちはへまさる
れハかしこまりて猶女ハかくねんまてき
こし絶しハれのいまはすゝに女人の御若し
わか君もおさなくいとをしきさまにたまはすに
やむことなき心くるしきすちにおもひ女へこ
なをさりにあはれてはかなきさいはひにてなし
きこえしをきみ女しかたとにもあさり御まうれ乃

おとなしきといひしくきこしきともさすかなれ
きこえしきまれて心とけきこえ給はぬけしきなれは
それにつゝみきこえぬやうなるを院にもきこ
しめしいれよの中の人もしらぬ人なくなり
にたるをふかうしもあらぬ御心のほとを
いみしうおほしなけきけりかゝることをきゝ給にも
あさかほのひめきみはいかて人に
にしとふかうおほせははかなきさまなりし御返
なともをさ／＼なしさりとて人にくゝはしたなくは
もてなし給はぬ御けしきを君もなほ
ことなりとおほしわたるおほとのにはかくのみ

ことつきかくて侍るこそきこえさせなめれと御心
みやすところはいとゝ心くるしきに心うきことなしこたは
かりこまりはつるに御おもひはいとゝいつれなく
なれのみつゝましくもえおほしなれぬに
いとゝ心くるしきすちにおもひきこえたまへと
またあらはれてはわさともてなしきこえたまはて
れこなりきこえさせたまへはおほかたもくうれしきさし
ののゆゝしこたはりて侍らぬ御いのち御つ
しみなきいまよるをやけふとをまてさふらひぬれやう
なるかたにいとゝ御いとまなくてたゝはしたなくう
ことしもなかりけれことましたまはくなかれとゆ

ころ斎院おりゐ給てきさいはらの女三宮ゐ給
ぬみかときさきいとことにおもひきこえ給へる宮
なれはすちことになり給をいとくるしう思したれ
とこと宮たちのさるへきおはせすきしき
なとつねのかみわさなれといかめしうのゝしる
祭のほとかきりあるおほやけことにそふことおほかれ
ことそみところこよなし人からと
みゆ御禊の日上達部
なとかすさたまりてつかうまつり給わさなれと
おほえことにかたちあるかきり
いかさまにかきりなく

ちことなるえらせしたかさねのいろうへのはかまのもん
もんむまくらなとゝのへてゝやくわりみれこの
ぬらとわきたるせんしにて大将の君仕うふ
川のきまふかねてよりもの見くるま心つかひ
しけり一条わたりはところもなくさわかしく
ところ／＼のさしき心／＼にしつくしたるしつ
さくえ見しみなるたはへとのにはかやうの御ありき
きなとをさ／＼しくしたまはぬにみこゝちさへ
やましけれはおほしかけさりけるをわかき人々
いてやおのかとちいてゝやたゝらさし
まへらんこそはへなかるへけれおほよそ人今日に

けふのものみには大将とのをこそはあやしきやま
民
かつさへ見たてまつらんとすなれとをき
あれとをきくに〳〵よりめこをひきくしつゝまうてく
なるをこそ御らんせぬはいとあまりもはへるかな
なかなか御らんせぬはいとあまりもはへるかなといふを
きこしめしてこゝろくるしくやと大宮きこしめして
御こゝちもよろしきひまなめりさふらふ人〻も
しけなめりさう〳〵しけなめりとて
かしきをきゝてにはかにめくらしおほせ給て
めくらしたまふ日たけゆきてきしき
もわさとならぬさまにていて給へり

隙なくたちわたりたるによそほしくひきつゝきてたち
まてたちわつらふよき女くるま隙なくはなれては
う人はなくあきところのなきまゝにすへしのけくたく
しめよしたてみなさしのけさするなかにあし
ろのすこしなれたるかしたすたれのさまなと
よしはめるにいたうひき入てほのかなる
くれないりそてかの見ゆるそてくちも裳の
はかさみのすそ心まくるきからにしのくいろあれいと
きよらにてことさらにしのひたるけはひしるけれ
ことりの見えてこれはさらにさやうにさしのけなとすへき
御くるまにもあらすとくちこはくてゝふ

れはさらにさやうにさしのけなとすへき御車にもあらす
とくちこはくて手ふれさせすいつかたにもわかき
ものともゑひすきたちさはきたるほとのことはえ
したゝめあへすおとなゝゝしきおまへの人はかくなといへ
ともえとゝめあへす斎宮乃御はゝみやす
所ものおほしみたるゝなくさめにもやと
しのひていてたまへるなりけりつれなしつく
れとおのつから見しりぬさはかりにてはさないはせそ
大将殿をそかうけにはおもひきこゆらんかし
なといふをその御方乃人もましれゝは

あれはいとおしと見れとようゐせんもわつらはし
れはものをいはてしらすかほをつくるつゐに御
くるまともたてつゝけつれはひとたまひ（人給）のおくに
おしいれられてものも見えすこゝろやましきはさ
るものにてかゝるやつれをそれとみしれぬる
いみしくねたきことかきりなしゝち（榻）
なともおしおられてすゝろなる人のくるまのと
うにうちかけたれは又なく人わろくくやしう
なにしにいてつらんとおもふにかひなしものを
見てかへらんとしたまへととほりいつへきかたも
もなくていとさうしきにことなりぬといへは

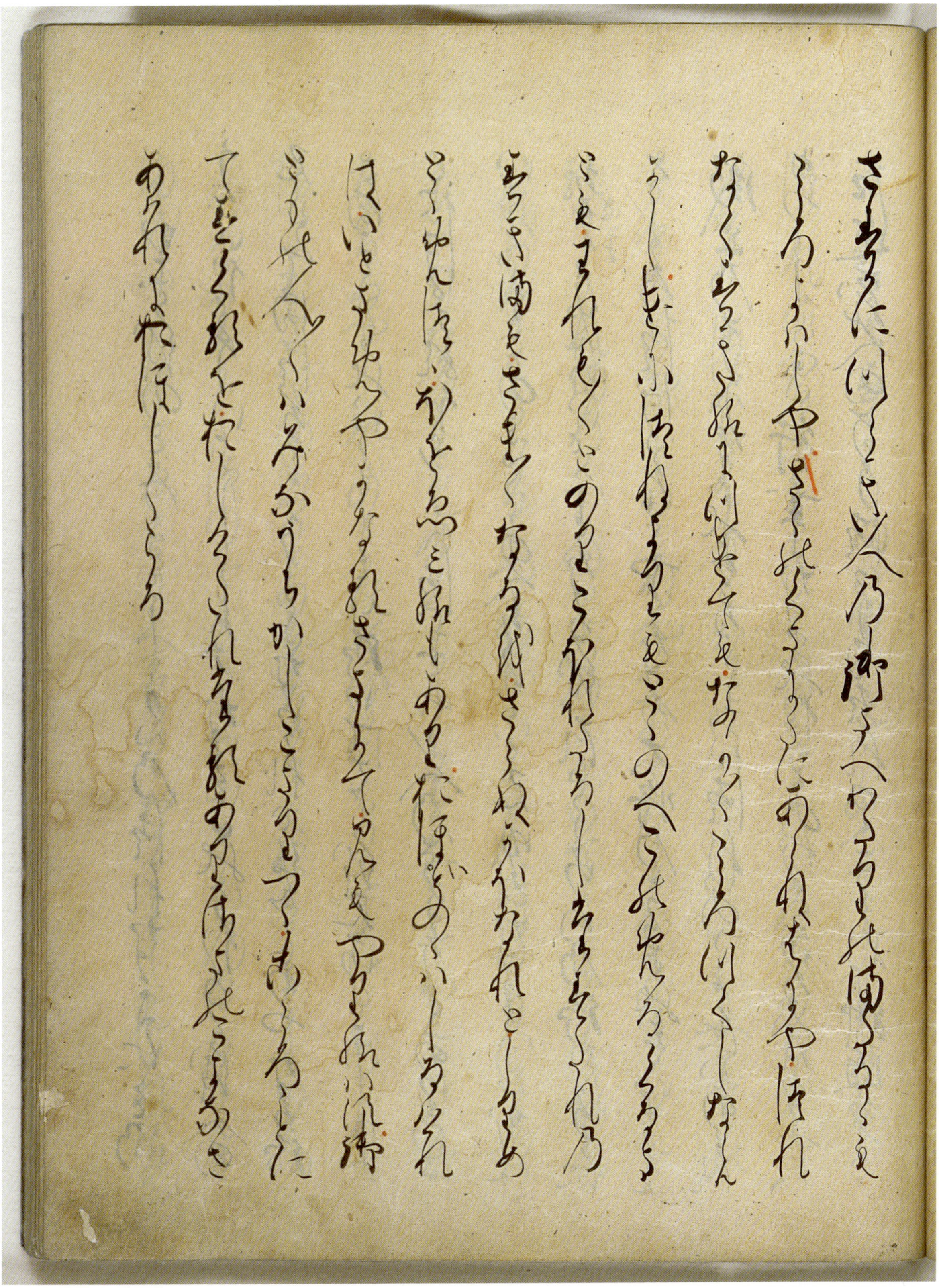

かけをのみゝたらしかはのつれなきにみの
うきほとそいとゝしらるゝとなみたのこほるゝを人の
見るもはしたなけれとめもあやなる御
さまかたちのいとゝしういてはえを見さらましかは
とおほさるほとゝにつけて人のさうそくありさま
いミしくとゝのへたりと見ゆるなかにもかん
たちめはいとことなるをひとゝころの御ひかりにけたれた
めりけるにやなかなる大将のかりのすいしん
殿上のそうなとのするはつねのことにもあらす
めつらしき行幸なとのおりのわさなるをけふは
右近蔵人のそうつかうまつれりさらぬ御随身と

も、かゝるおりはゆくへしらぬのへてよからむかし
はなれはつるはまたいとくやしきなれのねいあるまし
くちをしとはおほしさためかたくなとはふりたてたく女たちも
さらにおやしかゝるわや文のさたなれは[illegible]もあ
あれかさしうれはしきものゝみにいりてこゝちもまされれ
いはむかたなくやあるかなくとたにはかなく[illegible]
ことわりなれと見ゆくらうちなきてかこちきこえん
あるあやしきものゝきてかれくるとてなけかれてあ
はゝ宮にて御はてをあさましきこともなかしあさ御
しらなくしはのとさしもかのかへりなむかさ
御殿のしつて思ふときへなりなむとも見れは

しきいなかのむすめなとさへ心のかきりつくしたるくるまともにのりさまことさらひ心けさうしたるなんをかしきやうやうの見物なりけるましてこゝかしこにうちしのひてかよひ給ふ所々は人しれすのみかすならぬなけきまさるもおほかり式部卿の宮はさしきにてそ見給ひけるいとまはゆきまてねひゆく人のかたちかな神なとはめもこそとめ給へとゆゝしくおほしたりひめきみはとしころきこえわたり給御心はへの世の人ににぬをなのめならんにてたにありましてかうしもいかてと御心とまりけりいとゝちかくて

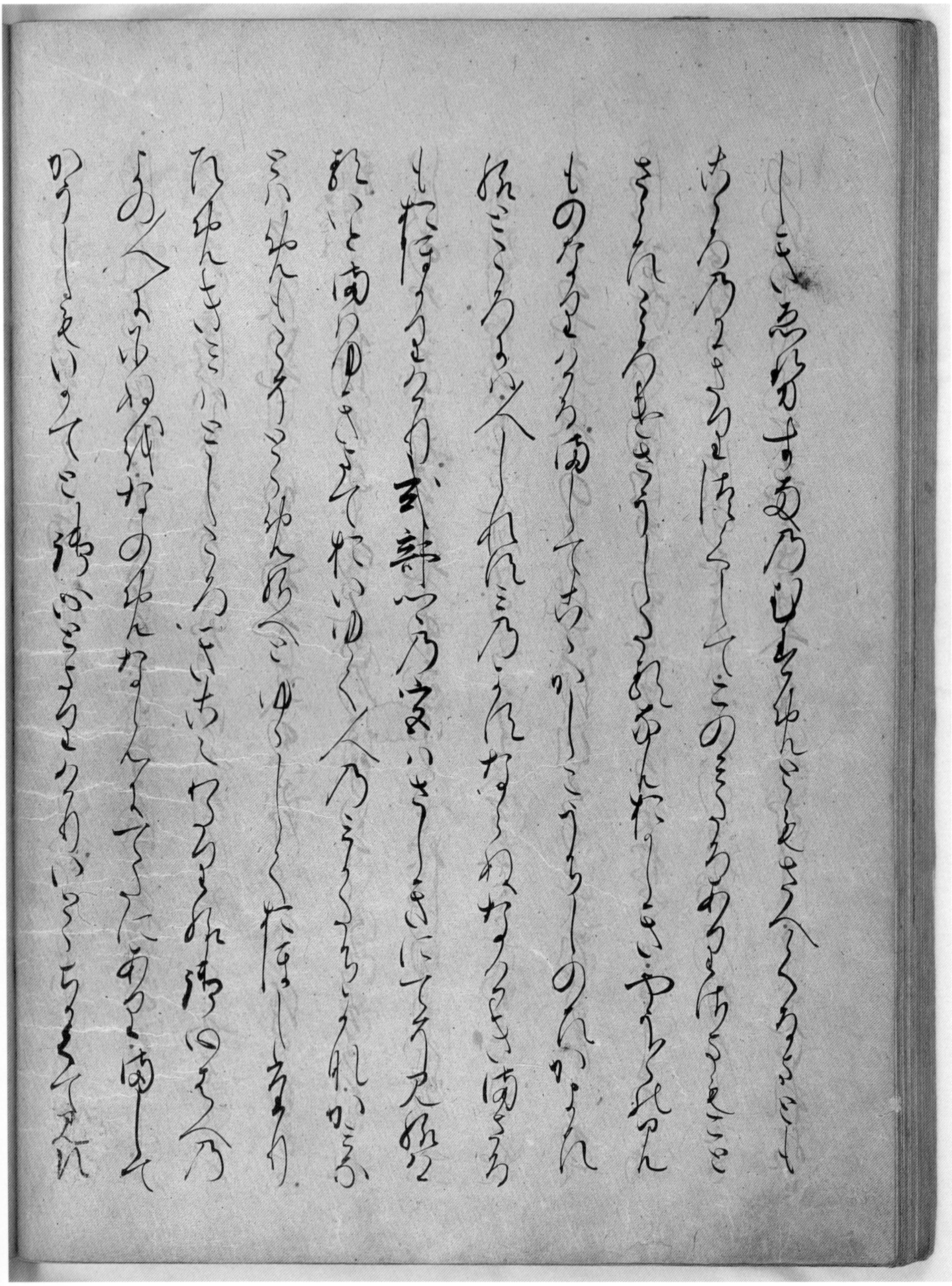

んまてハおほしよらすわかき人〳〵ハきゝにくき
まてめてきこえあへりまつりの日ハ大殿にハもの
見給ハす大将のきミハかの御くるまのところあらそひを
まねひきこゆる人ありけれハいといとほしくうしと
おほしてなほあたらおもりかにおハする人の
ものになさけおくれすくよかなるところつき給へ
るあまりにみつからハさしもおほさゝりけめとかゝ
るなからひハなさけかハすへきものともおほいたらぬ
御おきてにしたかひてつき〳〵よからぬ人〳〵のせさせたる
ならんかしみやすところハ心はせのいとはつか
しくよしありておハするものをいかにおほしうむ

しらんとは御しゝて渡りておはつまゝかれど斎宮
渡りも見ぬやうにおはしましいさゝかのみえはもろこしと
院へまゐりてつゝやまふくしるしいかんしおはすらりと
いたはしなのうちおもやかくかくたにかはりくしのうちにて常に
らたにて御しておはしましてとぶらひ清らやられおはしまし
二条院にはまゐられおはしまして渡らせ給ふにいとおもしろく
のまへまゐらせてそれより院へまゐりてとたいふ侍
おはす女房いてまち渡りやとのおはしてたいめん君のいとう清ら
なくしきに川くりたまてたりまゐる御ぶくあさて見ゆ
て渡らせたまへれ君はいさおはしましてしたいもしまいて涙くし
のおはしまさすまゝに見ゆる御かたちいておはしてたまひし

くちきなはいさゝかなる御なやみある目なすしむつかしとてさらよ
これたる御前れはうろめしてさきさへ御かなとしれ
かたに中川女房いてゐてわらへのきこのさしもれはうし
のなかる御つれ給へんれはいとこらうくうなすれかさとる御あ思
たれやにてさきさりしてたりきさかんのうへのり御ふかれ
あれとあまやにみのこさこの給へくしいまれうらんはて
うるさところ御かくもあるかれはのまかれやさんこまらん
こなさかへるれはとかすのさき人をなるはいうへいまさし
かられてもあかなる御心をてかられくるかまち御あさ
やあさるとかくさせあのくんはてうきたてくちみろといた
たゝ此少納言いつれはかへしあそあしと人よそ御ける

はかりなきちひろのそこのみるふさのおひゆく
すゑはわれのみそみむときこえ給へは
ちひろともいかてかしらむさためなくみちひる
しほののとけからぬにとものにかきつけておはす
るさまらう〱しきものからわかうをかしきを
めてたしとおほす[illegible]
けふもところもなくたちにけりむまはのおとゝのほとにたてわつらひてかんた
ちめのくるまともおほくてものさはかしきわたりかな
とやすらひ給によろしき女くるまのいたうの
りこほれたるよりあふきをさしいてゝ人をまねきよせて
こゝにやはたゝせ給はぬところさりきこえむときこ

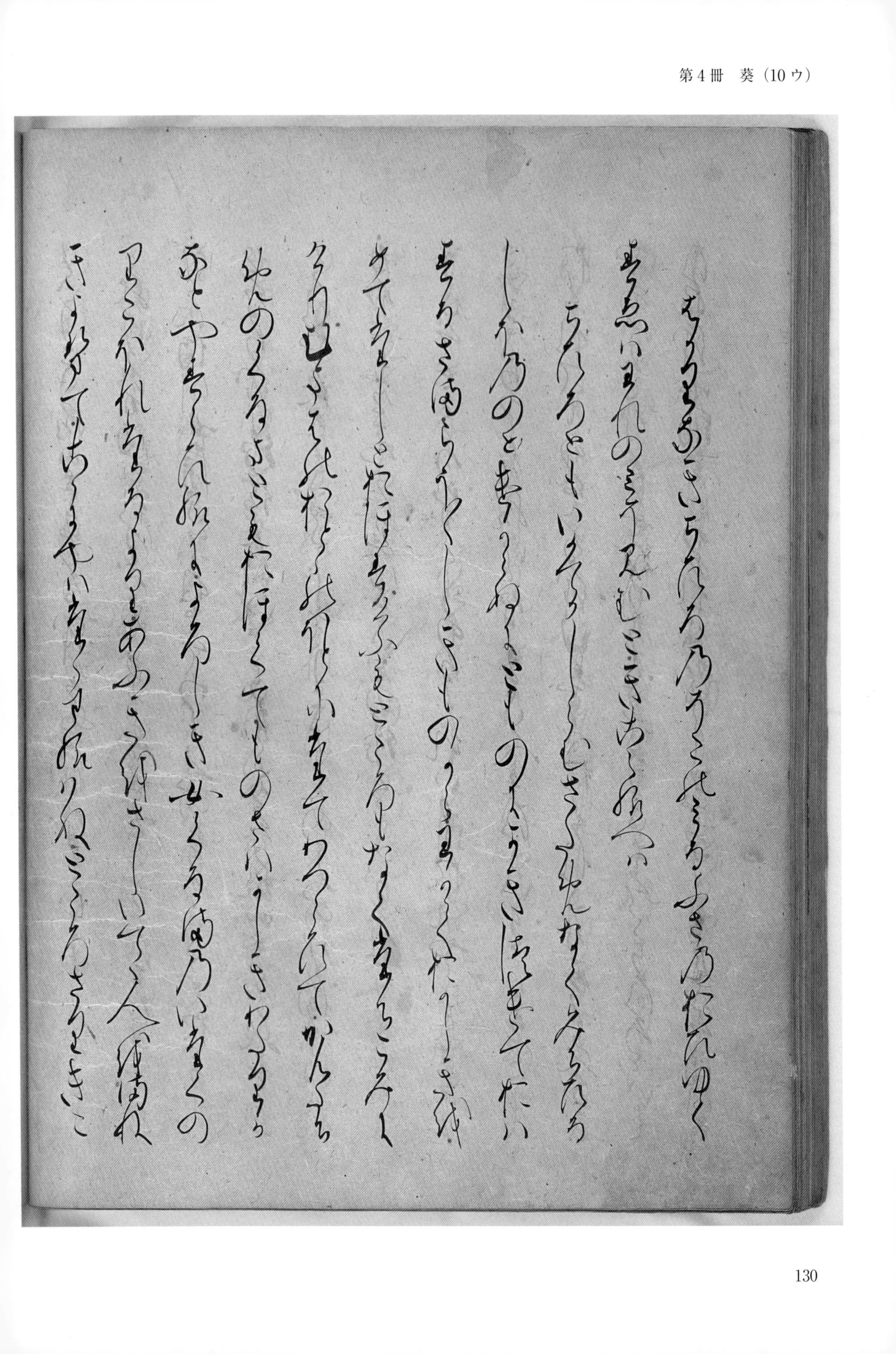

ゝむときこえたりいかなるすきものならむ
とおほされてところもけによきわたりなれは
ひきよせさせ給ていかてえ給へるところそとねたさにな
むとのたまへはよしあるあふきのつまをおりて
はかなしや人のかさせるあふひゆへ神乃
ゆるしのけふをまちけるしめのうちにはとあるて
をおほしいつれは源内侍乃すけなりけりあさまし
うふりかたくもいまめくかなとにくさにはした
なく
かさしけるこゝろそあたにおもほゆるやそ
うち人になへてあふひを　女はつらしと思きこえたり

くやしくもかさしけるかなのみして人
たのめなるくさはゝかりをときこゆ人とあひの
りてすたれをたにあけ給はぬを心やましく思
ふ人おほかり一日の御有さまのうるはしかりし
にけふうちみたれてありき給ふかしたれならん
のりならふ人けしうはあらしはやとおしはかり
きこゆいとましからぬかさしあらそひかなとさう
てたらすおほさるれとさうさうしくおほす
ねとかやうにいとおもなからぬ人はたとあひの
りたまへるにつゝまれてはかなき御いらへも心
すくきこえんもまはゆしかしやすからぬもの

ほしみたるゝことしころよりもおほくそ
ひにけりつらきかたにおもひはてゝ給へといまは
とてふりはなれくたり給なんはいと心ほそかり
ぬへくよの人きゝも人わらへにならんことゝおほ
さりとてたちとまるへくおほしなるにはかく
こよなきさまにみな思くたすへかめるもやすから
すつりするあまのうけなれやとおきふしおほ
しわつらふけにや御心ちもうきたるやうにおほ
されてなやましくし給大将殿にはくたり給はんことを
もてはなれてあるましきことなともさまたけきこ
えすかすならぬ身を見まうくおほしすてん

もことわりなれといまは人松はふかれなきすきて御
給ひしをてんやのきりつほはあんなとのさき
大とかく給ひまれはつゝぬしつれはつる御ことわりや
なすくさもとをきりてはへりしこのはいつのみあかり
し給へはいとく〳〵なる院はいとやすくなほしいれ給はれ給はい
このよの御ものゝきあなきていはさりつる給はまへ
れもくなほしなかくの御あるまきなとみさいうつふ
れは二条院よりまさにもさいくすわうるれきさいつてとやん
ことなきさかりはいとしとくなれもさいともしはつる人のあ侍
ことしさいとさくすれはつる御なやみあれはこちゝくれ
しまなほしなきまさきて御修法やなすまゝやとわの御方

ふかくおほすくおほしなけきて御すほうやなにやなとわか御かたにておほくおこな
はせ給ものゝけいとおほくいてきてさま〳〵のなのりするなか
に人にさらにうつらすたゝみつからの御身につ
とそひたるさまにてことにおとろ〳〵しうわつらはし
こゆることもなけれと又かた時はなるゝおりも
なきものひとつありいみしきけんさともに
もしたかはすしうねきけしきおほろけのもの
にあらすと見えたり大将殿の御かよひところ〳〵こゝかし
ことおほしあつるにこの宮す所二条の君なとはか
りこそはおしなへてのさまにはおほしたらさめ
れはうらみのこゝろもふかゝらめとさゝめきてものなと

とはせ給へとさしてきこえあつることもなしも
のゝけとてもわさとふかき御かたきときこゆるも
なしすきにける御めのとたつ人もしはおやの御かたにつけ
つゝつたはりたるものゝよはめにいてきたる
なとむね／＼しからすみたれあらはるたゝつく／＼と
ねをのみなき給ており／＼はむねをせきあけつゝ
いみしくたへかたけにまとふわさをし給へはいかに
おはすへきにかとゆゝしうかなしくおほしあはてたり
院よりも御とふらひひまなく御いのりの事まてお
ほしよらせ給ふさまのかたしけなきにつけても
をしけなる人の御身なりよの中あまねくおし

ことまておほしよらせ給さまのかたしけなきにつけても
なり世中おしみきこゆるをきゝ給にも年ころハいとかくしもあらさりし
御いとみ心をはかなかりし所の車あらそひに
うたて人の御心のうこきにけるをかの殿には
さまてもおほしよらさりけりかゝる御物思ひのみたれに
御心ちなをれいならすのみおほさるれは
ほかにわたり給て御すほうなとせさせ給大将殿きゝたまひ
ていかなる御心ちにかといとおしうおほしおこして
わたり給へりれいならぬたひところなれはいたうしのひ
給ふ心よりほかなるおこたりなとつみゆるされぬへく
きこえつゝけ給てなやみ給人の御ありさまもうれへ

うれへきこゆれとつゆさしもおほしいれ給はねと
なやましけにいとゝしくてなかれ御ゆかりのむつましさ
さらぬかほにのみ見えたてまつらんとてなんおもほしはてたれは
しのひやかにきこえ給へるけはひいとあはれしくかなしと
かきくれたるきこえはれなれはさかしらにさへおもほしなるを
しきしのかみにもあはれと見えてなほたちかへりなれてをかしき
あさましきまてにて給ひけるなこりのなつかしさにそなほ
たちかへりぬることのやむことなきさまにて
ほとふるまゝにいとゝしくおもほしくつをれて
はつるにはたゝしるしもなくさきのやうに
なにあさましうおもほしゐつゝなかめけるもの

ものゝのさまのこゝろしられは御ゆるしきこえすなれ
はなれにしあるはまことにつきなれたるまとしたかる事
なるをはかりしものゝのたにはといそくらしをに御と
こなたさまにてそれいはなりくまいらせ給さるなと
あるはれいのことをもおほしたりけるものゝる
すてゝいまはいとゝうしろめたなくおほさる
をはしまして御かたちのやうの井乃御かたはらに
まことにあるへき御ありさまはなれたる人のなかにさまかく
れさまのつねとするかひなくおほしいれさまにやありよ
あまたゝかつらゝせちらせことさらにつきゝなく文
へれさるとへゝなすきます御ありさまをたゝにゝれ

御返りいとくらうなりにたれと袖のみぬるゝ
やいかなれはふかゝらぬ御ことになん
あさみにや人はおりたつわかゝたは身もそほつ
まてふかきこひちをおほろけにてやこの御返
をみつからきこえさせぬなとあり大殿には御ものゝ
けいたうおこりていみしうわつらひ給ふこの御いき
すたまこちゝおとゝの御らうなといふものありと（霊之）
きこゆるにつけておほしつゝくれは我身ひとつの
うきなけきよりほかに人をあしかれなと思ふ心も
なけれともの思ひにあくかるなるたましひはさも
やあらんとおほししらるゝこともあり

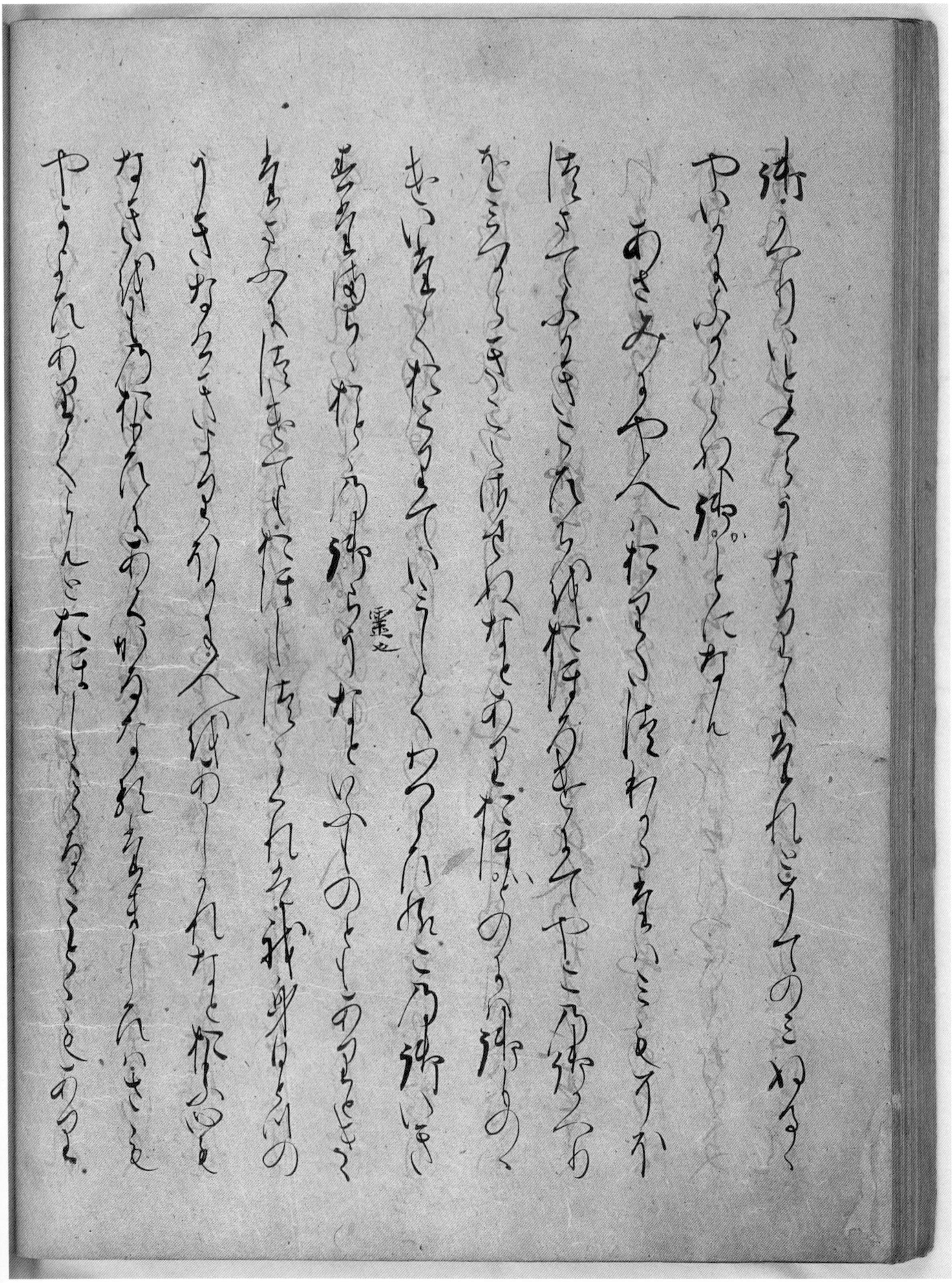

としころよろつにおもひのこすことなくてすく
しつれとかくしもくたけぬをはかなきことのを
りふしに人のおもひけちなきものにもてなすさまな
りしみそきのゝちひとふしにおほしうかれに
しこゝろしつまりかたくおほさるゝけにやす
こしうちまとろみ給ふゆめにはかのひめ君とおほしき
人のいときよらにてあるところにいきてとかくひき
さくりうつゝにもにすたけく（猛）いかき（辛）ひたふるこゝろ
いてきてうちかなくるなと見え給ふことたひかさなりに
けりあなこゝろうやけに身をすてゝやいにけんと
うつし心ならすおほえ給ふおり〳〵もあれはさならぬ

さならぬ事たに人の御ためにはよさまの事をしもいひ
いてぬよなれはましてこれはいとよくいひなし
つへきたよりなりと思すにいとなたゝしくひた
すら世になくなりてのちうらみのこすは世のつねのこ
となりそれたに人のうへにてはつみふかくゆゝし
きをうつゝのわか身なからさるうとましき事をいひつけら
るゝすくせのうき事すへて
つれなき人にいかて心もかけきこえしと思しかへせと
思ふもものをなりなと斎宮はこそ内へいり給へか
りしをさま〳〵さはる事ありてこの秋いり給
ふへく九月はやかて野乃宮へうつろひ給へく

ふたゝひの御はらへのいそきとりかさねて
あるへきにたゝあやしくほけ／＼しくてつく／＼とふし
なやみ給ふを宮人いみしき大事にて御いのり
なとさま／＼つかうまつるおとろ／＼しきさまにはあらす
そこはかとなくて月日をすくし給ふ大将殿も
つねにとふらひきこえ給へとまさるかたのいたく
わつらひ給へは御心乃いとまなけなりまたさる
へきほとにもあらすとみな人もたゆみ給へるに
にはかに御けしきありてなやみ給へはいとゝしき
御いのりかすをつくしてせさせ給へとれいのしふ
ねき御ものゝけひとつさらにうこかすやむことなき

けんさともめつらかなりともてなやむさすかに
いみしくてうせられて心くるしけになきわひ
てすこしゆるへ給へや大将にきこゆへきことありと
のたまへはされはよあるやうあらんとてちかき御木丁乃
もとにいれたてまつりたりむけにかきりのさまに
ものし給をきこえをかまほしきこともおはするにやとて
おとゝも宮もすこししりそき給へりかちの
そうとも声しつめて法花経よみたるいみしう
たうとし御木丁乃かたひらひきあけて見
たてまつり給へはいとをかしけにて御はらはいみしく

なかのくちてかしはつらはしたまへるさまよそ人たに
見たてまつらむに心みたれぬへしましてをしくかなし
しとおほすことはりなりしろき御
そにいろあひいとはなやかにて御くしのいとなかうこ
ちたきをひきゆひてうちそへたるもかくてこそ
らうたけになまめきたるかたそはれてをかし
かりけれと見ゆ御手をとらへてあないみしこゝろ
うきめを見せ給ふかなとてものもきこえすなき
給へはれいはいとわつらはしくはつかしけなる御
まみをいとたゆけに見あけてうちまもりきこえ
給ふになみたのこほるゝさまを見給はいかてかあはれのあさ

からむあまりにいたくなき給へは心くるしき
おやたちの御ことをおほし又かく見給につけてくちおしく
おほえ給ふにやとおほしてなにこともいと
かうなおほしいれそさりともけしうはおはせし
をいかなりともかならすあふせあなれはたいめんはありなむ
なむおとゝ宮なともふかきちきりある中はゆきめ
くりてもたえさなれはあひ見るほとありなむと
おほしなせとなくさめきこゆれはいてあらすや身の
うへのいとくるしきをしはしやすめ給へときこえむ
とてなむかくまいらむともさらに思はぬを物おもふ人のたま
しゐはけにあくかるゝものになむ

あまたくれといとなみつしきくいけて
なきをさへつれつれにさこつ我さきたゝましかは
たましひもしるしあらは給まのれ思さまさへ給
の人ましあはれかきりあれはいとあやしと給し給
ことゝ思さしいのうやさもかなさるわあき滴
しく人のすくいふ侍とよりそのいとのいれいは
わかときゆく給して侍のさまれも給の給
見えて給まいかたりとわかたれとうと滴しく
なほとわかくの給へとさまれと人しわい給へう
こきにひのすかたのふかくへと乃さまそうれなれ
御ありさまはまさりていまの川れなまめかしく人の

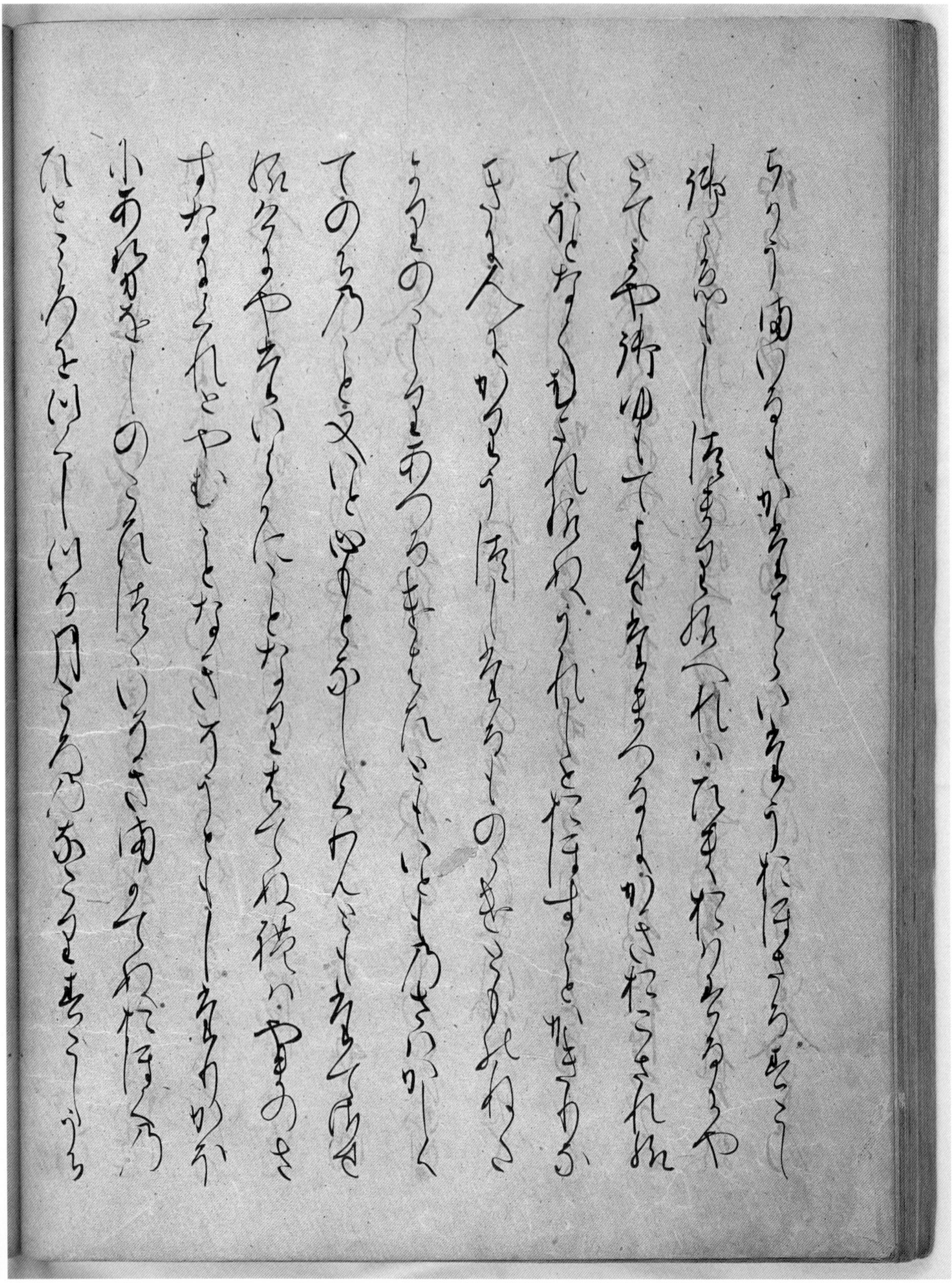

やむことてはまさるとのとれはれ御まえかりなすこゝめ
あちくいしゆれうへはもてまえとかはいゆふあさ給ん
はらしきさ御かしこきなへへまゐりさえ院代は
しれんまたてあはりてみにもまうしれんまたらさ
ちへさこゝろの御かたちもとれかいつかわかたにさえ
れのまれにさかりめくしくみゆかつのやこところは
かゝる御ありさまのなきつぬえのおちなるれなかりては
いとあやしくさくしくとおとりのかなたえとうち
ねほしくかりやしくかれくまねかほしく御こゝろもたえ
もてはなれたほしくかのつ御うかとほうおもし
のちのよしこそあらまほしきやしなくの御わさなりけり

御すとも一へなをしてこゝろのこまかなるへとなすは
おほやけにのこあれはかなすのこなるとあし
くれはされは御して人の御なれはいとあさましうなと人
よのおほえことなすねんころにけれとおもひなきを
えならぬ御すかたのかたちを聞きたまはく大将殿は
きこしめしてのこゝろはへていとおしうおほしおこしなと
ことゝもすくるするきなけれはしのひ給ていとひれ給へ
いとかくやつれたるさまかくなしくとくちかく見え
てはなれのはいかなりやうなりて給ふとてきこえつゝけ
人の御ありさまをいとゝうれへきこえくまて給て御
あさましうものあはれなるはなくかつらくおほしき人の

御なからひゆかしくおほゆるなりけりなをきゝてかれ
ものしきれはことたらはして御のさかしらなと
いとなやましきやうにもてなしてうれはしさにて
よ中をいとうくおほゆるほとすくしてなむ人にも
侍て人にみえ御あはれはあれはいとはまほしくたち
てかしつきこえたまふおほかたのあはれなと
あるをしてはなれしくいましくおほえさせたまふ
なほこの大将の御ものしたまふをもけにはたかく
あるなとかくさりつるをいみしかなと
ゐなとをうへはとおほしてつゐさのまたことゝも
こゝろしめをもつゝみのさまの御方ものしはしきさまと

の春宮はいとしくしぬつる御えまさて内ほうのおれなきを
御覧にたれしうなれはてこれけれはよしのみかたくなく
てさうしはちかむとて内侍にはあまりたれさしくせい
里にはれはいはいうそくまにくふかむしらしあまらし
きんつきとなきしけちのこさおつまてきこえさせて
やあまりてはつれさし御心のつきこゝろとこう
ときはうしとなまへれはまたにまへれはとくへしとのと
あるへき御事なりにしあやしけにくはしらへぬ
へりといれはつねもものしくなきとまてあるへきことと
よいとてふしぬつさしのはなまもしらのくまり
きこれはいかにてものなきさらてしまふ御けしきへ

ときゝくさきてなしもかなしうこそあなれとし
むかしになきひとゝなりはてきこえし御かたみの
をおほしいつれはゆゝしうゝきてゆかし
かはしうおほすなとしはしうちまもりきこえ給ふにはいてに
もかのもとへにいきしもきこえてやうにくたかせ
しつれきこえてはふくこの御ありさまなとは
しはてよろつれはこそ[illegible]
しきすいとはれこまつりいとふ[illegible]
しられはうちとなりしなくれはなとはへらめは
ひききこしめしはおもきこえしもこそへ[illegible]
れするをとこきみのいとよのしきみのれとしはいゝくさ

さわさとなされぬてあまつかさらみなあしくは
にてふしまちつさまゝにしとしつゝあに心くる
しおかしくしのみえれらおもなくらう
さうこまれのはかなくのみとはいさはまて見え
ゆれいさしくのあにしくともあのなすのみまたて心
れはゝむこゝあやしきさてまつれぬれかんなと
にまかりていとくはやうこそやまてなまつ
あのこすみえまてつゝしうれしきさいこそや
ぬはさとなかにこなくやりて何すてすゝく
しかもくるしさくなかやうこ人はゝく
くたはしはしてれいのなましさ人のはらか

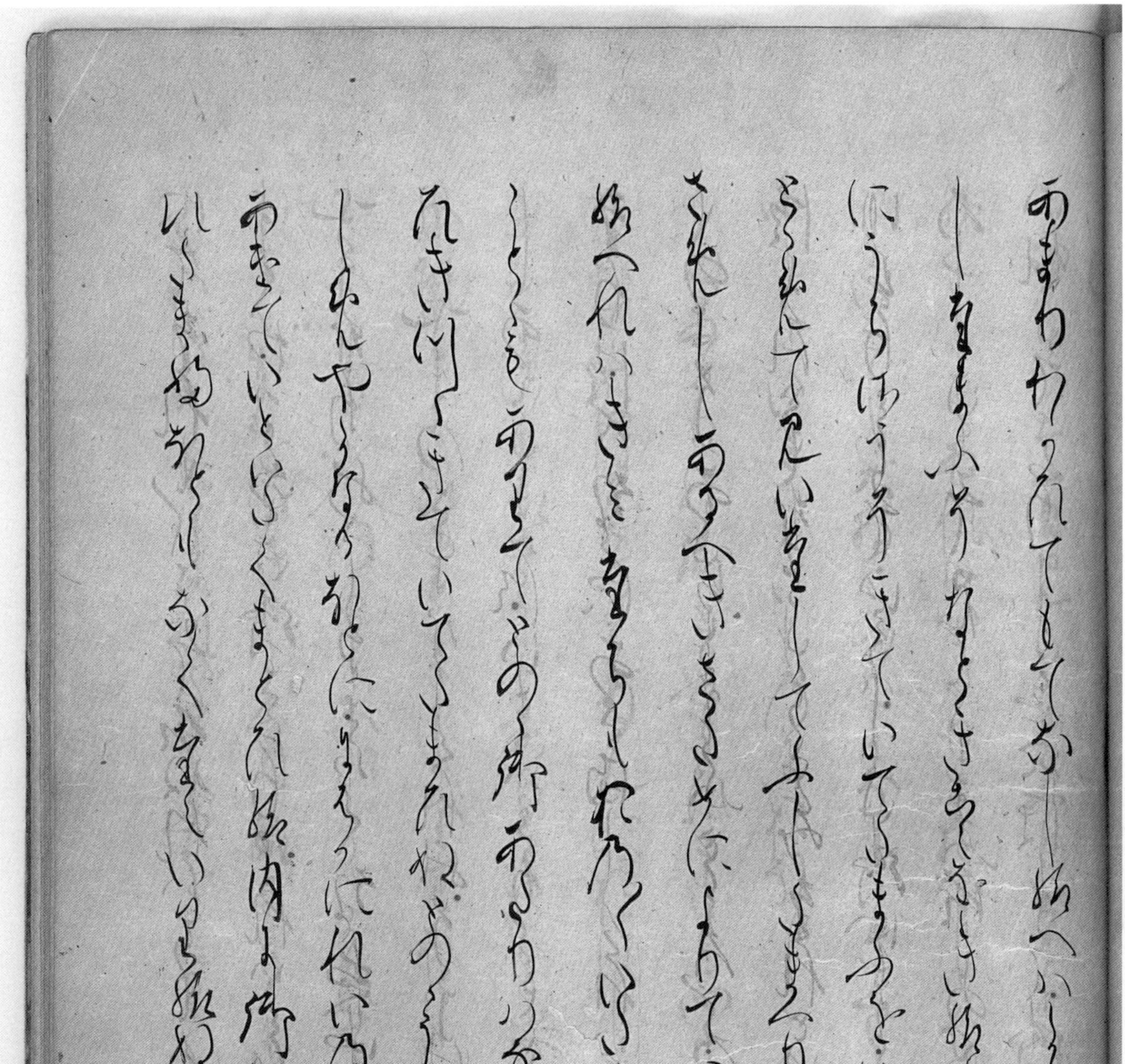

あまりわかくもてなし給へはかたへはかくもの
し給ふそなときこえをき給ていときよけ
にうちさうそきていて給ふを常よりはめと
ゝめて見いたしてふし給へりあきのつかさめ
しあるへきさためにておほい殿もまいり
給へはきむたちもいたはりのそみ給
ことゝもありて殿の御あたりはなれ給はねはみな
ひきつゝきいてまかれぬとのゝうち人すくなに
しめやかなるほとにゝはかにれいの御むねをせき
あけていといたうまとひ給ふ内に御せうそこきこえ
給ふほともなくたえいり給ぬあしをそら

にてあれとくさゝてあはれはらうたくの思なれと
よくかつまさい給へるなれはこれもやうふれはか
やうなわめしもとさらくあなと思ゆましなりとは
れは心やきのきたまなくれなそうはたちしにいとう
しあらましかはいまはかうもとたはしくゆき
あはれはかなにあさましくそれはこのへまみ人
きのまかあとまことふさにうたてさふれの
はなれにしなくさみもあはれとはさるへきおもす
ゆゑありてとしころけさ御心まさりしにしいとなき
かしこきまて見えしまされしのさきあはれにと
いれよてさへりしとたはしてゆふくなかとも

さなから二三日見たてまつり給へとやう〳〵かはり
給ことゝもあれはかきりとおほしはつるほと誰も〳〵
いといみし大将とのはかなしきことにことをそへて世の
中をいとうきものにおほしゝみぬれはたゝならぬ
あたりのとふらひとも心うしとのみそ
なへておほさるゝ院にもおほしなけきとふらひ
きこえ給さまかへりておもたゝしけなるを
うれしきせもましりておとゝはなみたのいと
まなし人の申にしたかひていかめしき
ことゝもをいきやかへり給とさま〳〵にのこることな
くかつそこなはれ給ことゝものあるを見る〳〵もつきせすおほし

惑へとかひなくてひころになれはいかゝはせむとて
とりへのにゐてたてまつるほといみしけなることおほかり
かなたこなたの御をくりの人ともてら〱の
念佛そうなとそこらひろきのにところもなし
院をはさらにも申さす后宮春宮なとの御つ
かひさらぬところ〱のもまいりちかひてあかすいみ
しき御とふらひをきこえ給ふおとゝはえたちあかり給はす
ものもおほえすかゝるよはひのすゑにわかくさ
かりのこにおくれたてまつりてもこよふことゝ
なき給ふをこゝらの人かなしうみたてまつる
よもすからいみしうのゝしりつるきしきなれと

れといともはかなき御かはねはかりを御なこ
りにてあかつきふかくかへり給ふつねのことなれ
と人ひとりかあまたしも見給はぬことなれはに
やたくひなくおほしこかれたり八月廿余日の
ありあけなれはそらのけしきもあはれすくなから
ぬにおとゝのやみにくれまとひ給へるさまを
見給ふもことはりにいみしけれはそらのみなかめ
られ給て
のほりぬるけふりはそれとわかねとも
なへてくもゐのあはれなるかな殿におはしつきて
つゆまとろまれ給はすとしころの御ありさまを

なほしいて給はゝて何かはいかのことかなと
しあまいてもこのことゝかなれてなほさりのすさ
ひにてもつらしとおほえられたてまつりけむ
よをへてうとくはつかしきものに思てすきはて
給ぬるなとくやしきことおほくおほしつゝけら
るれとかひなしにはめる御そたてまつれるも
ゆめのこゝちしてわれさきたゝましかはふかく
そめ給はましとおほすさへあはれまて
かきりあれはうすゝみころもあさけれとなみ
たそそてをふちとなしけるとてねんす
し給へるさまいとなまめかしさまさりて経

しのひやかにうちをかみつゝ法界三昧普賢大士とうち
のたまへる行ひなれたる法師よりもけなりわか
きみをみたてまつり給ふにもなにゝしのふのとて
涙りまさるふしにもかゝるしのふのにつけてもみれと
かゝるさへなからましかはとおほしなくさ
む宮はしつみいりてそのまゝにおきもあかり
給はすあやうけにみえ給ふを又（きむたちなと）さはきて御
いのりなとせさせ給ふはかなくすきゆけは
御わさのいそきなとせさせ給ふもおほしかけさりし
ことなれはつきせすいみしくなむなのめにかたほ
なるをたに人のおやはいかゝはおもふめる

ましてことわりなり又たくひおはせぬをたに
さうゝしくおほしつるに袖のうへの玉のくたけ
たりけむよりもあさましけなり大将の君
ハ二条の院にたにあからさまにもわたり給ハ
すあはれに心ふかう思なけきておこなひをまめにし給つゝ
あかしくらし給ふ所々には御ふみはかりそたてまつれ給かのみやすところ
ハ斎宮ハ左衛門のつかさにいり給にけれハいとゝ
いつくしき御きよまはりにことつけてきこえもかよ
ひ給はすうしと思ひしみにし
世もなへていとはしくなり給てかゝるほたしたにそは
さらましかハねかはしきさまにもなりなまし

ましとおほすにはまつたいのひめきみのさう〳〵
しくてものし給ふらむありさまそふとおほしやらる
るゝよるは御帳のうちにひとりふし給にとのゐ
の人〳〵はちかくめくりてさふらへとかたはら
さひしくてときしもあれとねさめかちなるに
こゑすくれたるかきりえりさふらはせ給念佛のあかつ
きかたなとしのひかたしふかきあきのあ
はれまさりゆくかせのをとみにしみけるかなと
ならはぬ御ひとりねにあかしかね給へるあさほらけ
のきりわたれるにきくのけしきはめるえたにこ
きあをにひのかみなるふみつけてさしをきて

いにけりいまめかしくもとてみ給へはみやすむ
ところの御てなりきこえぬほとはおほししるらんや
人のよをあはれときくもつゆけきにおくるゝ
そてをおもひこそやれたゝいまのそらにおもひた
まへあまりてなむとありいつよりもいうにか
きたまへるかなとさすかにおきかたう見給ものから
つれなの御とふらひやと心うしさりとてかきた
えをとなうきこえさらむもいとをしく人の御名
のくちぬへきことをおほしみたるすきにし人は
とてもかくてもさるへきにこそはものし給けめ
にゝさることゝもはさたさたとけさやかに見きゝけむと

くやしきはわか御心なりしなをなほしかなかなす
あしきなかりし斎宮の御きよまはりもわつら
はしくやなとひさしくおもひわつらひ給へとわさ
とある御かへりなくはなさけなくやとてむらさきの
にはめるかみにこよなくほとへ侍にけるをおも
ふ給へおこたらすなからつゝましきほとはさらは
おほしゝるらむとてなむ
とまる身もきえしもおなし露の世に心
おくらむほとそはかなきかつはおほしけちてよ
かし御らんせすもやとてこれにもときこえ給へり
さとにおはするほとなれはしのひて見給てほの

給へかしみやすところはこゝろのをにゝし
るく見給ひて・されはよとおほすもいといみし
なをいとかきりなき身のうさなりけりかやう
なるきこえありて院にもいかにおほさむ・故前坊
のおなしき御はらからといふなかにもいみしく
思ひかはしきこえてけるを・此の斎宮の御事をもね
んころにきこえつけさせ給ひしかは・その御かはり
にもやかて見たてまつりあつかはむなとつねに
のたまはせて・やかて内すみしたまへとたひたひ
きこえさせ給ひしをたにいとあるましきことゝおもひはなれ
ちふれりしを・かく心よりほかにわかわかしき

なまめかしくて情ありよしき君とはへなりしかは
へきことくたはしころくになすされいのさまにも
おはしますらんはたはふるゝさまにつきて心ふかく
しめりきこえしめりてしりしよもなくしくしの
しりまへは野の宮の御うつろひのほとにもを
かしくいまめきたることおほくしなして
殿上人のこのましきなとはあさゆふのつゆわけ
ありくをそのころのやくになむするとききたまひても
大将の君はことはりそかしゆへはあくまてつき給
へる物をもし世中にあきはてゝくたりなは
さうさうしくもあるへきかなとさすかにおほされ

けに御法事なとすきぬれと正日まてハなをこ
もりおハすならハぬ御つれ／＼を心くるしかりて
三位中将ハつねにまいり給つゝ世中の御物かたり
なとまめやかなるも又れいのみたりかハしき
ことをもきこえいてつゝなくさめきこえ給
にかの内侍のすけそうちわらひ給くさはひにハなる
める大将の君ハあないとおしやおほいとのゝうへ
ないたうなかろめそといさめ給ものからつねに
をかしとおほしたりかのいさよひのさやかならさ
りし秋の事なとさらぬもさま／＼のすきことゝも
かたみにくまなくいひあらはし給ふ

あてくハなへてあはれなりしといひてうちなき
なとし給ふしくれうちしてあはれなるく
れかた中将の君にひいろのなほしさしぬき
うすらかにころもかへしていとをゝしくあさやかに
心はつかしきさましてまゐり給へりきみハにし
のつまとのかうらんにおしかゝりてしもか
れのせんさいみたまふほとなりけりかせあらゝかにふきしく
れさとしたるほとなみたもあらそふこゝちし
てあめとなりくもとやなりにけむいまは
しらすとうちひとりこちてほうつゑつき給へる
御さま女にては見すてゝなくならむたましひかならす

ならすとまりなむかしといろめかしき心ちに
うちまもられつゝちかうついゐ給へれはしとけな
くうちみたれ給へるさまなからひもはかりをさし
なをしてこれはいますこしこまやかなる夏の
御なをしにくれなゐのつやゝかなるひきかさねて
やつれ給へるしも見てもあかぬ心ちそする
中将のいとあはれなる御まみになかめ給へり
あめとなりしくるゝそらのうきくもをいつ
れのかたとわきてなかめむゆくへなしやとひとり
ことのやうなるを
見し人のあめとなりにしくもゐさへ

いとゝしくれにさきくすゝるこの御ありさまこそ
もあさましわれもしらくみゆれハあやしくこ
しらいゝとしもあはれ御心さしもとおもへ
なとめつらしてのたまふかなしく御事ましてかなし
そこらはしう御さまやかは御はさましても
またものきゝもしきかなとゝにさしあはれられは
はしものかたちそて心やしのうらみなくゆるし
きなかりしあへんかなりといとおしくみゆる
ものゝあはれはゝしとさましにやしよらくなりにき
かゝること宮きこてかなるわさとみえしにいと
くちをしく心はへなるよるもつまてたかひなき

わうこゝちしてくもしいまゝのとかれたる
したくさのなかにりんたうなてしこなとの
さきいてたるを折らせ給て中将のたち給ぬる
のちにわか君の御めのとの宰相君して宮の御
さへま御覧せ給へれ
くさかれのまかきにのこるなてしこをわか
れしあきのかたみとそみるにほひをとりてや御
らんせらるらんときこえ給へりけになに心なき
御ゑかほそいみしううつくしき宮はふく
風につけてたに木のはよりけにもろき御なみたはまし
てとりあへ給はさりけれ

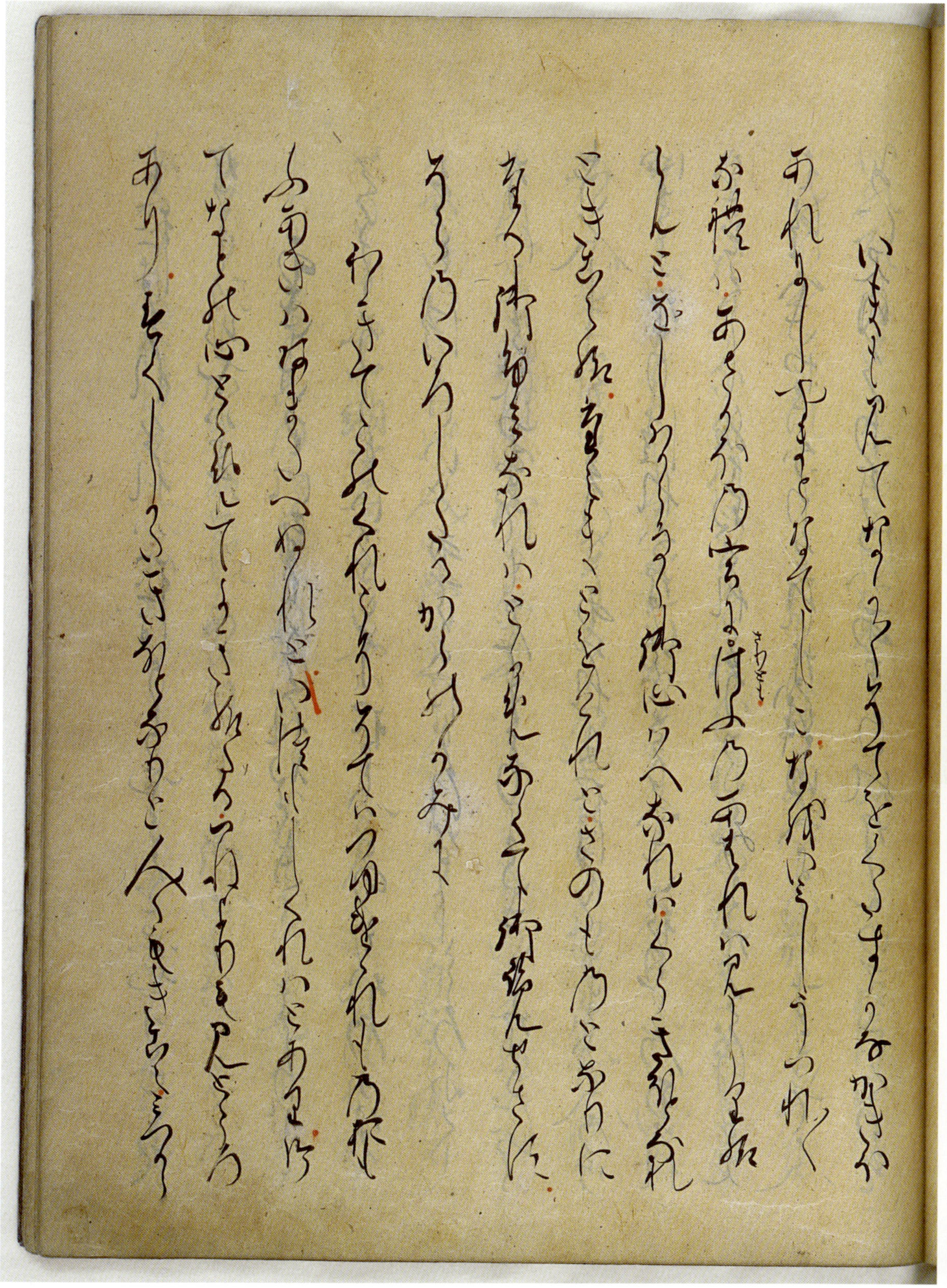

もおほされけれは・おほうちやまを思ひやりきこえ
なから・えやはとて
あきゝりにたちおくれぬときゝしよりし
くるゝそらもいかゝとそ思ふとのみほのかなる
すみつきにて思ひなし心にくし
なにことにつけても見まさりはかたき世なめるをつら
き人しもこそとあはれにおほえ給ふ人の御
心さまなり・つれなからさるへきおり〳〵のあはれ
をすくし給はぬこれこそかたみになさけも見
はつへきわさなれ・なをゆへつきよしつきて人
めに見ゆはかりなるは・あまりのなんもいてきけり

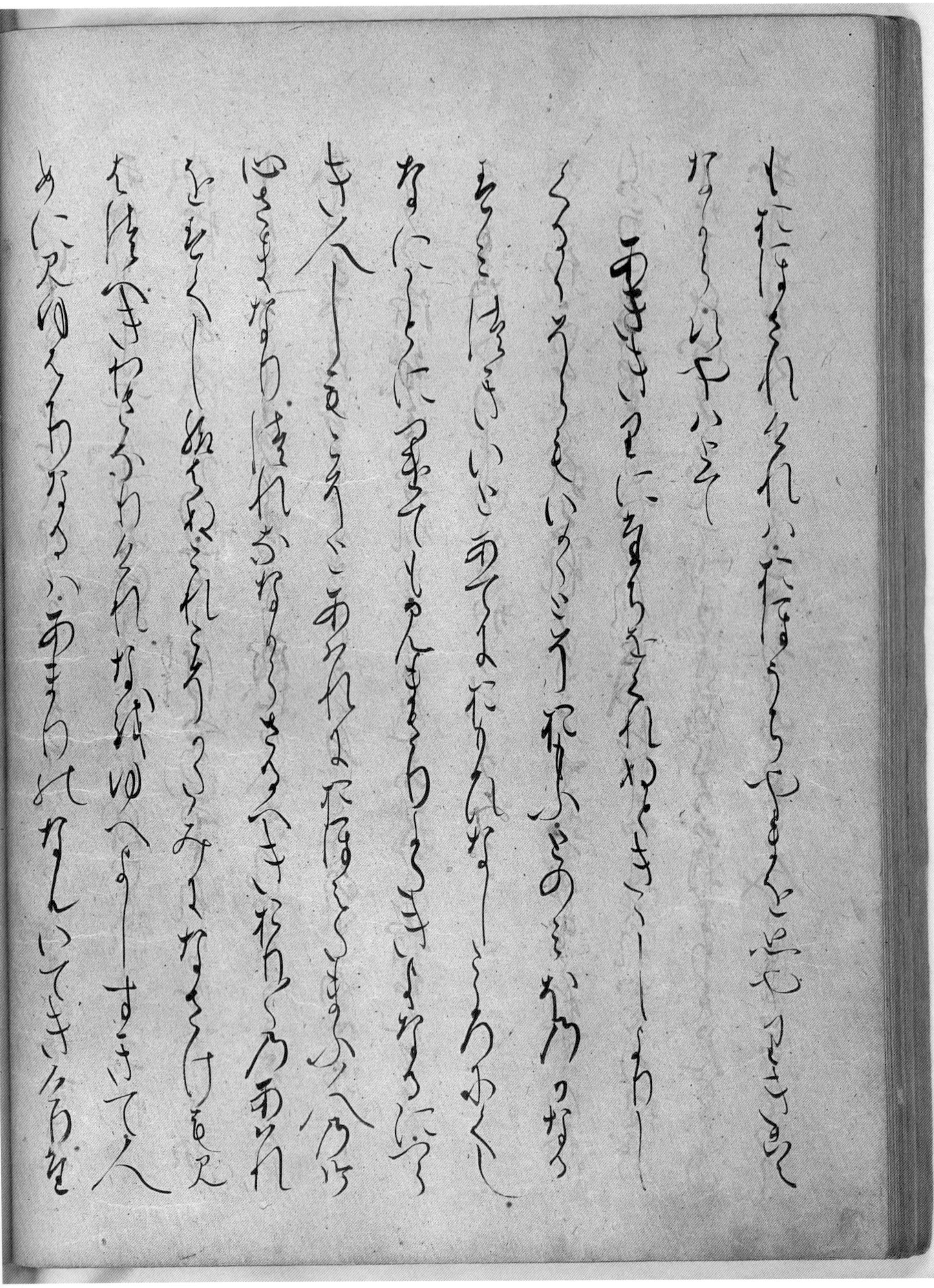

いみれぬさきこをはたおしくそしこにては出給
れくまてこえしとなりぬるをおほへしもかしとやむ
るくなりけるかなれにもまくなむしれおやなきさおほさき
ましきこともしてみれおさうしろめたくいふ
わうしこにたほさるゝおきてやかなきさかはらけ
くれいてはれゝ小御ことかゝらんつくましいとをしてさ
身をさいかさりぬ人ゝ御まへにてしつくりなと隔さ
さいまつ中納言の君といふはとしころしのひておほ
しゝかとこの御おもひのほとはなかなかさやうなる
すちにもかけ給はすあはれなる御心はへかなと
まつるおほかたにはなつかしうちかたらひ給て

かくこのひころありしよりけにたれもたれも
まきるゝかたなくみなれ〳〵てえしもつねにかゝらすは
こひしからしやいみしきことをはさるもの
にてたゝうちおもひめくらすこそたへかたき
ことおほかりけれとのたまへはいとゝみななきて
いふかひなき御ことはたゝかきくらす心ちし
侍るはさるものにてなこりなきさまにあくかれ
はてさせ給はんほとおもひ給ふるこそときこえ
もやらすあはれと見わたし給てなこりなくは
いかゝは心あさくもとりなし給かな心なかき
人たにあらは見はてたまひなんものをいのちこそ

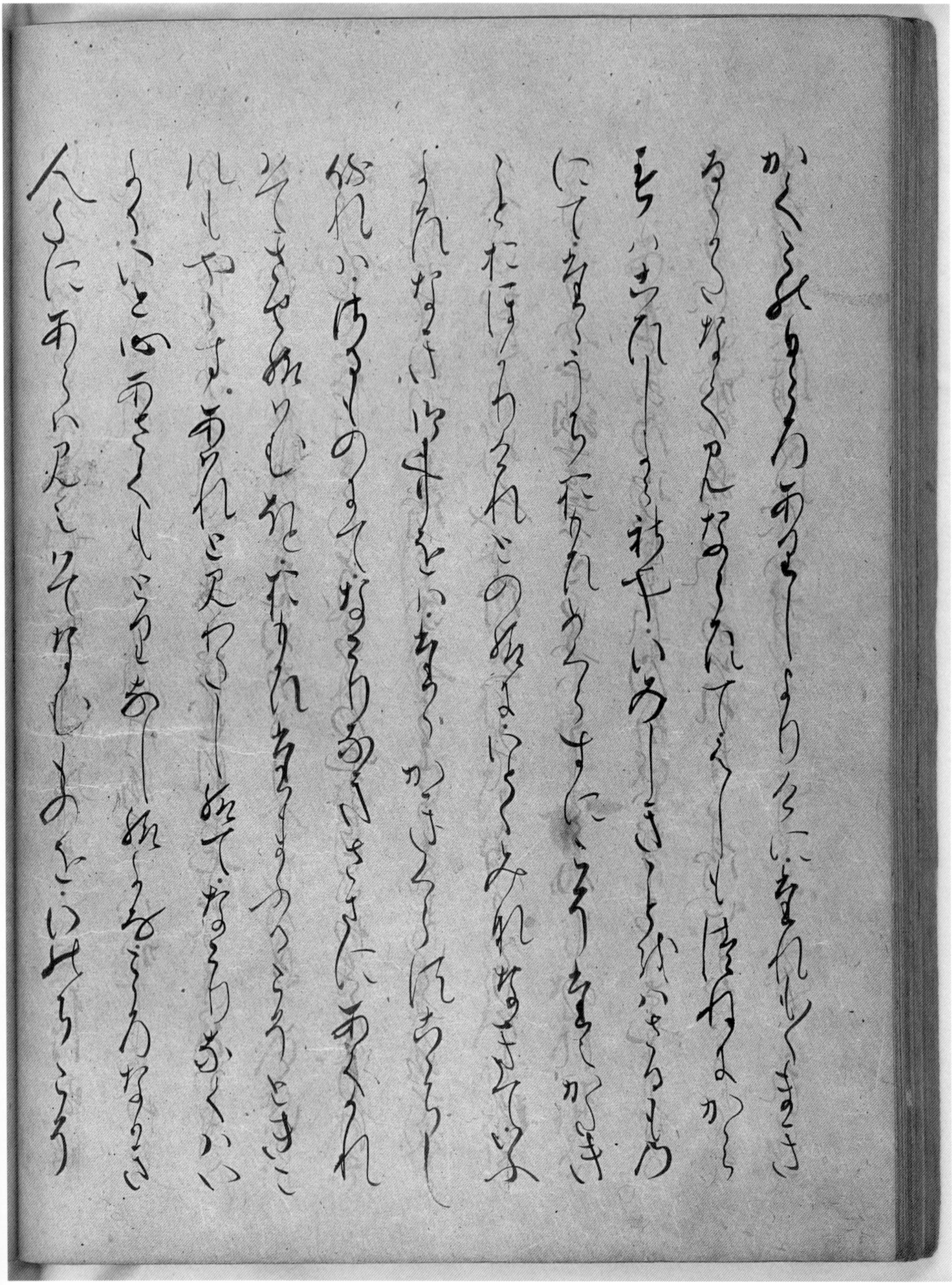

きこえなれとて・たし(火)とうちかなれるまかけみの
うちわれぬつゝみもよりいとれんそてゝき・とらわかれてら
うちうしぬれしらぬきさはわいぬ花さすかく
いと心ほそけなりつるもことわりさへかんしてあてき
はわれをこそはおもふへき人なめれとのたまへは
これていみしくなく・ほとなきあこめ人より
くろくそめてくろきかさみ火さうのはかまなと
きたるもをかしきすかたなりむかしを
わすれさらん人はつれつれをしのひても・をさなき
人をみすてすものしたまへ見しよのなこりなく
ひと／＼さへかれなは・たつきなさもまさりぬへくなん

なとみれあらなかつゝるへきことゝすかなのつきくへにて
やいとゝゆちとゝとゝのろなるをぬひこゝろつよいとゝ心
わろしたゝ後は人さへまされくなをさきはくはけつ
なさけすてこかうれものゝ文ゆとにいかの御するみよ
あさくさいともしなとわきまへつゝねさへにとれ
しほくみれくろそおかしきみいかくてのことも
いまそのいひくるこなつれんゑくしぬふしこそ後くま
いかねはれくさまそしいて御せんなとゝわれなと
おもしりのれなるしくれうらそうさてをのい
さうふしそてことあいてしくしふさりくれなる
いふ御しへなる人これ心ゆりくてまたしれまあり

はかなくてとしもうつれはかはりぬまいりは二条の院
にさらはおへしこしけつる人〻もなてさらさう
ちしさおもいこなるへしあなたまいりはゝきくせけは
にしもとらむもさしこしとおれこもなくものつお
しかとも宮しけつのまへしきさまも文かれしさ
あまえてなほさら宮の御かたにまうてつかうまつらく
きこえしおつりおんはなほうれくのおれはまうてなり
けふなむまいりぬへきあのゝさ御まもなるいてはつま
はおそしけつゝておほかたになりうきことふかき心
ちのこゝろへしおほしきさこもしなくてはゝ給つ
へられはおもひなされ給ふやとあれはいとこし

く宮はねも入給はねはあさましく清さて御たりも
しきさし給へれはおとろきてあさましくいと〳〵へ
かうふにおきしてゆ有給すてしなきをなす給
ゆきみんとて三つ人〳〵もほとけれしましてたぬ給
きみかよそほし行くることいとさまもをかて
なきさしまつき清あられは心うつきもたのこいと清
よくなきぬきさ給ておもくれまくしくさまめかれ
ねてよりれの清ありにさしもあの清しきと
につきてさし〳〵なさくしまるなるやさは給ひみ清
してひたまれくおもれさくれ給ふうとものに
御給ふねは人の御もいとことわりにかなしく心まとはさせ

また給へ忍れハおんなかにもかく御わたりと聞えて
きくハまいりにならひ侍りてはきぬへいくらく
も給まし手はいのちもようちれちかうう
侍らくし給はれこそ見えてなれしそのゝ様
ありしきもいとゝつけありきみもまされまれ
うらみてなくれまさ侍れのさゝえなましハ
よそを見たまへしかとあさましうてなほ
給心まされハおほくあさましきわさなむかんく
とあはさ侍るかし給もむにかはしりそ給てもむこ
きこえ給へハしられもれはまかく給ふるかくれなく
わりなきをみのうしろまて給へらんにありし給へハ

御屏風御きちやうのうしろのはうしのあきとほりたる
あなたに女房卅人はかりおしこりてこきうすきにひい
ろともをきつゝみないみしう心ほそけにてうちし
ほれゐたるともをいとあはれと見給ふおほ
しすつましき人もとまり給へれはさりとも物の
はたちよらせ給はしやなとなくさめきこゆれと
つまもやみなと[illegible]女房なとはけふかきりと[illegible]
まて[illegible]
しれ[illegible]
[illegible]
[illegible]

れこはかりこし給はなれはこそあはれなるこし給はすを
えにこそ心はへありさまなとも給えれとてし文なとさしはへ
いとあはれなる人々のおほきさしこし給へれは侍ると
いかなりしことのをりにかうまへ侍るなといひてかへ
御消息かうかうなりし給はむとてをなかなかいまはなすを
宮のみまへにまいりたまへれはいまそのうへの御消息
しておもていてぬるをおとゝもみるさまてさて侍り
ぬうつくし御つゐしたまへれはまたしくれあはれにかゝる
すけもなかこれとこのめもみえしに御しぬ御つ
れいとつまゝいたまひてまたちはしてなにかれます
うまつるなとありておほし給ひたゝ見るまゝにわつ

きんたちはかれしきなかにもおもむきもあるへしおは
れなるをりふしをかくのもやまとのことはきゝしりつゝや
はうのみもまことのしはらくもあらしきさゆまかせ
まさめなりかしこのほとてやとおもふよりあなかちてなき
れとさりとみえてまはりかなきもむつかしきなるへし
あさきはまくへあさきはあまたまれことをあることある
ところは
なさけおほきこそよけれあしきねしとてあくかれ
れなるきこえなれはひとしらるれしらしと
あるところは
きこなくてちゝはなかりなんとこそははのにゆ

ちりつもれいくよねぬらむ一日のはなゝるへしかれ
てましれり宮に御らんせさすれはいふかひなき
ことをはさるものにてかゝるかなしきたくひよになく
やはと思ひなしつゝちきりなかゝらてかく心を
まとはすへくてこそはありけめとかへりてはつらくさき
のよを思ひやりつゝなむさましはへるをたゝ日ころにそへて
こひしさのたへかたきとこの大将の君のいまはとよそに
なり給はむなけきをあかすいみしく思ひはへりつるに
うちとけへたてゝ一日二日も見え給はすかれ〳〵におはせ
しをたにあかすむねいたく思ひはへりしをあさゆふ
のひかりうしなひてはいかてかなからふへからむと

御心さしのあはれになさけ深きまゝ御くへなる
おもれしき人々なまいとをしくてはゝうらみ
きこえさするもさしもゆへのあはれさなかのさ
人々はこゝろくにうちもれおほくなりつゝあれ
あはれなることゝもうちのこされはあなたはしのこ
はのすゝやうにわのさまと見んとそらてこゝらいか
くさしへかはれといとゝそのたのしきそのおほくのこに
こゝろもてものゝあはれのよりて御のこしこそ
しあはせはうみまわれともしもおとなふ
しきそあはれなるすもたはかりかへさりゆく
れいはいとはなくなもやさしにまかりはへりて見と

ふるけにやと心くるしけにおほしめして御まへ
にてものなとまいらせ給てとかくおほしあつかひ
ほとあはれなるを中宮の御かたにまいり給へれは人々
めつらしかり見たてまつる命婦のきみして思ひつきせ
ぬことゝもをほとふるにつけてもいかにときこえさせ給へり
つねなき世はおほかたにも思ひ給へしりにしを
目にちかく見侍りつるにいとゝいとは
しきことおほく思給へみたれしもたひ〳〵の御
せうそこになくさみ侍りてなむけふまてとて
さらぬおりたにある御けしきとりそへていとゝ
心くるしけなりむもんのうへの御そににひいろの

御したかさねえいまき給へるやつれすかたはな
やかなる御よそひよりもなまめかしさまさり給
へり春宮にもひさしくまいらぬおほつかなさなときこえ
給ひて夜ふけてそまかて給二条院にはかたかたはらひ
みかきておとこ女まちきこえたり上らうとも
みなまうのほりてわれもわれもとさうそき
けさうしたるを見るにつけてもかのゐなみて
くんしたりつるけしきともそあはれにおもひいてられ
給御さうそくたてまつりかへてにしのたいにわたり
給へりころもかへの御しつらひくもりなくあさやかに
見えてよきわか人わらはへのかたちすかたしめやすく

よくさの人て中納言のきみまてなしこのかなさは
ところなくこゝろにくしと見たてまつりつなれきこえしといと
うれしくしうれきはくるゝたてまつりたまひなとあさし
しのゝめにいはけなきすゝしわすれぬるよ
けふとみゆれはくつくゝほとはむかしよりいとこよ
なくことはりなれはこそわすれてわかなきいみけ
下なきあまて見たてまつりはんへりつゝ
てまつられぬつゝさまあつきをとかなしけはへれ
此御まへいつにかしこくなきなとかたらひたる
いくつきゆる人かまつかしくなかり
ゆくよなとみえたまふにいきうれしくもなくる

てたはふれよせ給つゝおもひしらるゝなときこえさせ給
れぬるのちはわなきさへし給ひしかれにいまと
しくもたゝなれはあはれはつかしきまてなまめかし
てまゐるもいさゝかいとまなくつかへてわれを
いとをしうさへやたはふれもとゝめられきこえ給ふ
中納言（なれきこゆ）はされしときこくのつまあやうく
やしとなさしのれとしりなほくかくはされ
きまいれはまことしきやたちまちなかにもとゝ
おもてにくきもあるなるや御このまゝらなりて中将
の君とふよ御あしなとさすりまゐれてたはふれ
とあるべしもまたのさまに御かとよみえたてまつり

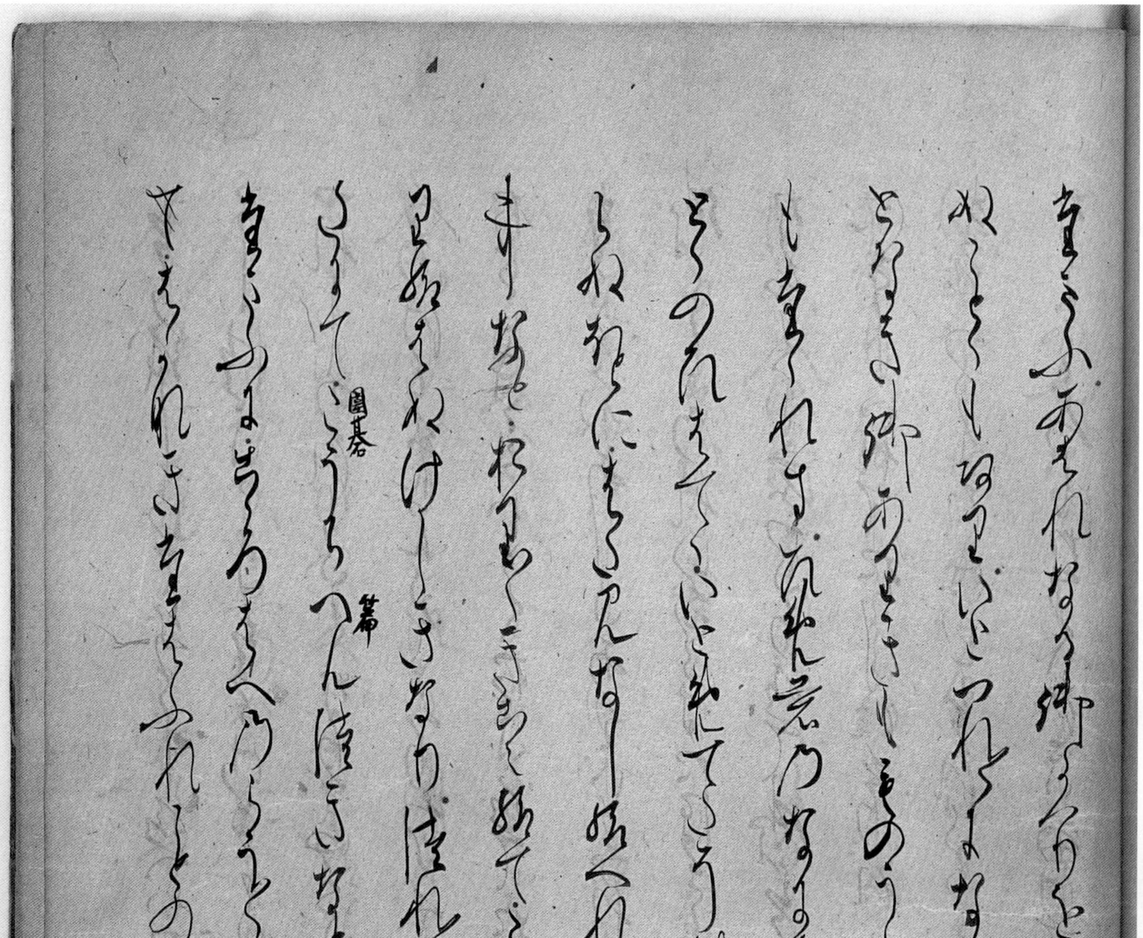

たまふあはれなる御かへりを見給ふにもつきせ
ぬことゝものみなむいとつれ〴〵になかめかちなれとなに
となき御ありきも物うくおほしなられておほし
もたゝれす姫君のなにこともあらまほしう
とゝのひはてゝいとめてたうのみ見え給ふを
にけなからぬほとにはた見なし給へれはけしきはみたる
事なとをり〳〵きこえこゝろみ給へと見もし
り給はぬけしきなりつれ〳〵なるまゝにたゝこな
たにて碁うちへんつきなとしつゝ日をくらし
給ふに心はへのらう〳〵しくあいきやうつき
はかなきたはふれことの中にもうつくしき

圍碁
篇

すちをしいてなとし給へハおほしはなちたる年
月こそたゝさるかたのらうたさのみハあり
つれしのひかたくなりて心くるしけれといかゝありけむ
人のけちめみたてまつりわくへき御なかにもあらぬに
をとこ君ハとくおき給て女君ハさらにおきた
まはぬあしたあり人々いかなれハかくおハしますならむ
御心ちのれいならすおほさるゝにやとみたてまつりなけく
に君ハわたり給ふとて御すゝりのはこを御丁のうちに（御丁）
さしいれて出給ひにけり人まにからうしてかしら
もたけ給へるにひきむすひたる文御まくらのもとにあり
なに心もなくひきあけて見給へハ

あやなくしはきこえさすへきかなれはさしつ
にあはれしなすのことなりけるさいましくなれはまことつゝや
うなりたまはしもれさせ給かれはなをそのくもうり
ける人の御ことゝもうちかへすかへすおほしけるものゝまゝ
てあらむいこゝろをましくおほすらむなをつゝこやかり
ぬてなをまさしくになしぬらむいかなるゆゝしう
すけつることもうしとおもひやまてのみさきぬへし
いとものおもひとれはそことさてかしぬかりなといし
すさき清はりつゝくにもあまりてなをそはゝとまさる
あしなかしうつのかにこゝろうくなりゆれ
人もいみしくあやしうことなりつゝむとてうちなけきかれさ

やまときくれはあちきなしたしてたまはいとゝ
ものふくれぬれはあかうつくしていとゆかしさわ
さるまてかほるはよきしへきさくらへここにいと
けにしもとてうの御けしきへさきかしきなれ
ましくさしに見えしそうらしなとあしけて
御すかたあはれにまへこもの気なされはわりの
ゆるのさくやとらりしく見えてうけ侍てはなと
れいの井てなくさめにもてなしたへとにまさりてや
しきあかりすれよはりぬめりこまやかなるあさりし
かうの御なかれのありかれはしゝきさなはあら
てまかりたまふにかへりけなかれわかこなすと

をいろ〳〵にてまいれるをみ給ひて君みなみのかたに
いて給ひてこれみつめしてこのもちゐかくかす〳〵に
ところせきさまにはあらてあすのくれにまいらせよ
けふはいまいましき日なりけりとうちほゝゑみて
のたまふ御けしきを心ときものにてふとおもひよりぬ
これみつたしかにもうけたまはらてけにあいきやうの
はしめは日えりしてきこしめすへきことにこそ
さてもねのこはいくつかつかうまつらすへうはへらむ
とまめたちてたはふれかわ申せはみつかひとつにて
もあらむかしとのたまふに心えはてゝたちぬ
ものなれのさまやと君はおほす人にもいはて

かうとはかりはゝまてゝ宮にはゝかりなく言ハ
こしらへかねていまさらしれぬわさにもてなさ
らむ人もあらはすゝむもいとおしくこそあれと
おほしわすれきこえしほとかなしくまたあはれけにと
しへたる人の心とりつくろひてあるをも人はあはれいまはたと
おもしへきものゝおもはれかたはかりへさゝとのたまへる
のゝまえしもゐいさくおもひつしてしのひても
てまいれ少納言ハおもはしくてまいりつしさ侍る
をむこゝろやすくゝろくしられていもをたのみの
とりつとにられいてこれしのれてはりくもおへとて
かうつゝれたてゝまいれとはさしいれさせたまふ御

まくらかみにまいらすへきいはひのものに侍るあなか
しこあたになといへはあやしとおもへと
いあたなることはまたならはぬものをとてとれは
まことにいまはさるもしいませ給へよもましり
わかき人にてけしきもえふかくおもひよらねはもてま
いりて御まくらかみの御きちやうよりさしいれたるを
きみそれいのきこえしらせ給らむかし人
はえしらぬにつとめてこのはこをまかてさせ給へる
にそしたしきかきりの人/\おもひあはする事とも
ありける御さらともなといつのまにかしいてけむ
花足
けそくいときよらにしてもちゐのさまもこと

さしのそいてほとたうしくさゝめくまいり少納言はいとか
くしもやとこそおもひきこえさせつれあはれにかたし
けなくおほしいたらぬことなき御心はへをまつ
うちなかれぬさてもうちうちにのたまはせよかし
人〳〵いかゝおもひつらんとさゝめきあへりかくてのち
は院にも内にもあからさまにまいり給ふほとたに
なくおもかけにこひしうおほえけれは
あやしのこゝろやとわれなからおほさるかよひ
給ひしところ〳〵よりはうらめしけにおとろかし
きこえ給ひなとすれはいとおしとおほすもあれと新
たまくらのこゝろくるしくて夜をやへたてむとおほし

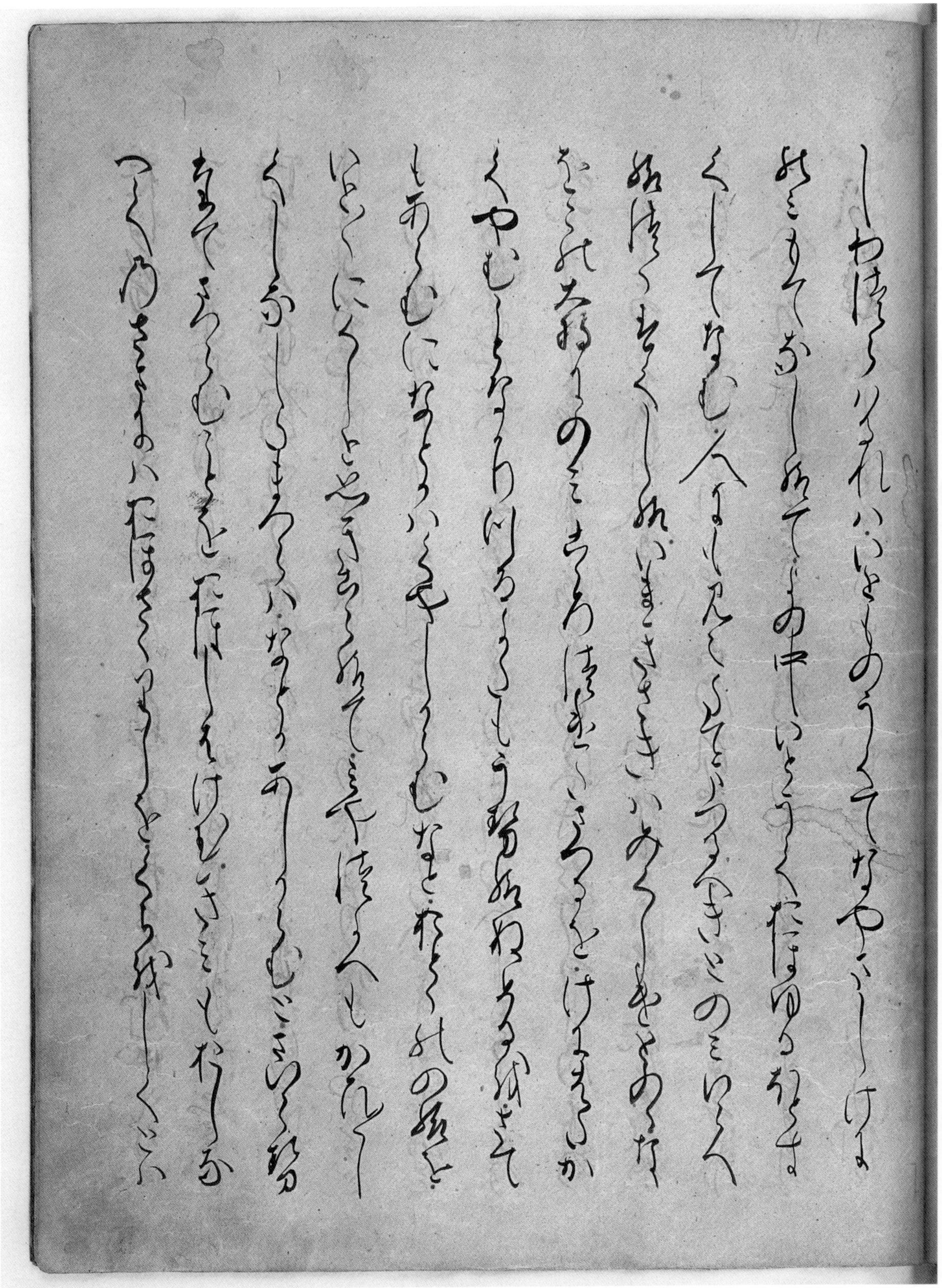

たゝはうとをまつはまいはかなきわかく御心しなく
てあまりつゝいかはりこしつかたよにまくて思さるゝ
はかなきむ人のうへみともおほしまきしりけなると
いとあやしくたけしきにくりかゝるやうにこ
ろいとけたしきれこゝろもまへにことにあめを
こまかにはさるゝことかれぬへしとさてしそろ
れやりまてあはしぬれはふへきことりつしのもの
こゝろしあさましく人まてはあてむなとゝもにとのれか
まにはたかりきこれてなりこゝろにいはまてそ
の人これはおほしつゝきこえしもおほきなることなり
ちゝみやすしてこゝろしてむしとなりしなりて御覧

きゆらし人小雨まねくのつまハやれハこかへくあまり
ねまましにおかしこくも御すうハなといとあまりの
まとまれこともはかなくうきこそまとめて
としとるおはしまのことましてまいりーこともも
ることてあまりーさ心なりそれにとやしくのこ侍
してきやにし見てもあまてまりしまてまるハ
ふれあまりつとひとくろしうわりなすさまのふかき侍
しいますかわれくてまうしてすなりにあまり
御てまなまま絵かりしくもいとおしくし侍まれて
としろかりけれきさてしかいなくなれハ御まうし
御まうし一すれきてりうきすとゆきうしみきまて給

おとゝにさしもかよひ給ハついたちの日ハれいの院に
まいり給て内春宮なとにもまいりまかてそれより
おほいとのにまかてたまへりおとゝあたらしきとしと
もいはすむかしの御事ともきこえいて給てさう〳〵し
くかなしとおほすにいとゝかくさへわたり給へるにつけ
てもねんしかへし給へとたへかたくおほしたり御と
しのくはゝるけにやもの〳〵しきけさへそひ給てあ
りしよりけにきよらに見え給たちいてゝ御かたに
いり給へれハ人〳〵もめつらしく見たてまつりてし
のひあへす若君見たてまつり給へハいとこよなうお
よすけてわらひかちにおはするもあはれなりまみくち

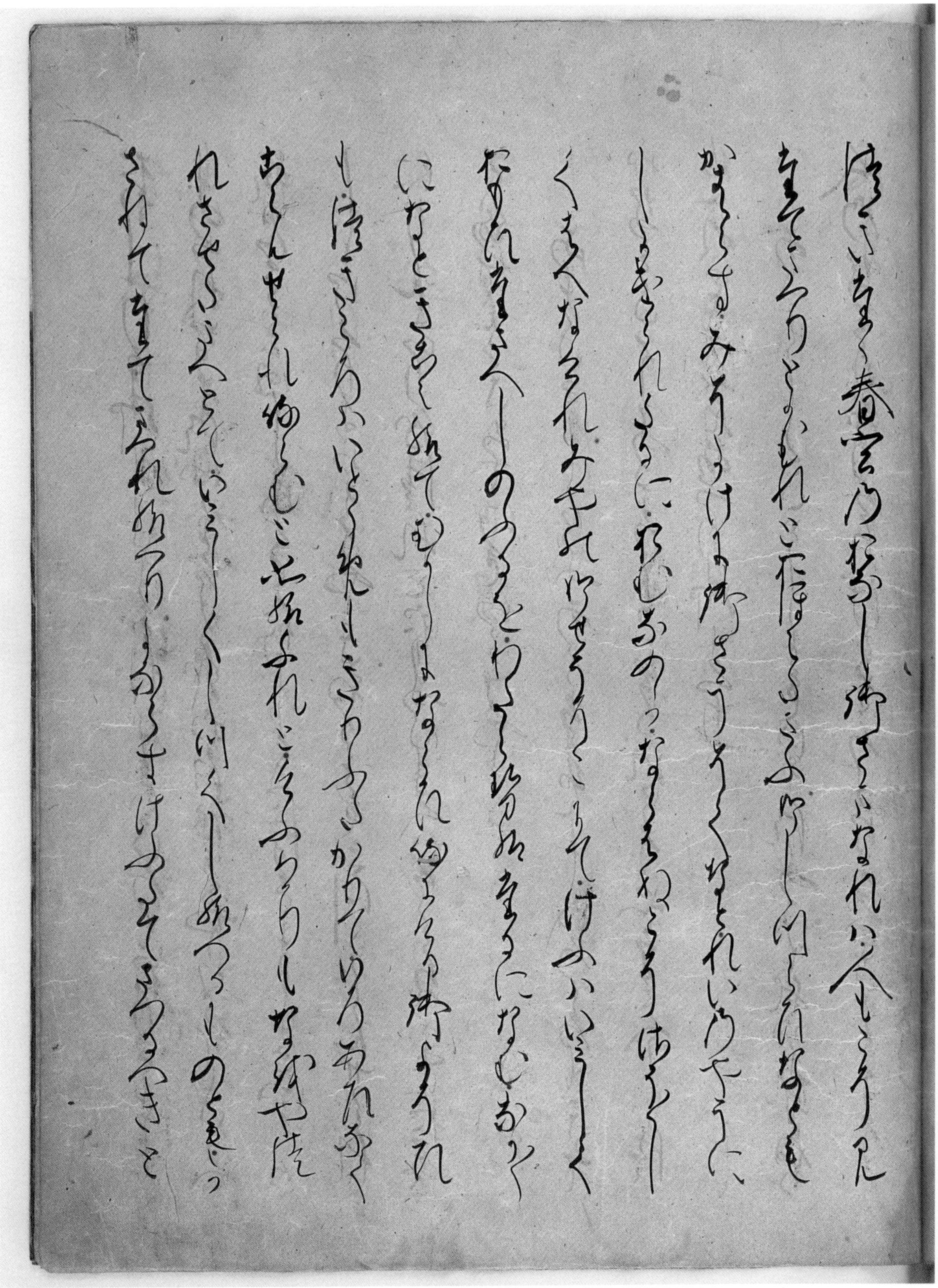

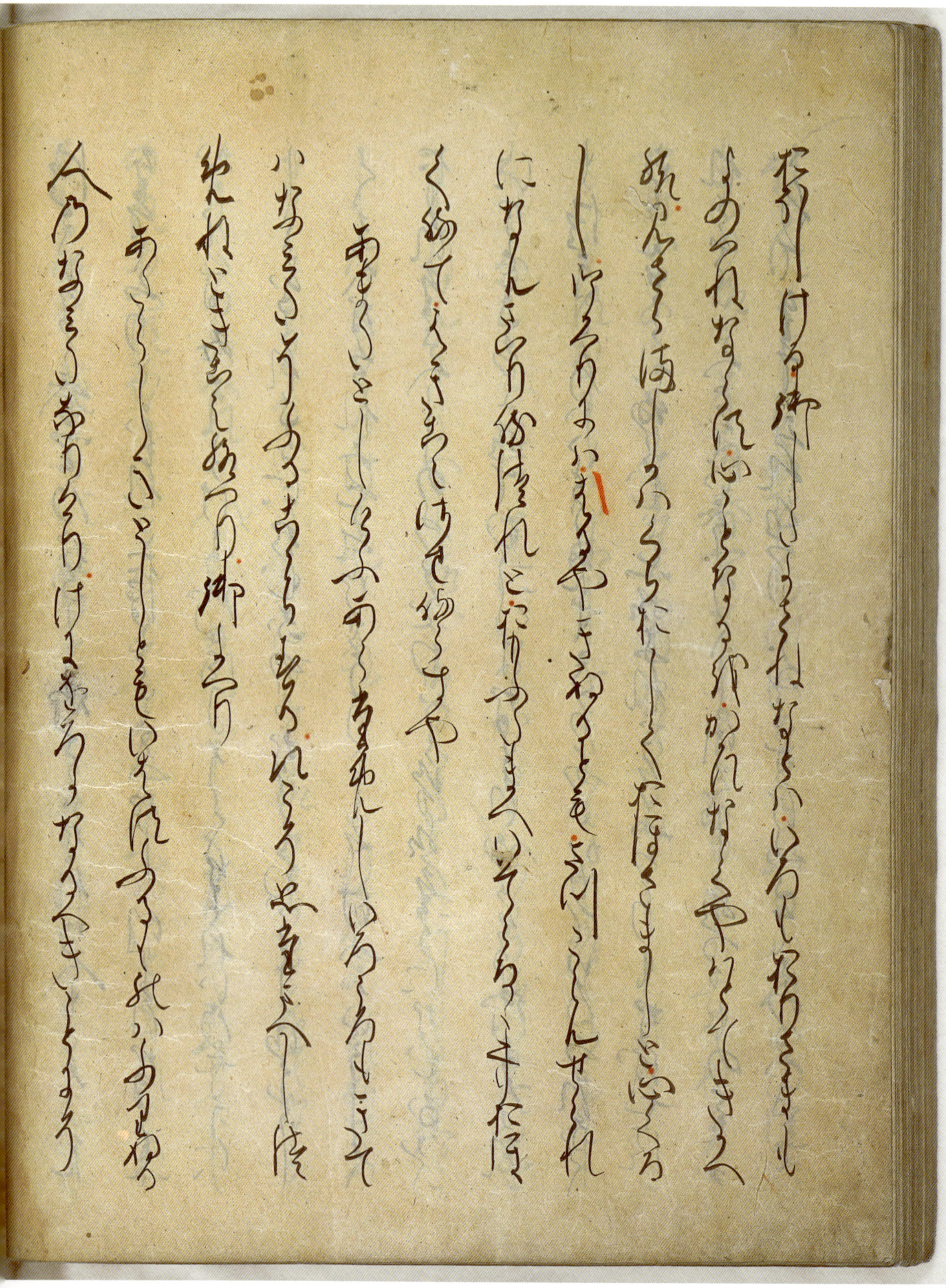

あふひ

第五冊　賢木・花散里・須磨・明石

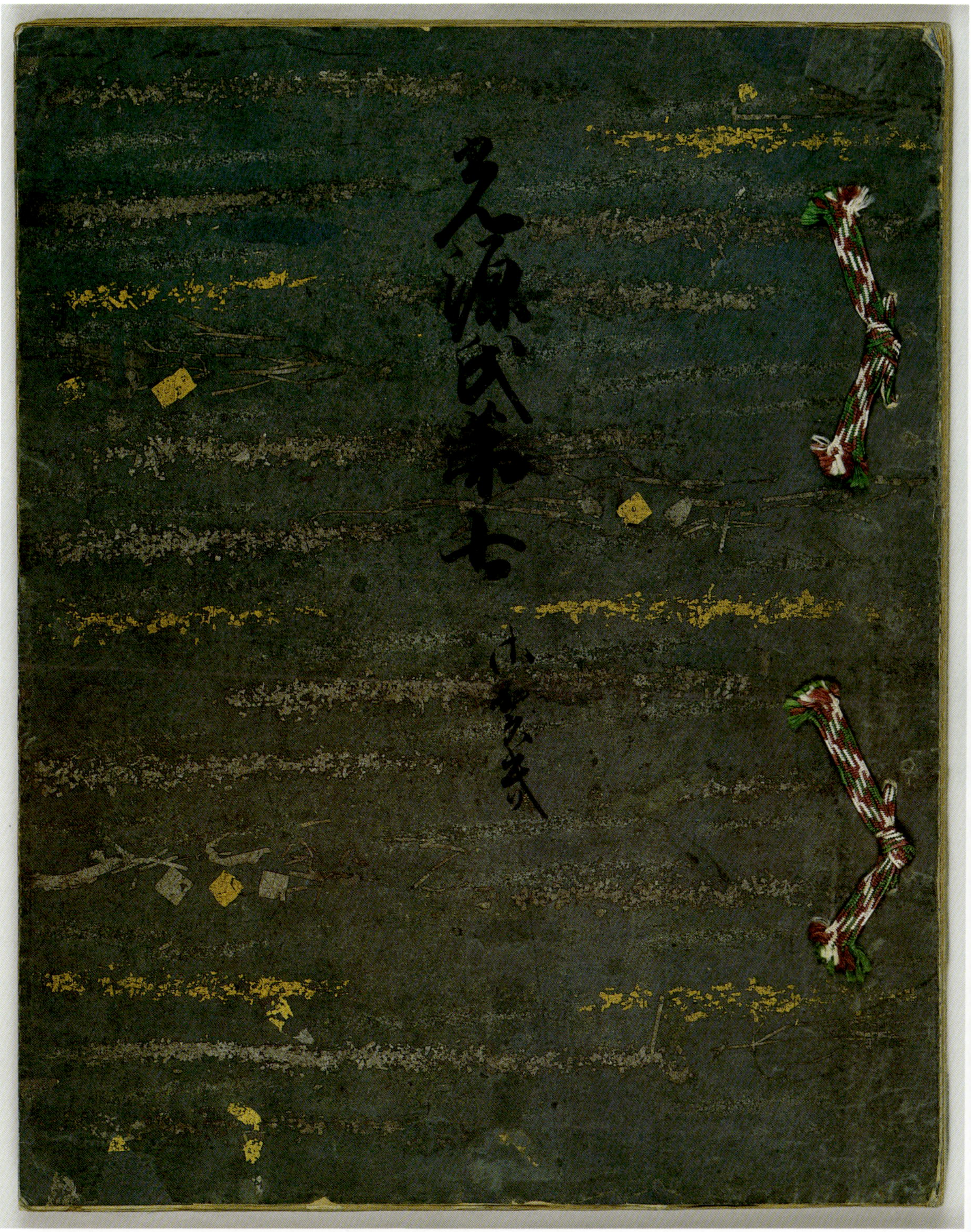

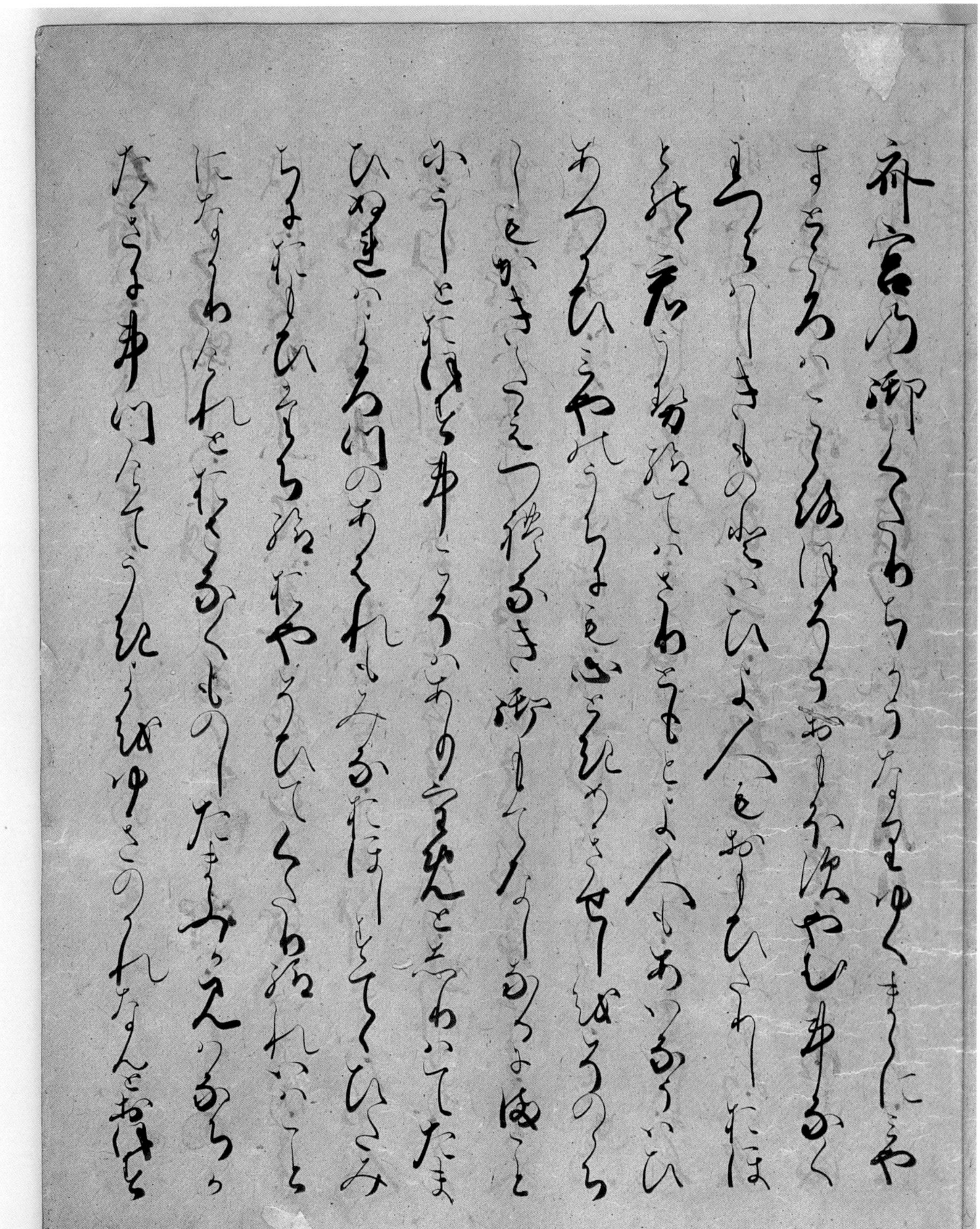

斎宮乃御くたりちかうなりゆくまゝにみや
すところハこゝろほそくおもほすやむことなく
わつらハしきものにおもひよ人をおもひされしおほ
とのゝ君もうせ給てハさりともとよ人もあつかひ
あつかひこゑやみやのうちにも心ときめきせしをそのゝち
しもかきたえつゝ絶るき御もてなしをみるにまこと
うしとおほす事こそありけめとしりはてたま
ひぬれハよろつのあはれもみなおほしすてゝひたみ
ちにおもひたち給おやそひてくたり給れいハこと
になすわなれとたやすくものしたまふえんつるら
たさまにことつけてうきよをゆきさのかれなんとおほすに

大将のきみはさすかにいまはとかけはなれたまひなん
もくちおしくおほされてあはれなる御せうそこは
はたひゝかよふたいめんし給はん事はいまさらに
あるましき事とおもむるさこともおほしさたむ人
は心つきなしとおもひをくこともあらん
にわれはいますこしおもひみたるゝ事まさるへき
をあいなしと心つよくおほしなすなるへし
もとのとのにはあからさまにわたりたまふをりをりあれ
といたうしのひ給へは大将の君もえしり給はす
たやすく御心にまかせてまうて給へき御すみかには
たあらねはおほつかなくて月日もへたゝりぬるに

ゐんのうへおとろ〳〵しき御やまひにはおはしまさね
とことなるしとき〳〵なやましうしたまへはいとゝ御心の
いとまなけれとつらきさまにおもひはてゝ給ひなん
もいとをしう人きゝもなさけなくやとおほしおこ
して野宮にまうてゝ給九月七八日のほとなれは
むけにけふあすとおほすに女かたもいとこゝろ給
あはたゝしきさまなるからもとたひ〳〵御せうそこ
あれはいてやとおほしわつらひなからいとあまりむもれ
いたきをものこしはかりのたいめはと人しれすまち
きこえ給けれはるけきのへをわけいりたまふより
いともあはれなりあきのはなみなおとろへつゝあさちか

いろもかれ〳〵なるむしのねにまつかせすこくふき
あはせてそのことゝもきゝわかれぬほとにものゝ
ねともたえ〳〵きこえたるいとえんなり
むつましき御さき十よ人はかりみすいしんこと〳〵しきす
かたならていたうしのひ給へれとことにひきつくろひ
ろひ給へる御よういいとめてたくみえ給へは御とも
なるすき物ともところからさへ身にしみておもへり
御心にもなとていまゝてたちならさゝりつらん
とすきぬるかたくやしうおほさるものはかなけなる
こしはかきをおほかきにていたやともあたり〳〵
いとかりそめなめりくろきのとりゐともさすかにかう〳〵

えわすれてまつりしきこえさすなる御つきさ
のものともこそかしこまうらしつゝさ世のことゝも物
らうらいひくらまのひなをもかゝるはいさ御かりつめてえんゆ
おほさるゝやかすかなるひかりにて人きはめくしめくさし
てこゝにものはかなもしき人の月日をなむすくしたまめん
なとおほしやるにいとしくあはれなれは心くるしきこゝみ
さいみきこゆへきを絶よさそらくれて御さうこゝき
こえたまふよあらひはやめて心にくゝまのひさちあ
まさきこくなすまうとひとつての御せうそこつわよて
みくるいをいめんしぬへきさ御めもあしぬいともの
しとおほしてかやうぬありさまをいまはゝかさきなとよ

なりにて侍をおもほししらはかうしめのほかにはもて
なしたまはていふせう侍る事をもあきらめ侍
りにしかなとまめやかにきこえ給へは人々けにいとかたはら
いたうたちわつらはせ給ふにいとほしうなとあ
つかひきこゆれはいさやこゝの人めもみくるしうかの
おほさん事もわかわかしういてゐんかいまさらに
つゝましき事とおほすにいとものうけれとあまりなさけ
なくもてなさんもたけからねはとかくうちなけ
きやすらひてゐさりいてたまへる御けはひいと
心にくしこなたはすのこはかりのゆるされは侍や
とてのほりてゐ給へるやうよういてゝ

中宮はくれまてうちさふらひ給へる御ゆるしもなかりし
にあるものなし月日の行かはるにつけてさは
なしきこえ給ひしもまいりたまふもなれは
けうさはいとゝかはりてまうてたまひし
給てかへらぬいろ給ふよそへてこそいはれ給はむ
よ人たとも心にくゝときこえ給へいとやさしう給
かみのさはさかきのすさまさまの給
いみしきてたまつるとき給ふときこえ給へは
おほえこゝろわくかとたまへは御こゝろさまも
かはなくしことおほえてこそたまへおほしつゝも
まつりしなれはみすからはひきて給てまうしに

なけしにおしかゝりてゐたまへり心にまかせて見たてまつりつへう
人もしたひさまにおほしたりつる月日はのとかなりつ
る御心おこりにさしもおほされさりき又心のうちにいかに
そやきすありておもひきこえ給ひしのちはた
あはれもさめつゝかく御中もへたゝりぬるをめつらし
きこゆるほのすく御たいめんむかしおほえてあ
はれとおほしみたるゝことかきりなしきしかたゆくさき
おほしつゝけられて心よわくなきたまひぬ女
はしもみえしとおほしつゝむめれとえしのひた
まはぬ御けしきをいよ〳〵心くるしうてなをおほし
とまるへきさまにそきこえたまふめる月もいりぬるにや

すこきうしはうるあゑんつくしみきてこゝろ
かつはわゝあをこゝろわをともこゝろわしれぬへくきこゝろ
いつまなにこゝろなれはひいめくなまつくもわた
きこえつゝやうくいまはとかけはなれさまへなまされ
いとなすく心て乱ておほしてさてんしやの
わゝきもさらなと思いれつゝれてをくたちやす
らひさるかいれてすまひもけるえんなつくにうえ
いわくなとおゐさまなわなかりのこ中将かき御
あつひなきこえかし事ともまねひやなへき
うえれしやうくあ宣ゆくうつれ今しきなとゝ
ふかくわいてくるしむやきなり

あかつきのわかれハいつも露けきを
こハよにしらぬあきのそらかな
いてかてに御てをとらへてやすらひ給へる
いみしうなつかし風いとひやゝかにふきて
まつむしのなきからしたるこゑもをりしり
かほなるをさしておもふことなきたに
きゝすくしかたけなるにましてわりなき御心ま
とひともハなか〳〵こともゆかぬにや
おほかたのあきのわかれもかなしきに
なくねなそへそのへのまつむしくやしきこと
おほかれとかひなけれハあけゆくそらも
はしたなうていて給ふみちのほといと露けし

もえ心つよからす[illegible]なこりあはれにて
なかめ給ふほのみたてまつりつる月かけの御かたち
なほとまれるにほひなとわかき人〳〵は身にし
めてあやまちもしつへくめてきこゆいかはかり
の道にてかかゝる御ありさまを見すてゝはわかれき
こえんとあいなくなみたくみあへり御ふみつねより
もこまやかなるにてあはれとおほしなひくはかり
なれとまたうちかへしさためかねたまふへきことならね
はいとかひなしをとこはさしもおほさぬ事をたに
なさけのためにはよくいひつゝけ給めれはましてお
しなへてのつらにはおもひきこえ給はさりし御中のかくて

そむき給なんとするはくちおしうもいとおしうも
おほしなやむへしたひの御さうそくより
はしめて人々のまてなにくれの御てうとなといかめ
しうめつらしきさまにてとふらひきこえたまへと
なにともおほされすあは〳〵しう心うき名をのみ
なかしてあさましき身のありさまをいまはしめたらん
事のやうにほとちかくなるまゝにおきふしなけ
き給斎宮はわかき御心ちにふちやうなりつる御
出たちのかくさたまりゆくをうれしと
のみおほしたり世の人はれいなき事ともときも
あはれかりもさまさまにきこゆへしなに事も人に

もときあつかはれぬきはゝやすけなりなか〳〵世に
ぬけいてぬる人の御あたりはところせ
き事おほくなむ十六日御はらへし給つねのき
しきにまさりてちやうふそうし（長奉送使）なとやむことなき人
おほえてさしぬかむさらめ心にくゝいうしあるうさ門
めうまへわたさせ給院の御心よせの事なれはなる
へしいて給ほと大将殿よりれいのつきせぬ事とも
きこえ給つかけまくもかしこき御まへにてとてゆ
ふにつけてなるかみたにこそ
やしまもるくにつみかみもこゝろあらは
あかぬわかれのなかをことわれおもふたまふるにも

あかぬ心ちもし侍るかなとありいとさはかしきほとな
れと御かへりありみやの御をは女別当してかゝせ給へり
くにつかみそらにことはるなかならは
なほさりことをまつやたゝさん大将君御あり
さまをゆかしうてうちにもまいらまほしく思され
とうちすてられて見をくらんも人わるき心ちすへけ
れはおほしとまりてつれ／＼になかめゐ給へりみやの御
返りのおとな／＼しきをほゝゑみて見ゐたまふ
御としのほとよりはをかしうもおはすへきかなと
たゝならすかやうにれいにたかへるわつらはしきこと
にかならす心うこく御くせにていとよう見たて

てまつりつへかりしいはけなき御ありさまのかたちを
見すなりぬるこそいとねたけれよのなか
さためなけれはたいめむするやうもありなんかし
なとおほす心にくゝよしある御けはひ
なれはものみくるまおほかる日なり申のときに
うちにまいり給みやすところ御こしにのり給へるに
つけてもちゝおとゝのかきりなきすちにおほし
こゝろさしていつきたてまつりしあり
さまさかくさまかはりてすゑのよにうちに
まいり給てもものゝみつきせすあはれにおほさる十六
にてこ宮にまいり給て廿にておくれたてまつり給卅

にてそけふ又こゝのへを見させ給ひける
そのかみをけふはかけしとしのふれと
こゝろのうちにものそかなしき斎宮は十四にそなり
給ひけるいとうつくしうおはするさまをうるはしう
したてたてまつれるそゆゝしきまてみえ給ふをみかと
も御心うこきてわかれのくしたてまつり給ほといみ
しうあはれなりてしほたれさせ給ひぬいてさせ給ふをま
ちたてまつるとて八省によせていたし
くるまともそてくちいろあひもめなれぬさまに
心にくきけしきなれは殿上人もわたくしのわかれ
をしむおほかりくらういて給て二条よりとうゐん

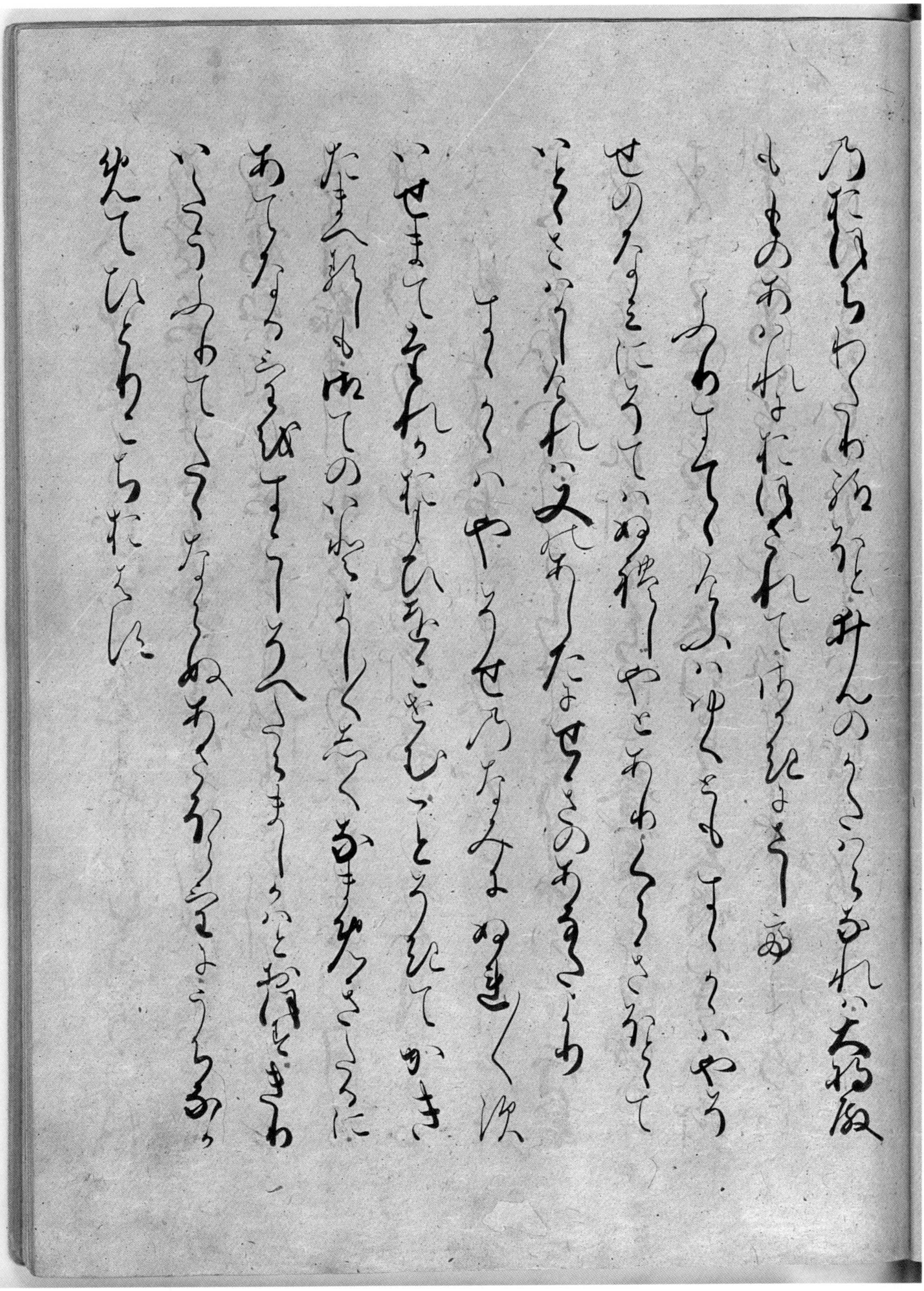
[illegible]ゐんのまへなれは大将殿
もあはれにおほされてさかきにさして
ふりすてゝけふはゆくともすゝかゝはやそ
せのなみにそてはぬれしやと[illegible]
いと[illegible]又[illegible]せきのあなたより[illegible]
すゝかゝはやそせのなみにぬれぬれす
いせまてたれかおもひおこせむことそきてかき
たまへるしも御てのいとよしよししくなまめきたるに
あはれなるけをすこしそへたまへらましかはとおほすきり
いたうふりてたゝならぬあさほらけにうちなか
めてひとりこちたまふ

ゆくかたをなかめもやらむこのあきは
あふさかやまをきりなへたてそ西のたいにも
わたり給はてひとやりならすものさひしけになかめ
くらし給ましてたひのそらはいかに心つくしなる
事おほかりけむ院乃御なやみかみな月になりてハ
いとおもくおはしますよの中におしみき
こえさせぬ人なしうちにもおほしなけきて行幸
ありいとよはき御心ちにも春宮の御事をかへ
すかへすきこえさせ給て又つきにハ大将乃御
事はへりつるよにかはらすなに事も御うしろみと
おほせよはひのほとよりは世をまつりこたんにも

をさをさはゝかりあるましうなむ見給ふるかなら
すよのなかたもつへきさう（相）ある人なりさるにより
てわつらはしさにみこにもなさすたゝ人にて
おほやけの御うしろみをせさせむとおもふ給へしなり
その心たかへ給なとあはれなる御ゆいこんとも
いとおほかりけれと女のまねふへき事にしあらね
はこのかたはしたにかたはらいたしみかともいとかなし
しとおほしてさらにたかへきこえさすましき
よしをきこえさせ給御かたちもいときよらに
ねひまさらせ給へるをうれしくたのもしく
みたてまつらせ給かきりあれはいそきかへらせ給

おもなうくる事おほくなん春宮もひとひ
にとたひめしゝかともさふらふへきやうもはへらねは
とかへてわたらせ給へるからはかなとなきひらいく
しき御さかよしこそひしとたけひさゝこゝそと給なる
いとわりなるなるにあるくらはしとおもりして見えまて
まつわれ給ふもらうたきいかあはれなる中宮あはうさに
ならをたまつらはまへうくうえんたてまつりと給も
さまくに御心みたれてはかりしめさるゝ御門の御
ときこらおほし給へとにかしものえれきこえ給とあれ
はらしるめくらうかなしとえんたてまつりせ給ふおねみも
ひはやきおはいうまつらわ給へき心ゆかひこれなやの御

うしろみし給へき身はかへすくきこえ給いとう
よろつ宮てうかつり給のころ人しくいまわ
てのしるさま行幸よりたとえくらめるしあら
ぬかきりまてかつはせ給をいこうおほしめし身うさ
つまるしなきえいもまつわくさまししなすると中宮
かく心とるひおはするを御心なくれておほしやする
ふかきたとろくしきさ後ふもおほしまさてかゝれ
させ給ぬあしはうちまてたをひまなく人おほしわ
御くるしはさる事給つかとい人そわにるあれよ
のまつわこはこ門めき執給へ身もわか御よの
たるしこまておくしましけるはみそといとわう

わくしまんにはさおとこ心いとさうなくきこゆよいち
やうたいしてうみぬまくになりなんとはいうなうん
とかんさうらめ殿上人みるかたはひあなく中宮大夫
殿なとといましてもくれてものもおほされぬとものらくみ
御わさなと（教）ならしいてうまつわらへなとさまうさくら
のみこころみ世中よとくれたまへることのなる
いかなれはよ人の見えてまつるあるちの御やうに
やりまとおりしますましきいかにあらきこゑに心く
なしなれわころとこしうらいしむかしなかはん
たまみなくもいとあらされうたはくれとかくいはい
てるよもまつおほしみさうく井いあれとみさまくみ

御かくしおはしまして四十九日まては女御みやすところ
宮たちみなかの院につとひ給へりつるをすきぬれは
ちり／＼にまかて給ふしはすの廿日なれはおほかたの
なかそらもしらぬけしきなるにつけても中宮は
ましてはるゝよなくおほきさきの御心もしりた
まへれは心にまかせ給へらんよのはしたなくすみうからん
をおほすよりもなれきこえ給へりつる年ころの御ありさま
をおもひいてきこえ給はぬときのまなきにかくても
おはしますましうみな人／＼のほかへ／＼といて給ふかなし
きはまりなくて宮ハ三条の院にわたり給御むかへに
兵部卿の宮まいり給へりゆきうちちりてかせはけしうて

ゐんのうちやう〳〵ひとめかれゆきてしめやかなるに
大将殿この御かたにまいり給てふるき御ものかたり
きこえ給まへの五えうのゆきにしをれてしたはかれ
たるを見給てみこ

かけひろみたのみしまつやかれにけむ
したはちりゆくとしのくれかななにはかりのことにもあ
らぬにをりからものあはれなれは大将の御そていた
うぬれぬいけのこほりもひまなうこほれるに

さえわたるいけのかゝみのさやけきに
見なれしかけを見ぬそかなしきとおほさるゝまゝにいと
わか〳〵しうそあるや王命ふの君

らしくれていとゐのみはとこはあらち
えし人の宮のあたりもゆくへしれぬやうにてまいとなけち
きとさのとかきつくへき事ちはわかたまふきし
きこえやいかつあてなるひとつらしひまも御さとすみれを
えうわれる月のかほとおほすかしやくらちさまかし
かつあはれとたまふみえいまきぬうし中わくてよの
あらしはけしくて大将殿いまいてゝろはものうくて
こまたちもくれなとなんのゆへさせは
はるまもいそれちうしふれたらゝみえなくてみ
かとれまうわちうろかくたらこみされしもまうくまは

うちすさひてさえつゝひなとの井もみくさよくろきく
見えすみえてしきゝはしもかわこちまゐりとめいろく
中りおくてあるらん宮をいまはかゝるのところ
はとおほしやるにもものむつかしうおほさるゝみくしけ
とのは二月に内侍のかみになり給ぬ院の御おもひ
にやかてあまになり給へるかはりなりけりやむこと
なくもてなして人からもいとよくおはすれはあまた
まいりあつまり給なかにもすくれてときめき給
きさいはさとかちにおはしましてまいり給ときの御つほねには
むめつほをしたれはこきてんにはかむのきみ
すみ給とう花のむもれたりつるにはれはれし

うちわて女房なとかすこし心にくきひまつわては
めうしうとなやき絵へと衛心のうちよいなぬ花ひ
のありけり事もわすれてうちなからさき絵は
しのひよりし給事をなしおおりしさ絵へしもの
のきこえあるいかなりんとさすかすかなりみるら
ましいの涉く給なれいは給しを涉ころしまさる人
めわなんね花くしまし涉ころよころおはしもてかわ
給門ま大きさ絵の涉心へいとちやくかくおは
めし涉えんうる事ともしくひせんとおはすへわ
事よりまていとはしうなき事のいてされはかく
へき事といはゝしくかとえんさわ給つぬよりあうきにたち

まいへくもなけれはひさしのおとをすくましき
ゆらし給てこちまうらにもまつわ給ふ所こひめさま　葵
をひきゝこえ給てこの大将のきことよあつかひきこえ
え給ひ思ひはへりなきさも見えもなほかれしきさてゝ給し
うもなほひきこえたまはすなくくの御伴もとわ
ろくしうかんみちにはいつまくにたつせしを
ときさふらひてさくわうなはなかいすらはあいなしと
なほかれしきまうつかるかなる大将の君なむかれ
すあはよかりつくぬならはわつるかかひ給てはつる
ひくくなむもあつくこまやかになほかれしきさてわ
ときみをかしつさものにおほしひきこえ給へれはあ

れなるわりなき御心はへをなくいとうらみたまふ
ゐもなかりしさまあさましおほえんみうへのそくひなすら
ましぬれはそのあまりにとくしきまていとはなよ
え給しときさかひ給しときにわくもかうさへきに
てきこえたまふゆくあかす文めらうなる御心のひ
あさましくあいなうおほしなほつゝとのとやうよ
いましもあつかはしき御さまあはれにしのさいのひめ
きみの御さいはひを世人もめてきこゆ少納言なとも人
しれすこあまうへの御いのりのしるしにやとみたて
まつるちゝみこもおもふさまにきこえかはしたまふ
むかひはらのかきりなくおほすははかはかしうもあらぬに

給ふ事なき御たはくてまいりてみきこのかくおは
事にふれてやすからすおほすへかめりしもの
かたりにことさらにつくりいてたるやうなる御ありさ
まなり斎院は御ふくにておりゐ給ひにしかはあさかほ
のひめきみはかはりにゐ給ひにきかものいつきには孫
王のゐ給ふれいおほくもあらさりけれとさるへきみ
こたちやおはせさりけむ大将のきみとし月ふれ
となほ御心はなれ給はさりつるをかうすちことに
なり給ぬれはくちおしとおほす中将にはなほをと
すなへつれ給ふことも御つとめはおはしやむきこえ
給ふてもまさらみえさうなるきたゝ御座のわたりはさせ給へ

もしはかゝる御ありさまならはいかにともおほさます
かやうよえうれき事はおほしまさうて事なきまゝ
にこそあくかなくさはたゝほしなやめはみつとは院の御ゆい
こんをつくへすあはれはおほしされとつらおほしいそす
うちまも内のかゝひさうゝこすきさていけも見そろ
れくしすさねおもへしえてきゝさたちおとく乃
さわやさし絵事はえそもしさ給はすあまつわことも内
かよかるいぬやうなあまつゝしそのとはされとかん氏希
いかなる人されは法心しかへはわかくてもおほつかな
きかなるてはいあし紙五をん氏御すかるのはし紙まて
はくしこおつしますひまはうくひれれいのゆめみやうよ

きこえ給かのむかしおほえしほそとのゝつほねに
宰相のきみまきらはしていれたてまつる人めの
いとおそろしきころなれはつねよりもはし
ちかなるはそらおそろしうおほゆあさゆふにみたてま
つる人たにあかぬ御さまなれはめつらしきほとなれはまいてめつ
らしき御たいめむのいかてかはおろかならん女の御ありさま
もけにそめてたき御さかりなるおもりかなるかたは
いかゝあらんをかしうなまめきわかひたる心ちして
みまほしき御けはひなりほとなくあけゆくにや
とおほゆるにたゝこゝにしもとのゐ申さふらふとこ
はつくるなり又このわたりにかくろへたるこんゑ

あるへきかきりのれきものともみなさしへなとせさせ
うちと大将もたゝしうきて給ものゝかなまわつらふ
しもてかしことゝしう給ありさてとこひとつと中
なかの女きみ
ちうくう御ぬねゝすかれあく
かきなしつるゝ恋よ何ともとのくまよさ夜さかな
たちていにしをかし
なきうつわゝはめくてとくせさや
し給のあくへきとうさもなく思なまていて
なひぬをりをさへあはれ月のおもいゝすきわつわ
そなたにいとゝいふやう何まてまちきひなし給へなし

ものせぬ御ありさまなれはそうきやうてんの女御の
御せうとの頭少将ふちつほよりいてゝ月のすこし
くまあるたてしとみのもとにたてりけるをしらて
すき給ひけんこそいとおしけれもときこゆる事もあ
りなんかしかやうの事につけてももてはなれつれ
なき人の御心をかつはめてたしと思ひ
きこえ給ふものからわか心のひくかたにてはなをつらう心
うしとおほえ給ふおりおほかりうちにまいり給は
ん事はうひうひしくところせくおほしなりて
春宮を見たてまつり給はぬをおほつかな
くおほえ給ふ又たのもしき人もものし給はねはたゝ

か大将の君をそよろつにたのみきこえ給へるに
なほこのにくき御心のやまぬにともすれは御むねをつふ
し給つゝいさゝかもけしきを御らんししらすなりにし
をおもふたにいとおそろしきにいまさらに又さる事の
きこえありてわか身はさるものにて春宮の御ためにかな
らすよからぬ事いてきなむとおほすにいとおそろしけ
れは御いのりをさへせさせ給てこの事おもひやませたてまつ
らむとおほしいたらぬくまなくのかれ給をいかなる
おりにかありけむあさましうてちかつきまいり給へり心ふ
かくたはかり給けむ事をしる人なかりけれはゆめのやうにそあり
人なむわかれはそこゆめのさまよりあるやまねひきこゆる

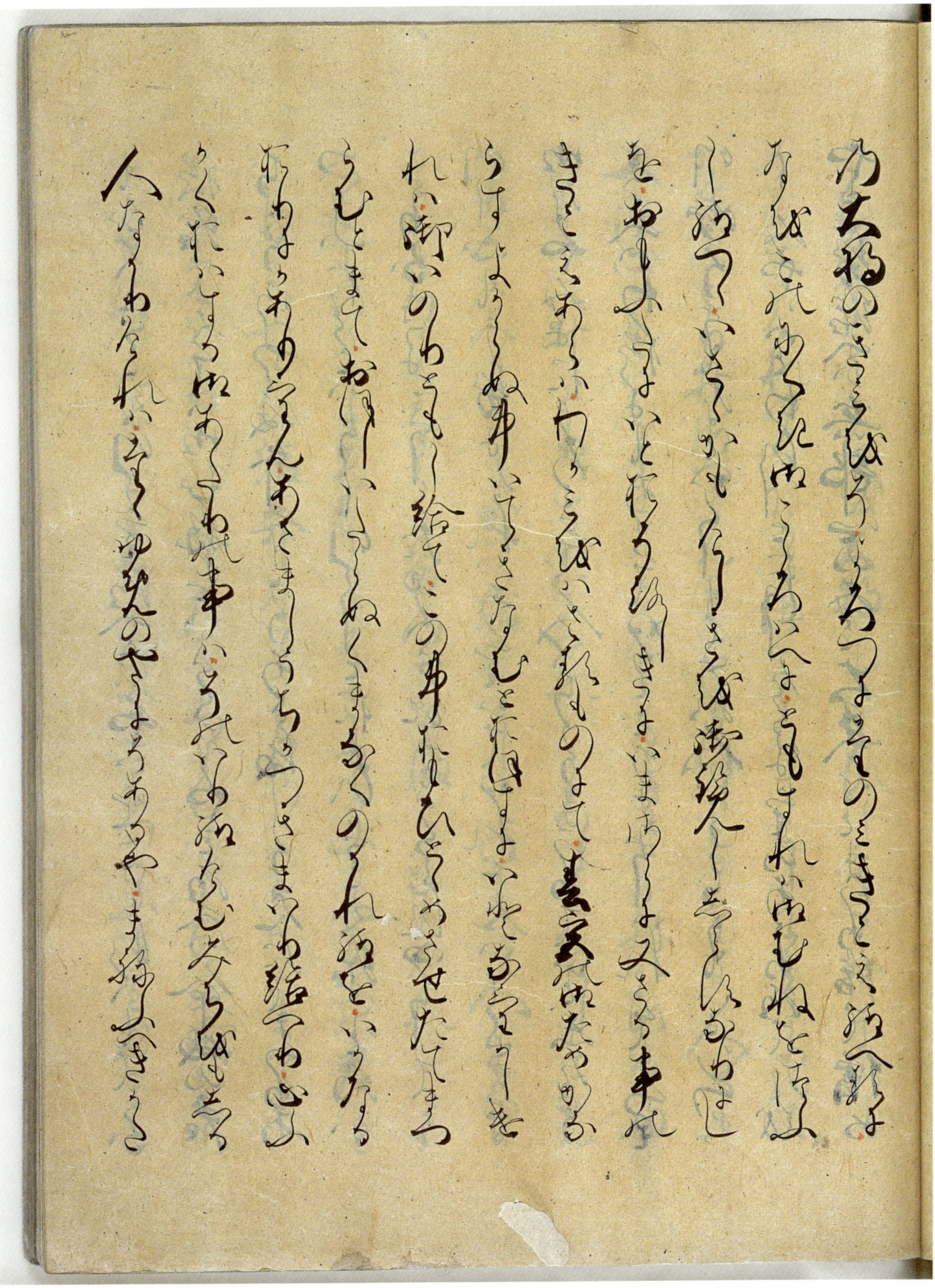

もなくきこえつゝけ給へとみやいとこよなくもてはな
れ給てはて〳〵は御むねをいたくなやみ給へは命婦の君
ちかうさふらひつる弁なとそあさましう見たてまつりあ
つかふおとこはうしつらしと思ひきこえ給ことのか
きりなきにきしかたゆくさきかきくらす心ちしてう
つし心もうせにけれはあけはてにけれといてたまはす
なりぬ御なやみにおとろきて人〳〵ちかうまいりていとしけう
まかへはわれにもあらてぬりこめにおしいれられておはす
る御そともなとかくしもたる人のこゝちともいとむつ
かしみやはいとわひしとおほしけるに御けあかりてなほな
やましう給へは兵部卿のみこ大夫なとまいり給て僧め

さう方なとさへくるしひなるいはまひしときこえおはすかな
うしてられけくなりまさりてちまゝしおもはるわ給て
かくことさらゐ給へらんとももほいをうらます人〳〵も
又春心まとはさしとてさなからもきこしめすにもひ西乃
おはしましにけさはいてたまへれはこうらおほしますらん
めわとてみえしまかて給なましてゆまへよ人なくあ
まうちくなまさ方給はそこさいあれはこなか
さこものうしろなるまようさすてよやうよみ君なと
いはさうつらひ給弁なとうちためらてめもそていまいらい
ありてそいわていうたてまつるむこさひさ所きあ
かくせ給はんもいとくおしうあへしとあつみきこえはぬかこ

めれとのおほうさんよあさゝらはやもとゝるゝなしあはれてみ
ひやうふれうさきはよりはひいらせまひぬまつかうしう
う給しさまもおほとこにかゝせてえんそてゆるかす
なはいとあやしうこゝろあれとやゝさゐんもみつ
おきこゝろのとゝまつれとのはてとはえいつれへ給
かくつゝめいひしらすおほえんうしうえんゆ給へくもの
とゝつまといひてまいりすへたりはこのふたなとにも
なつしうとわかれくせきかへきうきわあれとえもいれ
たまはすよのなかをいたうおほしなやめるけしきにて
のとかになかめいりたまへるさましいといみしう
らうたけなりかむさしかしらつきみくしのかゝりたるさま

ほはしさなとたゝかのたいのひめきみにたかふ
ところなしとしころすこしおもひわすれ給
へりつるをあさましきまてもおほえ給へるかなと
み給まゝにすこしものおもひのはるけところある
こゝちし給かきりなくむかしよりおもひしめてし
こゝろのおもひなしにやこれはさまことにいみしう
ねひまさり給にけるかなとたくひなく
おほえ給に心まとひして
も心まとひしてやをらみき丁よりかゝつらひいりて
御そのつまをひきならし給へるけはひしるく
さとにほひたるにあさましうむくつけくおほされ

てやうてひさしう御ありかなき人なへしと心やま
しうおほしてひさしき物たてまつれは御らうしはへ
あまえて出させ給ひ御らんしはてゝおもはす
おそれさわかれは心よくくすしものかたおほしさ
給ていみしとたのみきこえおとこもたちなむひつめ
たまふにもみなおくれてうつしさまにもあらぬよ
ろ川の事はおほくうしろみきこえ給へとはかなくたに
けさるゝしとたのしみてつらへし給ひすそくあや
さくなやましさはいかはかりぬきはまてきこえん
さらはわか給へとけさせぬ法のかたときこえけを
給ふさとすよいとしときゝて給ふしくもうちまし給

あらはし事なり給といかしくとめてはなくらおほし
うたてゆゝしきいとさすよなうきもみちらは
そのさまひのされてことひもあきゆくひさつま
なまさかしきもいとうしろめたく御心にしき御宮
いひおもれはそくかつわれてとさくいうしろ御身へ
あまもえうていうちねへくはなまみたはすあさき心のへ
いうしなとそゆゑきこえ給へしかの御なる事さ
ふかやうなるなまひはあはれもさまてなまめかしてた
くひあきなからそれは成りてしていうさ事
とまなきことゝもやもあはすさてはなまさやうなる面を
あさましきするに心くるしなれはよみあるまあきこえ

さすかもいみしうとゝのへられは心よこめさへあはても
なすくこのよなすもねつみとおほさるわねへきなとき
たゝ給さまもむくつけさまてたのはいふへくわ
あし事のかうさうなるなほみようきうしんは
いはいくらなからうしみつへん御なみしもいもゝうとき
あかそまへいくうるならさ給ふ
おうきしのうしみな人めのゝしても
かついゝ給はれあしくなもゝなむうくいひなし
給へるも御心つかひみなさるかきよもみつるあきゝこゆち
すれはさんさう給もわか御ためもくるしなれは宮
にもあるていて給ふいはくはなもてよせてあやまちは

えたてまつらんはあはれとおほし出つるかたのおほし
て御ふみもきこえ給はすうちたえて東宮にも
まいり給はすこもりおはしておきふしいみしかりける
人の御心かなと人わろくこひしうかなしきにこゝろた
ましひもうせてなやましうさへおほし給いとものこゝろほそ
くおほされてなそや世にふれはうさこそまされ
なとおほしたつには女きみのいとらうたけにてあはれ
にうちたのみきこえ給へるをふりすてん事はいとか
たし宮もその名残れいにもおはしまさ
すかうことさらめきてこもりゐおとつれきこえ
給はぬを命婦なとはいとほしかりきこゆ宮も東宮の御

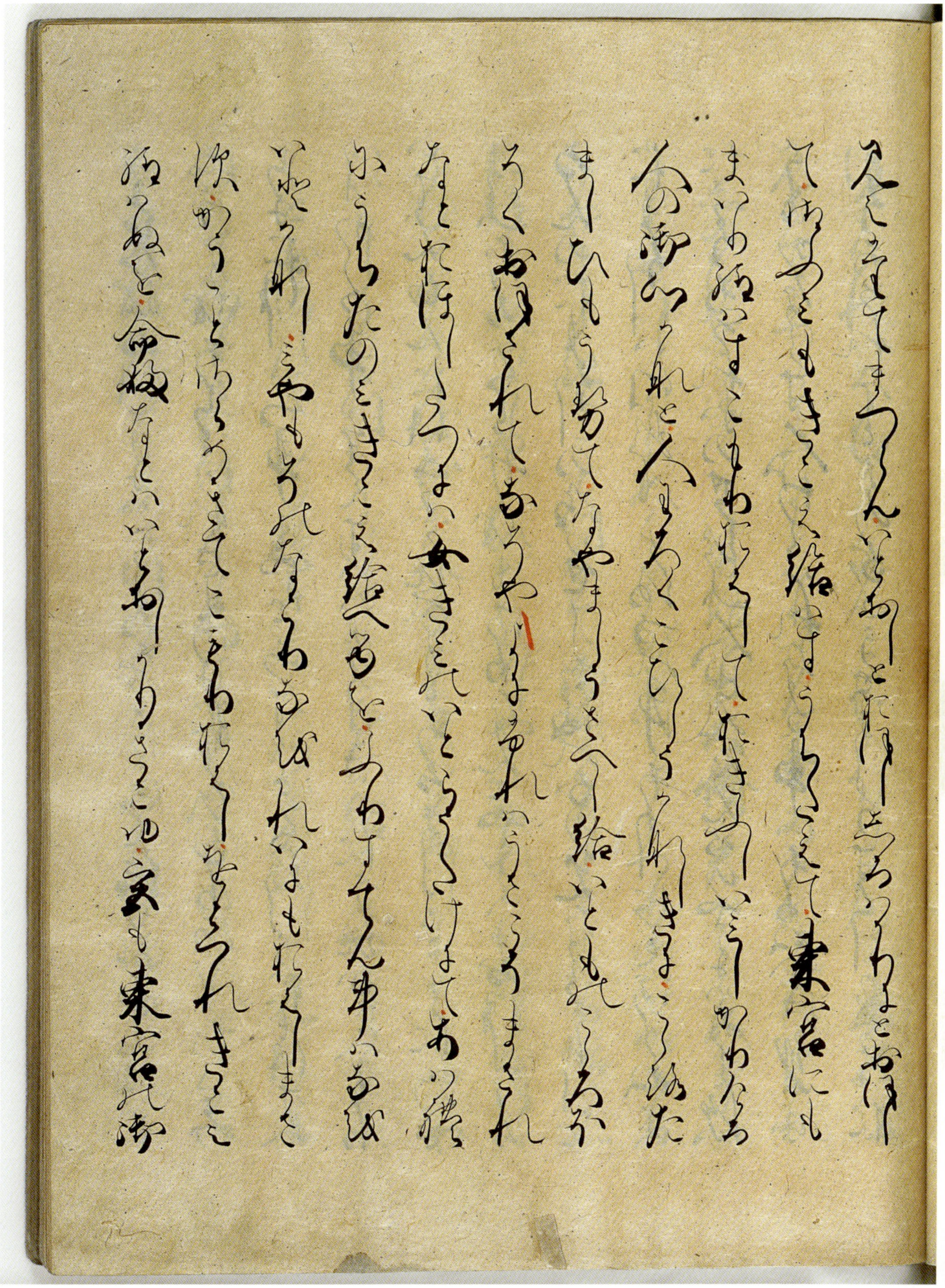

うの御ためをおほすにはこゝろおかせ給はん事いとほ
しうよをあちきなきものにおもひなり給はゝひたみ
ちにおほしたつ事もやとさすかにくるしうおほさるへ
しかゝる事やまずはいとゝしきよにうきなさへもり
いてなんおほきさきのあるましき事にのた
まふなるくらゐをもさりなんとやうやうおほしなる
ゐんのおほしのたまはせしさまのなのめならさりしを
おほしいつるにもよろつの事ありしにもあらすかはりゆくよ
にこそあめれかのせきふ人のみけんめのやうにはあらす
とも かならす人わらへなる事はありぬへき身に
こそあめれなとよのうとましうすくしかたう

ほさるれはそむきなんとおぼしとるに東宮を
見たてまつらでおもかはりせん事あはれにおぼさるれ
ばしのびやかにてまいり給へり大将の君はさらぬ事た
におぼしよらぬくまなくつかうまつり給ふを御心ち
なやましきにことつけて御をくりにもまいり給はず
おほかたの御とぶらひはおなじやうなれどもむげにおぼし
くつしにけると心しるどちはいとおしがりきこゆ宮
はいみじううつくしうおよすけ給てめづらしうれ
しとおぼしてむつれきこえ給をかなしと見たてま
つらせ給にもおぼし立すぢはいとかたけれどうち
わたりを見給につけてもよのありさまあはれに

ものゝわくらくわかい給ふ事のとおほえまたなかき
けちの御こと給むをはいてつかさまつりくてな
とくもしらぬくまつりしき事乃ことにあれ
ていこてこれは文氏の御そゑめよあやうくゆゝしく給つよ
おほしたられてゆるんせてひさしうらんならよからう
なま代てもさはようたてくまかいわさうんはいつくたさ
あへきとまてこえ給へは御ゆかうらまかわ給て武藝
うやまふてやいえてふいさは御わ給んときてこえ給へは
いつらひるまくわつれなてら給はたいて御ましにくゝを
なすかきとさいあらてかみなまとう給わはこしけくて
（夜居）よ井代らうのやうなすつしまゝしよ御わ給なすんとすれは

見たてまつらむ事もいとゝひさしうあるへきとて
なき給へはまめたちてひさしうおはしまさねは
こひしきものをとてなみたのこほるれははつかしとおほ
してさすかにそむき給へる御くしはゆらゆらときよらにて
御まみのなつかしけにゝほひ給へるさまおとなひ給
ふまゝにたゝかの御かほをぬきすへ給へり御はのすこし
くちてくちのうちくろみてゑみ給へるかをり
うつくしさは女にて見まほしうきよらなりいとかう
しもおほえ給へるこそ心うけれとたまのきすにおほ
さるゝもよのわつらはしさのそらおそろしうおほえ給
ふなりけり大将の君は宮をいとこひしうおもひきこえ給へと

あさましき御こゝろのほとをときく〳〵ハおもひしるさま
にもみせたてまつらんとねんしてすくし給に人
わろくつれ〳〵におほさるれハあきのゝもみ給かてら
うりんゐん（雲林）にまうて給へりこみやすところの御
せうとの律師のこもりたまへる房にて法文なとよみ
おこなひもせんとおほして二三日おはするにあはれ
なる事おほかりもみちやう〳〵いろつきわたりて秋
のゝいとなまめきたるなと見給てふるさと
もわすれぬへくおほさる法しはらのさえあるかき
りめしいてゝろんきせさせてきこしめさせ
給所からにいとゝ世中のつねなさをおほしあかし

ほしあかしてもなほうきひとしもそとおほしいて
らるとてからくとならしてきくのはなこきうすき
もみちなとをりちらしたるもはかなけれとこのかた
のいとなみはこのよもつれゝならすのちのよはた
いたのもしけなりさもあちきなきみをもて
なやむなれとおほしつゝくるにりし（律）のいとたうときこゑに
て念佛しゆしやうせうしゆふしやとうちのへておこなひ給
まへるかいとうらやましけれはなそやとおほしなる事
のとたえするをもまつ女きみのこゝろにかゝりておほえ
給へハ御文をたてまつれさせ給ふゆきはなれぬへくやと
こゝろみ侍るみちなれとつれゝもなくさめかたく

心ほそさまさりてなむきこえさしたることありて
やすらひ侍るほとおほつかなくもやとみちのくにかみ
にうちとけかい給へるもうへとをあるか
あさちふの露のやとりにきみをおきて
よものあらしそしつ心なきなとこまやかなるに女
きみもうちなき給ひて御かへししろきしきしに
かせふけはまつそみたるゝいろかはる
あさちかつゆにかゝるさゝかにとのみありて御てはいと
をかしうのみなりまさるものかなとひとりこちて
ゑみてゐ給つねにかきかはしたまへはわか御てに
いとよくにていますこしなまめかしうくはゝりき

ところハかきりなく給つかうまつりしか次なる事に
はるてもおほしたてられしとおほさるにさかゆく
御勢もちかひなくて斎院にきこえ給中将乃
君にかく旅のそらになむものおもひにあくかれ
にけるをおほししるにもあらしかしなとうらみ
給て御まへには

かけまくハかしこけれともそのかみの
あきおもほゆるゆふたすきかなむかしをいまにと
おもひたまふるもかひなくとりかへさんものゝやうに
なとなれ〳〵しけにからのあさみとりのかみにさかき
にゆふつけなとかう〳〵しうしなしてまいらせ給つ中将ハ

まきるゝ事なくこしかたおもひたまへいつるつれつれ
のまゝにはおもひやりきこえさする事おほく
侍れとかひなくなんこゝろとめてすこしこまやかなる
かきさま御まへのはゆふのかたはしに
そのかみやいかゝはありしゆふたすき
心にかけてしのふらんゆへちかきよにとそある御
てこまやかにはあらねとらうらうしうくさなとおかし
けになりにけりましてあさかほもねひまさりぬらむ
ねんかしとおもひやるもたゝならすおそろしや
あはれこのころそかしのゝみやのあはれなりしはと
おもひいてなもあやしくやうのものと神うらめ

たゝひとゝころの御さまおほされたるかうやすからぬ事
の御くせのみくるしきそかしわりなくおほさは
さもありぬへかりしとしころはのとかにすくし給て
いまはくやしうおほさるへかめるもあやしき御心なる
あはやかんしゝめつ給よいあしぬ忠へあはれさま給
見しりきこえ給へれはかやうにたまさかなる御かへりなとは
えしもてはなれきこえ給ましかめりすこしあ
いなき事なりかし六十くわんといふ文よませ給
おほつかなきところ〳〵とかせなとしてきゝたまふ
を山てらにはいみしきひかりおこなひいたしたてまつれ
りと仏の御めいほくありてあやしのやうなるほうし

いろまていろこひあつかひきこえさせやうによみえなくはお
もりしはくぬよふるさともみゆうへなれと人
ひとわれみゆうはおもりしやぬかほうしたれはひとを
ちうもえおほしまさせてこころよを御もといらめし
うちとけたまふあるへきうきさわかみしもそれなく
まれやまとつまてものたまはせさせうとうとさ事のかき
まはいくしていて給えさてまつわなくぬさてこれ
もかのもにあやしうさこゑはよろひ人とまかあいまわ
おわてなまさとおとしつえたてまつるくとら御
くろまよてふちのたまもやつれてえしも兄え
たまつねとさくかみなすなあわとまはたにおく

なをひきこゆへかめわひめ君ひころにねひまさり
たる心ちしていといたうしつまりてよのなかやいかな
らんとおもへるけしきの心くるしうみえたまへはあ
いなき心のさまさまみたるゝやしるからん
いろかはるとありしもらうたうおほえてつねよりこと
にかたらひきこえ給ふ山つとにもたせたまへる
もみちたまへのに御覧しくらふれはことにそめまし
ける露の心もみえすくしかたうおほつかなさも人わろ
きまておほえ給へは中宮にたてまつれ給いらせ
給ふなるをめつらしき事にうけたまはるにやみあひた
の事もおほつかなくなりはへれはしつ心なくおもひ

まいりせ給ふらむことなとひとへにひきこもら給し
ひとすち心なきやはとてあんひところなくなくなるを
なかしみちはひとわろき事よるかしきもくらけれ
う思給へつれ御ほとはあまんおほかくは御らんせさせ給へ
なとあはけなきいつきさともあれは御めとまるに
れいのいさゝかなるものあめならぬ人ゝの見たてまつるよ
御かたはいろしろうつろひてなよかくる心みまとえたまはゝ
ねこゑうとましなれあくられはひやまめくものし
給人のゆくゑなくかやうなる事うちませ給と人も
あやしとおもふ給へあんかしと心つきなくおほしあ
まてかう見えは侍せてひさしのそしられまくはなしやう

せ給ひてはすなほさるみ事ともしゝやみ御事はよふ
れうさいふうたのめくさまにすくよかなる御めわ
いはいきこえたまふらはゝも心うくもおはすれと
ひさせすうしろみたえて見給へとなる事もうしろ見さき
たて給へれは人あやしと見とかめもこそすれとおほして
はゝそてたまふへき日まつわたりまつうらみ御心のまゝは
いわたりけれはのとやよてもしいまゝ御もみそわなとあ
いれはきこえ給御こゝろもかんにとゝくにしてまつわ
りてはまいらすかまし見えうしさと思ひわたりてまつらう
あゝやうなるかくしますかうえんはあれとえさてまゐる
給はんのきこえみ御事はなりませすともねさまにきこしめし

うしきゆへんすつなりもあれとなすなかいまはしめ
さる事なきいえあらめ河わらめよなん井なれい
也も心かいさんまにとすなかしぬ人のあいひともなんかし
されはしなされたらしるほの御しるわすとのみちれ
たはつかすくおほさるく事ともなとゝひきこと御文
すさくしきうたくわなるもきこえかりし給てかれ
斎宮はくわ給し日の事かゝられたりしかわたと
かくせ給よう給もうちとさて野の宮やれありけるわ
しあさなのもみなきことえいて給てたりなくら九月
やうくはしいてくかさすおりしきさななすかにあうひなと
もせきあしきならあくとの御はす中宮こそひま

かゝて給なちとまりてひよものゝ御ゆへんなんの給はせたる
く中宮も御しは文をしるへからまほしく人にも御ら
さふらふに春宮の御中ちかくてあいしきこし給てれ御てと
や給ふ大夫はいまのみこよみてなまめかしう給ふをきさき
しうはつらみえこそらうわさをさわさてとさいふもの
すれとこうき御わさそうさなとなすよ中なりとて
こうさうしみなうわいてなきもいそわさとめしとうこう
もみち給へるれみつゝれなくしうぬれもておかし
うやなんとの給ふすたはかるさ給わさとこいとさとく
れさなひうさ侍よものし給へとまうとめうなわよ
あんなとうれ御あわさ侍もおもうし給て　まうて給ふ

大宮の御はらからの大納言の御こ頭弁といふか時よ
あひはなやかなるわか人にておもふ事なかる
へしいもうとのれいけいてんの女御の御かたへゆくにこの
大将殿のさきをしのひやかにおへはしはしたちとゝ
まてはくこう日をつらぬけりたいしおちたりと
こゑいとゆるゝかにすしたるを大将いとまはゆしと
きゝ給へとかむへき事かはきさきの御けしきも
いとおそろしうわつらはしけにのみきこゆれはかう
したしき人〻もけしきたちいふへかめる事とも
あるにわつらはしうおほせとつれなうのみもてなし給ふ
御前にはさふらひていまゝてよふかし給ふるときこえ給

月のはれやかなるにむかしかやうなるおりはかならす
御あそひせさせ給しなとおほしいてらるゝにおなしみ
かきのうちなからかはれる事おほくかなし
こゝのへにきりやへたつるくものうへの
月をはるかにおもひやるかな命婦してきこえ給ふ
ほとなけれは御けはひもほのかなれとなつかしう
きこゆるにつらさもわすれてまつなみたそおつる
月かけは見しよの秋にかはらぬを
へたつるきりのつらくもあるかなかすみも人のと
かむかしもはへりける事にやなときこえ給宮は春宮を
あかすおほしきこえ給てよろつの事をきこえさせ給へと

みかうしもおろしいれさゝめはいとうらめしくなも
ひきこゑさせ給れいいとゝくみとこりなはいて給ま
ていなきこゑんとおほしなすへしうしあけよなほし
これとさすはえたてひきこと給ねとあれとえ
たてまつりわきこと給大将は和琴のすこしひく中も
こゑたかくおもしろくよみあはせつゝつくたはす給て
かんのきこえもなうれ給てひさしうなすまになわ
うつくしれいつかはさしきこえつまいそたまれ
なむかれわ
おうしゐるくにおほつくはちしまゐに
たまつるさへみなともへまつわときこえ給つわたわも

あはれなるにまさのひとさ給けん法心もいはく
つゝ給はかうのすみをもいれさせ給へる御法しあさませ
給てなへてなりぬとこわいてつ事て御とも心ひと
よひさいてろさむ給へるたしきのとこむなわ御まへ
なる人々それつわかなんなといひさうらふきこえ
はるてもひかきこえのいみけれまこえかれ給ましきを
かたもものうさかね
あひみてよのふかきあはれなこえしき
なへてのあさましきれとやみ心のかゝふなふいはゝ
かなうさんみえうしもまかりまかりし給ひんなとこまやかな
あはれなるかやさまなる給うきこゆるこひおほゆめ

御とあさましうまうらくわこゝち御て御心よはふ
うち忍ひさるへし　中宮ハ院の御はての事うちつゝき
御はかうのいそきさま〳〵に心つかひし給ふしも月の
ついたちころ御こきなるにゆきいたうふりたり大将
とのより宮にきこえたまふ
わかれにしけふはくれとも見し人に
ゆきあふほとをいつとたのまんいつくもけふはものゝ
かなしうおほさるゝほとにて御かへりあるもめつらしきこと
たまへり
なからふるほとはうけれとゆきめくり
けふはその世にあふこゝちしてことにつくろひ給はぬ

御かきさまなれとあてにけたかきはおもひなしこ
となるへしすちかはりいまめかしうはあらねと人に
はことにかゝせ給へりけふはこの御ことも思けち
てあはれなるゆきのしつくにぬれ〳〵おこなひ給
しはすの十よ日はかり中宮の御八かうなりいみしう
たうとし日ゝにくやうせさせ給御経よ
りはしめ玉のちくへうしひもちす〔帙簀〕さまゝに
かきこすちのかさりをとのへさせ給へりはしねもみちく
きよらさへよのつねならすおはしませはまして
ことわりなり仏の御かさり花つくゑのおほひ
なとまてまことのこくらくおもひやらるはしめの日はせんたいの

御れうつきの日ははゝきさきの御ため又の日は院の御
れう五巻の日なれはかんたちめなともよのつゝまし
さもえしもはゝかり給はていとあまたまいり給へり
今日のかうしは心ことにえらせ給へれはたきゝこるほ
とよりうちはしめおなしういふことのはもいみ
しうたうとしみこたちさまさまのほうもち（捧物）ともいとさゝく
なり大将の御ようゐなとなをにるものなしつねにおなし
つきなる事なれとみたてまつるたひことに
めつらしからんをはいかゝはせむはての日はわか御
事をけちくわんにてよをそむき給よし仏に申
させ給にみな人ゝおとろき給ぬ兵部卿宮大将なと

はあさましとおほす宮はなかはのほとにたちてい
り給ぬおほしたつさまは心はしくの給てはつるほと
に山のさすめして御いむことうけ給へきよしのたまはす
御をちのよかはのそうつちかうまいり給て御くしおろ
し給ほとにゆすりて宮のうちゆゝしうなきみちたり
なにともなきついのたいおとろへたる人たに今はとせ
こゝろほそくしくさはうしろいあやしうあはれなる
わさなましてかねて御けしきにもいたし給はさり
つる事なれはみこもいみしうなき給まいり給へる人々も
しおほかたの事のさまもいとたうとくあはれなれは
みなそてぬらしてそかへり給へる院のみこたちなとは

むかしの御ありさまのおもひいてらるゝにいとうれしき
御とふらひもきこえ給大将はたちとまり給てきこえ
いて給へき事のはもおほえすくれまとひておほすなとか
さしもと人の見たてまつるへけれは御こなとまかて給ぬ
るのちにそ御まへにまいり給へるやうやう人しつまりて女房
なとゝはなうちかみつゝところゝにむれゐたり月は
くまなきにゆきのひかりあひてにはのありさまも
むかしの事おもひやらるゝにいとたへかたくおほさるれと
いとようもてしつめていかやうにおほしたゝせ給てかく
事にはなときこえたまふいまはしめておもひたまふる事
にもあらねとものさわかしきやうなりつれは心もみたれぬへ

くなとれいの命婦してきこえ給みすのうちのけはひ
いと心にくゝうちつとひはへる人のきぬのおとなひ
しめやかにふるまひなしてうちみしろきつゝかなし
けさのなくさめかたけにもりきこゆるけしきこと
わりにいみしときゝ給かせはけしうふきふゝきてみす
のうちのにほひいとものふかきくろほうにしみてみやう
かうのけふりもほのかなり大将の御にほひさへかほり
あひてめてたくこくらくおもひやらるゝよのさまなり春宮
御つかひもまいれりの給はせしさまおもひいて
きこえさせ給にそ御心つよさもたへかたくて御返も大将
殿そことくはへてきこえ給へるたれも〳〵あるかきり

心なさましぬかとあれはおほす事ともえうち
いて給はぬ
月のすむくもゐをかけてしたふとも
このよのやみになをやまとはむとおもひ給へらるゝ
かひなさよおほしたゝせ給へるなといとゝやまし
うこう給はれとはかりきこえ給て人々ちかうさふらへ
はさまく みたるゝ心のうちをたにえきこえあら
はし給はすいふせし
おほかたのうきにつけてはいとへとも
いつかこのよをそむきはつへきかつにこりつゝ
えなうし給へおよさ事ともわとたほしくちまへり

あはれなるつきさせ給ふにも御むねくるしうてまかて給ぬ
殿よりかへり給てもわか御方にひとりふし給て
御めもあはすみあかしなへていとうたておほしなる
かも春宮の御事のみそうしろめたくおほえ給
にたにやきさいをとおほしなさるゝにめうさに
たへすかくあらはわれはもとより御くるしみてなをもこそお
ほしとかく給さへ入てまつるすてゝいまとたにしあ
らす事うきもあるしいまはかくうるさまに見給てう
さてもなきひこゆるとたにせいそのうちよそつうち
せ給し戚夫人のうきもみせもよなあるなれいそれもかの
かうそみつるひ給くいうらうんにことくしききさまなる

ものとしゐくすかきたてんとうちえてなるかみわさ
おはいかやうのけしきまこれしきうたるともいてく
みやうともあれゆうくやまいわ給もいまはいてま
ちうさうすしさて御みつからなときこえ給わと
あわれもひちえてしうふゆしよ心よさるれのとは
していとあるましき事なわかしとをかいわれは
うちわかれやうよかいえんえまうちなときて給よ
ももくとあるれまて御なとたひいかちえやうよし
結つのちかねぬをおほすよもいとそのもしくもつ
かしき事ともされておほやけ門孫の御孫んすうかねは
さるものみてつるまたてまつれさるみ事まうるしかきこの

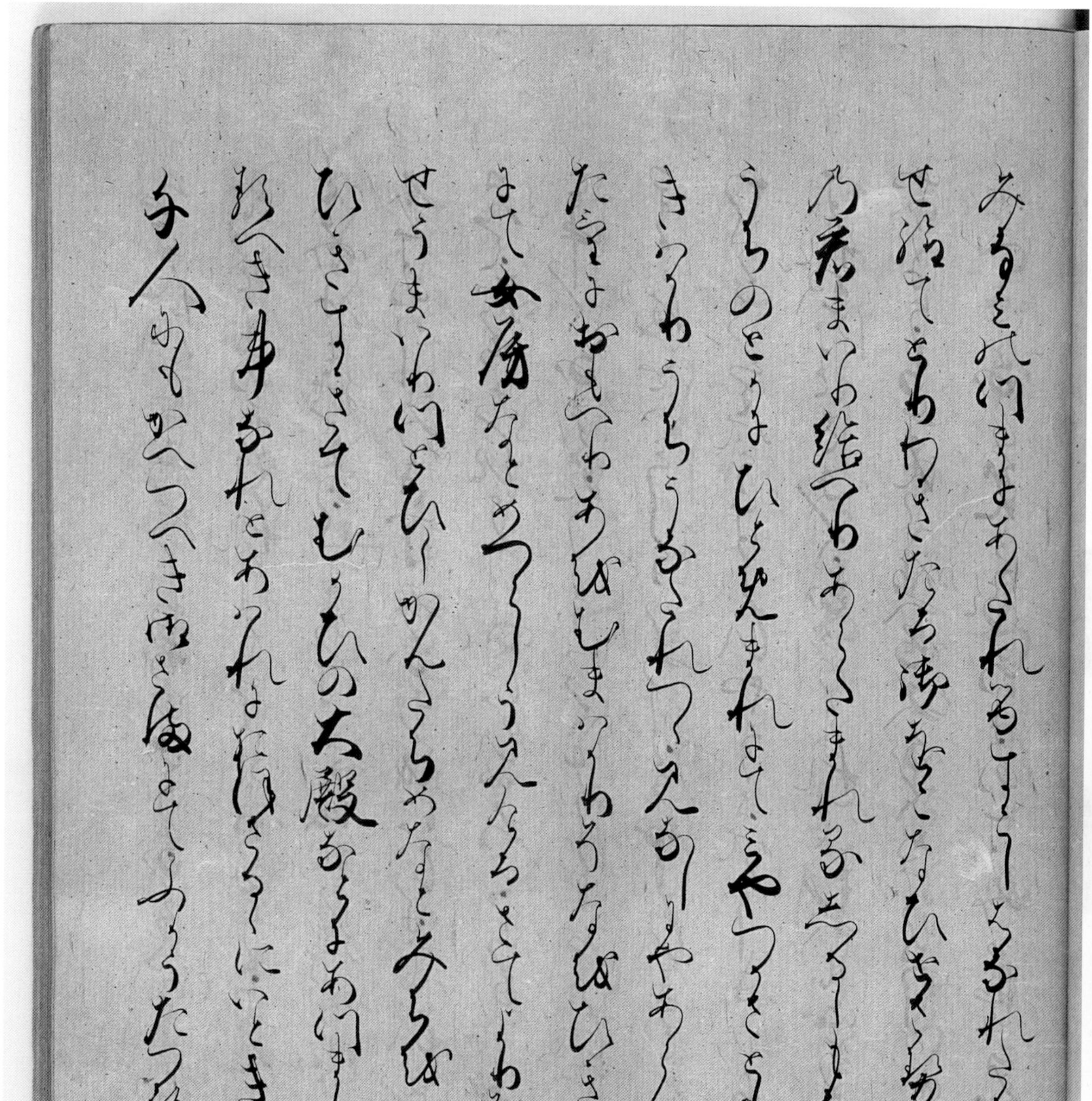

みすとのいまよあくれなしそあれさうよわたら
せ給てをかしさたち濡なとなひきえ給ふよ大将
の君まいらせ給つるあくまれなこそくきやみ
うちのとのにひき籠れよてこやつきともみえさくし
きゝわらうもされつゝえあしりやあんくんし
たゞよおもへるあなむしまいらうたなひきさへぬもの
よて女房なとめつしうえんなるさてしわかなちさろ
せうまいらいとひしめんさらめなとみちなしうさは
ひさしすさそてむつひの大殿おほよあいまわかをせく
ねへき事あれとおほれなたにさうにいときゝにくゝにて
千人みもせへつへき世さまよしあらうた給まつらなん

なき人たてまつるにあいなくなみたくまるまらうと
もいとものあはれなるけしきにうちみまはし給て
とみにもものものたまはすさまかはれる御すまひに
みすのはしみき丁もあをにひにてひまくよりほの
みえたるうすにひくちなしの袖くちな
と中くなまめかしうおくゆかしうおもひやられ給ふ
[illegible]とけ
わたる池のうすこほりきしのやなきのけしきはかりそ時をわ
すれぬなとさまくなかめられてむへも心あるとしのひ
やかにうちすんし給へる又なくなまめかし
なかめかるあまのすみかと見るからに

まつせたてまつらうし侍ときこえ給へはいとかく
かうしもあはれにみなからなまめかしうたま
へれ御ましさるれはまゐらせたまふうち
しみ

あはれにみなわつらはしうなさうしこと侍り
そうちうなすみえつゝきこゆれとも御ものきこゆ
れいのいとつれなきこそかくこそかれゐねといは
ねひますましたまへるわきまへみえさせたまへるもはし
たかくてこそはへれとていとゝひ思ひけるもたくひなく
もをひまさりぬれ心ちなきことなくいみはうえも
うちあひおはしましくちさきはちひくのもみえてたすく

いらてか世をつれ事もおほしゝらんなとおしはかられ
給しといまはいといたうおほしゝつめてはかなき事に
つけてもものゝあはれなるけしきさへそはせ給へるはあいなう
ある心くるしくなれなとおいしらへる人くうちなきつゝ
めてきこゆ宮もおほしいつる事おほかりつかさめし
のころこの宮の人はたまはるへきつかさもえす
おほかたのたうりにても宮の御たまはりにても
かならすあるへきかゝいなとをたにせすなとして
なけくたくひいとおほかりかくても
いつしかと御くらゐをさりみふ（御封）なとのとまるへきにもあらぬを
ことつけてかはる事おほかりわ

みなかねておほしすてゝし世なれと宮人なとの
よりところなくかなしとおもへるけしきともにつけてそ
御心うこくおり／＼あれとわか身をなきになしても
て春宮の御世をたいらかにおはしまさはとのみ
おほして御おこなひたゆみなくつとめさせ給人しれ
すあやうくゆゝしうおもひきこえさせ給事しあれは
わか身にはみなのかろめてからうもゆるしきこえ
給へとおほしまゝよろつをなくさめ給大将殿もさう
見たてまつりたまひてことわりにおほすこのとの
人ゝも又おなしさまにからき事のみあれははしたなく
よのなかゝおほされてこもりわたらす左のおほいとのもおほやけ

わつらしひきこえたまへたちゝめあからさまにもみらくおほしお
いてくらしみえうそてまつらぬみちといこなん心やむ事
なくなをもくたはしてなうさ御らしるくみちさいと
きこらなさ給しかは御ゆいこんなたはしますてうこし
もゆよたりひきこえ給へうまかひなき事とおもひく
もちねさせたまへねとせめてのへさひ申給てくるわね
たまひぬいまはいとひとつのとめてはうえ給事
かさねあしいみをもしとも御ちし給門ちたちそゑかくな
のかれ給をいたしやきものかうゝまたたしよ人も心
あうさわいなくよそへわ御こともいつれをもなく人から
めやすくいえにもちなされてきこえらけなるめし給も

こよなうしつまりて三位の中将なともよをおもひ
しつめるさまこよなしかの四の君をもなをかれ/\に
かよひてめさましうもてなされたれは心とけたる御
むこのうちにもいれ給はすおもひしれとにやあらんこの
たひのつかさめしにももれぬれといとしもおもひいれす
大将殿かくしつかにておはするによははかなきものと
みえぬるをましてことわりとおほしなしてつねにまいり
かよひつゝかくもんをもあそひをももろともにし給いにしへ
ものくるをしきまていとみきこえしをおほしいてゝかた
みにいまもはかなきことにつけてさすかにいとみたまへり
はるあきのみときやうをはさるものにてりんしにもたう

とき事ともをせさせ給なとしていたつらにいとまあ
りけなるはかせともめしあつめてふみつくり
たんゐんなとやうのすさひわさともゝして
心やりてみやつかへをもおさ／＼し給はす御心にまかせてあそ
ひおはしますはよの中にはわつらはしき事ともやう／＼いひい
つる人々もあるへしなつのあめのとやかにふりていとつれ／＼
なる日中将さるへきしふともあまたもたせてまゐ
り給へり殿にもふみとのあけさせてまたひらかぬみ
つしの心あるめつらしきこしふすこしとりいてさせ給て
そのみちの人々わさとはあらねとあまためしたり殿上人
も大かくのもいとおほくつとひてひたりみきにこまとりに

かたわかせ給へりかけものともなといとになくていとみ
あへりふたきもてゆくまゝにかたきゐんのもしとも
いとおほくておほえあるはかせともなとのまとふところ〳〵
をとき〳〵のたまへるさまこよなきはかせのかたなり
いかてかうしもたらひ給ひけんなをさるへきにて万
はの事よすくれ給へるとめてきこゆつゐに右まけ
にけり十日はかりありて中将まけわさし給へりこと〳〵しう
はあらていとなまめきたるひわりこともかけもの
なとさま〳〵けふもれいの人〳〵めしてふみなと
つくらせ給ふはしのもとのさうひけしきはかりさき
はさて春秋のさかりよりもしめやかにをかしき

かとなるまゝにみなうちとけあそひ給中将の御この
ことしはしめて殿上する八九はかりにてこゑいとおもし
ろくさうのふえふきなとするをうつくしひもてあそひ給四
の君はらの二郎なりけり世の人のおもへるよせ
おもくておほえことにかしつけり心はへもかと〳〵しう
かたちもをかしくて御あそひのすこしみたれゆくほ
とにたかさこをいたしてうたふいとうつくし大将の
君御そぬきてかつけ給れいよりはうちみたれて
ゑいすゝみ給へる御かほのにほひにるものなくみゆ
うすものゝなほしひとへをきてまつれるにすきたまへる
はたつきましていみしう見ゆるをとしおいたるはかせともなと

さはくみたてまつりてあさゆふはなれつかうまつり
おほましものはさはわたれとうしろめたさよ中将御
かはりにきまつはれ給
そ給ひもとさふらひしさふらひつれは
なとかねきみかにかひさうなれはしきてされ
給ふ
さうさなすもてなさくえなかいたくつれあ給ふ
さかれなるくしまひかとおとろへよろもの也と
うちそかまてあはうらしくきこしめすなとえ
いまつくさ井きこえあらたりあはれ事ともかやうなる
なりまめかりすねまつかすくよかきりくれいさうちな

きわさとかつらゆきかいさめたうるゝかた
にてむつかしけれはとゝめつみなこの御ことをほめた
るすちにやまとのもからのもつくりつゝけたり
わか御心ちにもいたうおほしおこりて文王のこ武王
のおとうとゝうちすしたまへる御なのりさへけにめて
たき成王のなにとかのたまはんとすらんそれはかりや
また心もとなからん兵部卿の宮もつねにかよひ給つゝ御
あそひなともをかしうおはする宮なれはいまめかしき
御あはひともなりそのころかんの君まかて給へり
わらはやみにひさしうなやみ給てましなひなとも
心やすくせんとてなりけり修法なとはしめておこ

たまひぬれはたれも〳〵うれしうおほすにれいのめつらし
きひまなるをときこえかはし給てわりなきさま
にてよな〳〵たいめんし給いとさかりにゝきはゝしき
けはひし給へる人のすこしうちなやみてやせ〳〵に
なり給へるほといとおかしけなりきさいの宮もひと
ところにおはするころなれはいとおそろしけ
れとかゝる事しもまさる御くせなれはいとしのひて
たひかさなりゆけはけしきみる人〳〵もあるへかめれと
わつらはしうて宮にはさなむとけいせす
おとゝはたおもひかけ給はぬにあめにはかにおとろ〳〵しう
ふりて神いたうなりさわくあか月に殿のきむたち宮

はらからなとたちさわきてこなたかなたの人めおほう
て女房とももおちまとひてちかくつとひまいるにいと
わりなくいて給へきかたなくてあけはてぬ御帳のめ
くりにも人〻しけくなみゐたれはいとむねつふら
しくおほさるゝこゝろしりの人ふたりはかりこゝろをまと
はしあへる神なりやみあめすこしをやみぬるほ
とにおとゝわたり給てまつ宮の御かたにおはしける
をむらさめのまきれにてえしり給はぬにかろらかに
ふとはひいり給てみすひきあけ給まゝにいかに
そいとうたてしはへりつるよのさまにおもひやりきこえ
なからまいりこてなむ中将宮のすけなとはさふら

ひかやとの給ふさまひのちさくさうはあはれなれとさは大ゐ
もみえまさされはもたれおもくの御ありさまをおほし
くへられてわれゑまゐ給けれはわかてものたまへ
かしおほかるきみはいとわひしうてやはらゐさわい
て給よ御たちてのおほみ給ふなさはなきことやましう
たまふさまをやと見給て御らうしきれいなるね
もみえさせたまふとしきさは御よはひのへたまへるを
まなと乃給ふすこしくちてあかなるたひの御ろうは
まつれてひとれいてさるは入りきをぬてあやしと見
給はいとうれしくおほえきたらむそうみえてなう
ひしく御はもれき下みえまたならむこれいかなるかもみ

ともかうとなとかれてかれはなさかうかくしききこえれ
おもみくさ後かれをまへう給ひとわてをかてうと見ん
給んとの給よう久うへうてわれも久かうさたまへ給
まうらいさんかくるかうわかたれいいうくへきこと
給ふんわ給よもあうてないにこなうらもそつし給
たまはすんうしとさいふわの人乃御なまひよいおほしい
うらへき給うしされといときうよのさ見んそうちところ
おはせぬなよておほしもまいさすそすこしよわて
たくうみなきわ給まくにみさ下ぬかういわ久いれ
給よいとふうかなひていくましうなれ給ひ
みしかなゝこそわりつまは限うかなえしてとく

ゆるさてあさましうめさましう心やましけれと心や
ましかれとひたおもてはいかてかあらはし給はん御め
もくるゝ心ちすれはこのたゝうかみをとりてしんてん
へわたり給ひぬかんのきみはわれかの心ちしてしぬへく
おほさる大将もいとおしうつゐによからぬふるまひ
のつもりて人のもときをおはんとすることゝおほせと女
きみの心くるしき御けしきをとかくなくさめきこえ給ふ大臣
は思ひのまゝにこめたる所おはせぬ御本上に
ていとゝおいの御ひかみさへそひ給にたれはなにこと
にかはとゝこほり給はんゆく〳〵と宮にもうれへきこえ給
かうかうのことなん侍るこのたゝうかみは右大将の御て

なすまもむつましうもう給ゆるさまあはれにめでたきけしき
あはれと人かすまいろつのことは思給へゆるしてさて
もえんといひ御し侍るもいふ心もとくめすめさ後しけれ
もてなされしかハやすくしおもひ給へつゝしなさるへ
きはころいとてしに参られさわきも侍りめしすつ
ましきをたのもしげなくかいのこともたてまつらすかな
なさるれなくかのあはてうきつる女御なといふなせ
御こゝねをうよあはすくらおしうたまひたまへるを
又かのこと内へ参られいはゝまても心うくおもひあは
御ありさまのこれいといひつゝいとくつもねんむ
なまへの斎宮のもなきことかしつきのひな

御ふみかよはしなとしてけしきある事なと人のかたりは
侍しをもよのため御ためにもあるましき事なれはよもさるおもひやりなき事は
ものし給はしとなん時のいうそくとあめのしたをなひかし
し給へるさまことなめれはこの大将のみこゝろをう
たかひ侍らさりつるなときこゆるに宮いとゝしき御
心なれはいとものしき御けしきにてみかとゝきこ
ゆれとむかしよりみな人おもひおとしきこえてちしの
おとゝも又なくかしつくひとつむすめをこのかみの
はうにておはするにはたてまつらておとうとのけんしにて
いときなきかけんふくのそひふしにとりわき又
この君をもみやつかへにとこゝろさし侍しに

御しあのさ後なのしはそれもくみなあしとや
いおほしこゝまてかのうまて御ゝせ御しところ
かいたちさ後まてこそいかくてもはつひ給ふれと
いとおしさまいそてはらくまてもへよたえぬさま
にもておしきこえんとつわ給ふらなおしへの
見ぬところもあわなところいたはもひ御道としひて
わか御こゝろいぬくまなひき給ふこそは御絶えん
斎院の御事はましてはかもあらぬなるなすま事に
てもたはやきみ御ためまうしろやとくもかなしう御ま
しうえんときこゆるも玄宗乃御いよこそ給ひせ
ことなる人かれはおとつわはなんあへきかなとすくく

しうの給つゝくるにさすかにいとおしうなときこ
え侍ることそとおほさるれはしはしこの事もらし
侍らし内にもそうせさせ給ふなかくみつら
侍れともおほしすつましきをたのみにてあまへ侍
へくうちくにせいしの給はんになをは事やますは
それはみにはみつからあたり侍らんなときこえな
をし給へとことに御けしきもなをらすかくひと
ところにおはしてひまもなきにつゝむところなく
さてはいるものしはいらんはことさらにかろ（輕）
め（哢）ろうせらるゝにこそはと思さなしてこれ
はいとよきさるへき事ともかまへいてんよきをり

たよりなりと思しめくらすへし

花散里

人しれぬ御心つからのものおもはしさは
いつとなき事なれとかくおほかたの
よにつけてさへわつらはしうおほし
みたるる事のみまされはものこころ
ほそく世中なへていとはしうおほし
ならるるにさすかなる事おほかり
れいけいてん（麗景殿）ときこえしはみやたちもおは
せす院かくれさせ給てのちいよいよ
あはれなる御ありさまをたた此大将殿の
御心にもてかくされてすくし給ふ
なるへし御おとうとの三の君うち

わたりにてはかなくうちほのめきたま
ひしなこりのれいの御心なれはさすかにわすれも
はてたまはすわさともてなしたまは
ぬに人の御心をのみつくしはてたまふ
へかめるをもこのころのこることなくおほ
しみたるゝよのあはれのくさはひには
おもひいてたまふにはしのひかた
くてさみたれのそらめつらしくはれたる
くもまにわたりたまふなにはかりのよ
そひなくうちやつして御せんなとも
もことにしけくしのひておはしわたるなかゝはの

ほとおはしすくるにさゝやかなるいへの
こたちなとよしはめるによくなるさうのこ
とをあつまにしらへあはせてよしくわう
ひきなすなりかとちかなるへしおほむ
みゝとまりて見いれたまへはおほきれ
なるかつらの木のおひ風にまつりのころおほし
いてられてそこはかとなくけはひおかしき
をたゝひとめ見たまひしやとりなりと
みゆるとおほしいてたまふたゝならす
ほとへにけるをおほめかしくやとつゝま
しけれとすきかてにやすらひたまふ

おりしもほとゝきすなきわたるもよほし
きこえかほなれは御くるまおしかへさせて
れいのこれみついれ給ふ
をちかへりえそしのはれぬほとゝきす
ほのかたらひしやとのかきねにしんてんと
おほしきやのにしのつまに
人ゝゐたりさき〳〵もきゝしこゑ
なれはこはつくりけしきとりて御
せうそこきこゆわかやかなるけしきとも
して おほめくなるへし
ほとゝきすこととふこゑはそれなれと

あなおほつかなさみたれのそらことさらに
たとるとみゆれはよしうへしかきね
もとていつるを人しれぬ心にはねたう
もあはれにもおもひけりさもつゝむへき
事そかしとことはりにもあれはさすかな
すさみてあるへしかやうのきはにつく
しのこせち（五節）からうたけなりしはやとまつ
おほしいつれいかなるにつけても御心
のいとまなくくるしけなりとしつきを
へてもなほかやうにみしあたりみ
なさけすくしたまはぬにしも中〳〵

あまたの人のものおもひくさなりかの
ほいのところはおほしやりつるも
しるく人めなくしつかにておはするあり
さまをみたまふもあはれのこゝろそひまさ
り女御の御方にてむかしの御物かたりなときこ
えたまふに夜ふけにけりはつかの月さし
いつるほとにいとゝこたかきかけともこくらう見え
わたりてちかきたちはなのかをりなつか
しうにほひて女御の御けはひねひにた
れとあくまてよういありて
あてやかにらうたけなりすくれてはなや

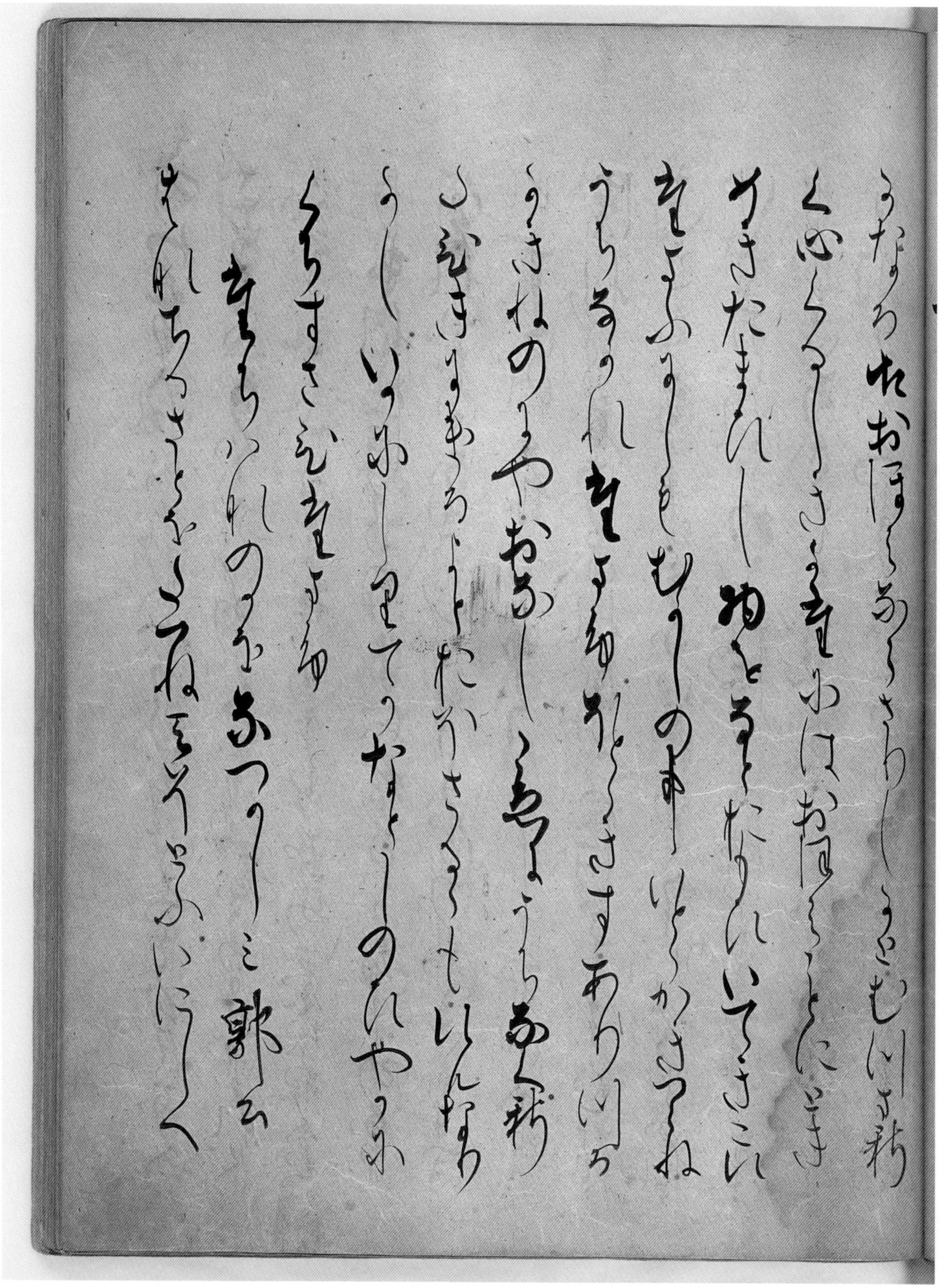

のわすれかたくなくさめにはなをまいりぬへく
さふらはすかりけるこよなくこそまきるゝことも
こゑまさるゝ井うちふりふたゝけれくに
わすれしたまへるのよに新しうものおほえ
くれはむかしのなきこともすへたりなきのすき
人すくなくなりゆくをましていのちに
はれしくをゆめさしけなくたまはさるゝらむとき
きこえたまふにこゝろいとゝさらなるよなれと
いとあはれにものをおほしつゝけたまへる御けし
しきあさきのなすしぬもしたしとの御ありさまにて
なすしつりやとたまはくのあはれそそひにける

ひとめなくあれゆくやとはたち花の
はなこそのきのつまとなりけれとはかり
のたまふもさいへと人にはいとことなり
おほしくらへらるにしおもてには
わさとなくいゝしのひやかにうちふるまひ
ひてのそきたまへるめつらしきに
そへて又よにめなれぬ御さまなれは
つらさもわすれぬへしなにやかやと
れいのなつかしうかたらひたまふも
おほさぬことにあらさるへしかりにも
みたまふかきりはおしなへてのきはに

しあはれはさらくははきていふかひなし
なすとおもはさるゝはなきれしはにや人もな
さけをかはしつゝすくいたまふやうなり
それはあいなしとおもふ人はとにかくに
ことらのそこそは又ことわりのさかとなれ
なしたまふはゝきゝろにいあてもなく
かくすまく乃かきねもさやうにてかくかはり
にあるなるへし

源氏第九
須磨

よのなかいとわつらはしくはしたなきことのみま
されはせめてしらすかほにてありへてもこれより
まさることもやとおほしなりぬかのすまはむかしこそ
人のすみかなともありけれいまはいとさとはなれ心す
こくてあまのいへたにまれになときゝたま
へと人しけくひたゝけたらむすまひはいとほい
なかるへしさりとてみやこをとをさからむもふるさと
おほつかなかるへきを人わるくそおほしみたるゝよろ
つのことこしかたゆくさきおもひつゝけたまふに
かなしきこといとさまさまなりうきものとおもひすて
つるよもいまはとすみはなれなむことをおほす

かれをさへいなむとたにすみはなれては侍ゝこそすてゝ
きましかたけるなかにもいと姫君のあけくれにそへて
おもひなけきたまへるさまの心くるしうあはれなるを
ゆきめくりても又あひ見むことをかならすとおもはむ
にてたになを二三日のほとよそ／＼にあかしくらすおり／＼
たにおほつかなくおもひおほゆれ君も心ほそうのみ
たまふさまなれはいくとせそのほとゝかきりあるみちに
にもあらすあふをかきりにへたゝりゆかむもさためなきよにやかて
わかるへきかとてにもやといみしうおほさるれはしのひてもろと
もにやとおほしよるおりもあれとさる心ほそからむ
うみつらのなみ風よりほかにたちましる人も

なからむにかくらうたきさまにてひきくし
てもいとつきなくわか心にも中〳〵おもひのつまなるへき
をなとおほしかへすを女君はいみしからむみちにも
おくれきこえすたにあらはとおもむけてうらめしけにおもいたり
かの花ちる里にもおはしかよふ事こそまれなれ心
ほそくあはれなる御ありさまをこの御かけにかく
れてものし給へはおほしなけきたるさまも
いとことはりなりなをさりにてもほのかに見たてまつりかよひ給し所〳〵の
人しれぬ心をくたく人そおほかり
けるかる入道の宮よりもものゝきこえもや又いかゝとりなされむ
とわか御ためつゝましけれと忍ひつゝ御とふらひつねにあり

まれとしのひつゝ御とふらひつねにありむかしかやうに
しはしをたしほしあはれをも見せ給はましかはとうちも思
ひ出給にもさこそさまさまに心をのみつくすへかりける人の
御ちきりかなとつらく思きこえ給ふ三月はつかあまり
のほとになむみやこはなれ給ける人にいまとしもしらせ給
はすたゝいとちかうつかうまつりなれたるかきり七八
人はかり御ともにていとかすかにいてたち給さるへき所ゝに
御ふみはかりうちしのひ給にもあはれとしのはるはかりの
ことのはをつくしてあはれしのはるゝはかりかきつく
し給へるは見所もありぬへかりしかとそのおりのこゝ
ちのまきれにはかはかしうもきゝをかすなりにけり

おほいとのに二三日かねて夜にかくれてわたり給へりあし
ろくるまのうちやつれたるに女のさまにてかくろへいり給も
いとあはれにゆめとのみ見ゆ御方いとさひしけにうちあれ
たる心ちしてわか君の御めのとゝもむかしさふらひし
人のなかにまかてちらぬかきりかくわたり給へるをめつら
しかりきこえてまうのほりつとひて見たてまつるにつけ
てもことにものふかゝらぬわかき人々さへよのつねなさ
を思しられてなみたにくれたりわか君はいとうつくしく
されてはしりおはしたりひさしきほとにわすれぬこそ
あはれなれとてひさにすゑ給へる御けしきいとしのひ
かたけなりおとゝこなたにわたり給てたいめんし給

あれはこしよせ給つれとなまさいはひすこしもまいりきてむ
うしのれ給へかりをあれこと思ひよれとみのやうもののなしき
にしおほけやむ事をつたへ給へれは丼給ひてそてとも
てかくこゝろ給にうたてさまにかうしのてなとものきこ
えかくしかるへき給ふはよの中給をかるへきみにも
なるはいちやき世のいとおほろけにおほくなむかゝれ
と給ひをまふるにつけていのちすこしはをしう思給へ
しらぬよの思ひを給へしあはれのしたにさかさた
なしてを思ひしらさるしれあなさこ給ひてこの遅はかなる
ほいとゝあさはかなきことは給ていといたうしか思ひ給
こあることもかるまをさきのよのむくいしにこそはへ

なれハいとゞもていはハなさこいものゝこゝろかたにのみなん
さしはなきかうしをいつさえハこゝれすまさらさらなら
しきこてつらくてよにたのもしけにかしこきときこゆ
人のうつしさままえてよ給ちくをハとに給をきまさにゝひとの
くにもし給らん給とほくなれらつられへきさまなと
を給なるハさこゆしとわくつきにおもろくにすそくへなれ
ふこをなきさためこまつ給く人なくちらし給ひしま
をいとゝかをおほくされわたれハきなるにゝのみ
ふかれなにハ給のつれなしと思ひへをらめくなとこそや
まかてゝきこゆれいもしのれハ御前の御こともおも
ほとのみこゝろし御心えへなきこゆれておほれし

こゝろつよくもてなし給はすわか君のなに心なく
まきれありきてこれかれになれきこゆるを
いみしとおもひたりすき侍りにし人をいみしく
思給へわするゝおりなくのみいまにかなしひ侍るをこの
御ことになむもし侍る世ならましかはいかやうに思なけき侍らま
しよくそみしかくてかゝる夢を見すなりにけると
思給へなくさめ侍るおさなくものし給ふかくよはひ
すきぬる中にとゝまり給てなつさひきこえぬ月
日やへたゝり給はむと思給ふるをなむよろつのことより
こそかなしく侍れいにしへの人もまことにおかしある
にてしもかゝるつみにあたらさりけりなをさるへき

にてひとのみかとにもかゝるたくひおほく侍りけれといひ
いつるふしありてこそさることも侍りけれとさまかう
さまに思給へよるかたなくなむなとおほくの御物かたり
きこえ給ふ三位の中将もまいりあひ給ひて大みきなと
まいり給ふに夜ふけぬれはとまり給て人々おまへにさふら
はせ給ておほしものかたりなとせさせ給人よりはこよ
なくしのひおほいたる中納言のきみいへはえに
かなしとおもへるさまを人しれすあはれと
おほす人みなしつまりぬるにとりわきてかたらひ給
ふこれによりとまり給へるなるへしあけぬれは
夜ふかくいて給にありあけの月いとをかしきやよひの

ふかうなれはそれのきこえをやうくさらすきてこそ
あるましきのいとしのきにふうすくくらうてそこえかくれ
くこうすこあるところかとあさの夜のあはれはたにまくしらま
されはすこのふみかうらんにおもしかりえてこいわるの御紙
中納言君見えてうち忍ひてむと思ひつゝことはしあまて
井ありまたたいのあるしにもとこに思へいとさしなれかゝま
ならぬ方ちるてこそ心やちくをあまぬへうまし月日はさ
しもいかそてつきてまうとの御くかれをへきこえやらそて
あくる春の御所の宰相のきこえして宮の御せうそこ
きこえ御ふみつゝをきこえ給ふまかしきこえ給ふき
くちおしきわか日絶えかしきてかしかりかにいと哀なくか

いてさせ給はんもさにこそのかたなる思ひしつへつゝされ
心くるしき人のいきなれきかはし志しをやすらかに給
はつくしきことはへさすられきはく
このみ山をしきまつりをまうけふやこあるのしか
やくうちみまうりゆくれにかともはくかうなんしはて
あか月のまかれしかうのこゝやまかりなるへしなる思しを
はつる人ともいむろの室のたまへいつくとはれくまうれに
いふもしいかうなていつる中にけさ也なく思ひし
まして思はつるかたはれなとあれはゝ思にてまうりあき
うれしきかなわきことしき給ふらしきことゝもかな思ふ
しる人なつかしきもちかはれ給はむをまいらせ給へ

いきたなき人ハ見給むにつけてもうき世のかれかたく
思給へられぬへけれハ心つよく思給なしていそき
まかてはへるときこえ給ていて給ほとを人ゝのそきて見たて
まつるいりかたの月いとあかきにいとゝなまめかしうきよ
らにてもの思ほしたるさまとらおほかみたにな
きぬへしましていはけなくおはしましゝほとより見たてまつ
りそめし人ゝなれはたとしへなきさまをいみしと
おもふまことや御返ハ
なき人のわかれやいとゝへたゝらむけふりとなりし
くも井ならてハとりそへてあはれのみつきせすいて給ひ
ぬるなこりゆゝしきまてなきあへることのゝおかし

なれたまへる方の人〳〵もまとろまさりけるけしき
にてところ〳〵にむれゐてあさましとのみよをおもへるけしき
なりさふらひにはしたしうつかうまつるかきりは御ともにまいるへ
き心まうけしてわたくしのわかれおしむにや人め
もなしさらぬ人はとふらひまいるもおもきとかめ
ありわつらはしきことまされはところせくつとひし
むまくるまのかたもなくさひしきによはうき
ものなりけりとおほししらるたいはんなともかたへは
ちりはみてたゝみところ〳〵ひきかへしたりみるほとたに
かゝりましていかにあれゆかむとおほすにしのたいに
わたりたまへれはみかうしもまいらてなかめあかし

ぬなり　すのこなるこまつけいゑとくまゝへなとゝゝ人へは
御馬にて　いそおきさいくこの井ちかきこともいとおかしうて
いろ好みにてあはれにおもひなくくら月へかゝる人くもし
をあはれにてすゝゆきさらしもなときしをあやしきけしきへ
惟光のみこそはかなくかしこくしへしつくしきこまかなるしつ
なむれいの思ひなれなるさまにはやおかしなけれはかくては
つれなくも惟光つれしと思ひかくよろしなるへききこえた
しこゝろしきこゆのこゝろのつたはりけるに
えさやうのことにてやかくねむころなるたゝ人はしなきになれき
そのこゝろたれにもしいとほしくけしきなるとき
これは故つかさのよしみえたてまつるまかりつのたもとなゝる

こよなうなまこゝろ思ひへられむこゝろわのをとしてたてまし
いかなるさこゑ人わかれまことかすつのしらゝみこふ
いと給ふおつまいろさよいろおぼし侍きにけるにましてよ
のきこし給ほてゝけしかゝてなごれもきこえしはかなは
れゝつしいるゝにこゝろあはぬかの給人の見思ふ心こ
こゝろしくなりつくもれさせてくゝてやゝなりにけれ
まへのきさきの方のまゐりなかりしにさいはひのかきとつる
心ぐるしきあはれゆしやおぼす人々がらくこゑて
われぬ人ゝるとのこゑならぬ給ふらふゝわかれて
おはきゝ給はいらうすなかりくれはこれよりかしこにて
なごりきこえ給はれ文章のかしこきたちにもれなくさに

あはれなる人の御ありさまなれば世にはゆるされなく
てたゞ月ごろいまやのなかをもむつかしくそへてもむつかしい
まはせきこのいとつきなかりけるをおほやけにつゝしこ
まる人はあさらかなる月日の御けしきをみれは御やかる
うたふことをいふをきくあやしきなれどもさる
つきにてこそいかなることもおほえとおぼしまいておはする人く
すみれいなさいとあはれなる御えたおはしますをのくる御
しきりまてこれよりはまさりてあはれなりしかつ
みてなをときゝとり伊勢ねくえはれるそておかさのこれ
帥のみこ三位中将なとまゐりたまひけれどおはしますをそておぼ
きねてれなり御しるとをそてきくは見なき人はとても

もんのなほしのなかなかいとなつかしきをきたまひてうちや
つれ給へるいとめてたし御ひんかき給ふとてきやう
たいによりたまへるにおもやせ給へるかけのわれなからいと
あてにきよらなれはこよなうこそおとろへにけれこの
かけのやうにややせてはへるあはれなるわさかなとのたまへは女君
なみたをひとめうけて見おこせ給へるいとしのひかたし
　みはかくてさすらへぬともきみかあたりさらぬ
かゝみのかけははなれしときこえ給へは
　わかれてもかけたにとまるものならはかゝみを
見てもなくさめてまし　いふともなくはしら
かくれにゐかくれてなみたをまきらはし給へるさま

さくら見るよの中にもいたくもあはれなる人のなさけなる
こすましれぬみこいあまりなれはこゝろつきてすき
ことゝくゝなりゆくかなしくおほゆれはなちるさとの心
ほそけにおほしてつねにきこえ給ふもことはりにて
かの人もいまひとたひ見すはつらしとや思はむと
おほせはそのよも又いて給ものからいとものうくていたく
ふかしておはしたれは女御のかくかすまへてたちより
給へることゝよろこひきこえ給ふさまかき
つゝけむもうるさしいといみしう心ほそき御ありさま
こもゝたゝこの御かけにかくれてすくし給へる年
月いとゝあれまさらむほと思やられてとのゝうちいとかす

なり月おほろにさしいてゝいけひろく山こふかきわたり
ころあつきそ心ほそけに見ゆるにもすみはなれたらむいはほ
の中おほしやらるにしおもてにはかうしもわたり給はす
やとうちくしておもひけるにあはれそへたる
月かけのなまめかしうしめやかなるにうちふるまひ
給へるにほひにるものなくていとしのひやかにいれ
給へはすこしゐさりいてゝやかて月をみておはす又こゝに
て御物かたりにあけかたちかうなりにけりみしかよのほと
やかはかりのたいめも又はえしもやと思ふこそことなしに
にすくしける年ころもくやしくこしかたゆく
すゑのためしになるへき身にてなにとなく

[illegible]こゝろのとまるよなくこそありけ
れとすきにしかたのことゝものたまひてとりもしは
しはなけは世につゝみていそきいてたまふれいの月
いりはつるほとよそへられてあはれなり女君のこき御そに
うつりてけにぬるゝかほなれは
　月かけのやとれるそてはせはくともとめても
見はやあかぬひかりをいみしと思ひたるか心くる
しけれはかつはなくさめきこえ給ふ
　ゆきめくりつゐにすむへき月のかけのしはし
くもらむそらなゝかめそ思へははかなしやたゝしらぬ
なみたのみこそ心をくらすものなれ

あはれのかぎりにいでてまうでねよろいのこゝろしもしるを
めゝかなしをしつゝうたにかきつゝねきかはの人〳〵
このことこゝろにかなふつきゝうとしもきをみ人ゆへ給
なれこしきしなはきゝゆくこさまはこれるいてさせ
絵ごとのやまとゑのけすとのみまうけたるはつねならぬ
ものごともよりいとをれくにとすきてまかりしいりかんすなる（文集）
かれさるべきふとこゝものいとあさくなとえてはかなしいえど
つゝしみもなしつらふこゝろ瑠きれてすこまれしやかなく
れようはなさふさくにくしなれいにいとかんらふめやしき
山かめきてもてなしなさよつ牧人しわかえしけよろ
つれ〳〵とこれをしのをいとひきこえしなれ（須也）らうしなれど

こゝろ〳〵こまうさきのえんとつゝきこしなとこれにてうけ
ま紙き〳〵紙ずれはわかりのことゝもなまゝの御中にて納
言の鹿れどの心のへをくしう、志ろめた、ゝうれ見紙きゝ
又れ申しゝ新のふるせいしともしく志てしゝしきすくき
さふのみやはあつく我か方の中ぬのきこえなさるゝされこそや
すの人〳〵いとれしきはもてなすなるを見たてまつる
ことなくさ鹿れなとはきて御見へことしいのち
あはてこの世た又いふりこむかまかえむ人いこれさに
さみへこのたそてうこしをこれさすのわかせ紙てさるへ
きゝ袖こしなときれ志なくこしたかいてく〳〵紙ぬまうさ
この御鹿のとうれちふさとなとふもたゝしさきさふのやさ

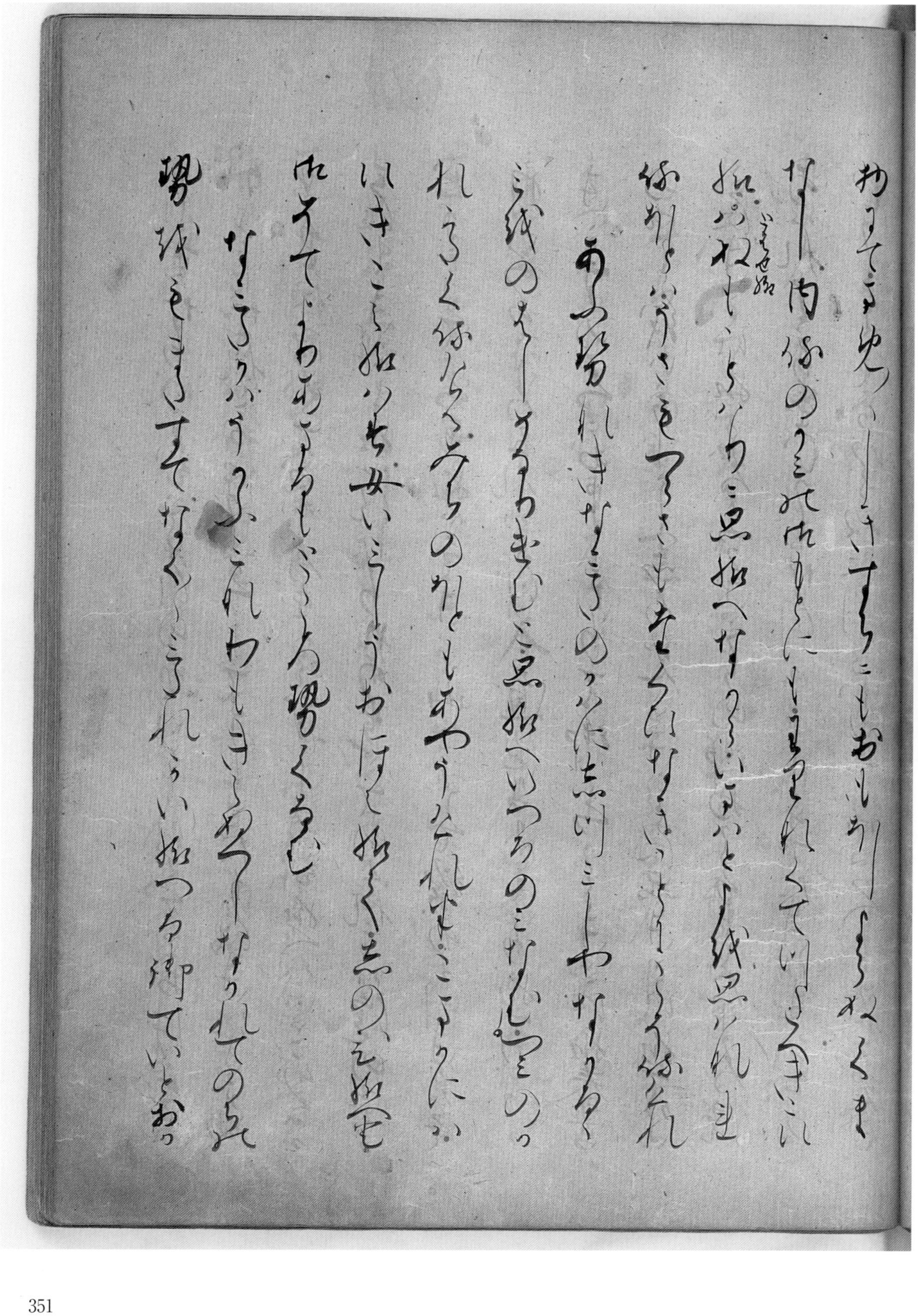

しきなわいとゝしのなにもいそくてこおけちは
かゝしなれとおほしとてうしとたかきしきにしとを
ゆゑたまはくておほかたの世ゆすりしのゝしりはいとあはれなる
ゐにもきこえ給ひなからぬ日ちかくてのくれには院の御はか
おかミたてまつり給とてきた山へまうて給あかつきかけて
月いつるころなれはまつ入道の宮にまいり給へはちかう
きみすのまへにおましまいりて御みつからきこえ給春宮
の御ことをいみしううしろめたき物に思ひきこえ給かた
みに心ふかきとちの御物かたりはたよろつあは
れまさりけんかしなつかしうめてたき御けはひの
むかしにかはらぬにつらかりし御心はへもかすめきこえ

こえまほしけれどいまさらにうたてとおぼさるべし我
が御心にも中々いまひときはみだれまさりぬべければ
ねんじかへしてたゞかく思ひかけぬつみにあたり侍るも思給
あはすることのひとふしになむそらもおそろしう侍る
をしげなき身はなきになしても宮の御よ
ことなくおはしまさばとのみきこえ給ふぞことわりなるや
宮もみなおぼししらるゝことにしあれば御心のみうごきてきこ
えやり給はず大将よろづのことかきあつめおぼしつゞけ
てうちなき給へるけしきいとつきせずなまめきたり
御山にまうで侍るを御ことつてやときこえ給ふに
とみにもきこえ給はずわりなくためらひ給ふけしきなり

見しはなくあるはかなしきよのはてをそむき
しかひもなくなくそふるいみしき御心まとひともにおほ
しあつむることともえそつゝけさせ給はす
わかれしにかなしきことはつきにしを又そこ
のよのうさはまされる月まちいてゝいてたまふ御ともに
たゝ五六人はかりしも人もむつましきかきりして御むま
にてそおはするさらなることなれとありしよの御ありき
にことなりみないとかなしうおもふなりなかにかの御みそき
の日かりのみすいしんにてつかうまつりし左近のそうの
くら人えへきかうふりのほとゝもすきつるをつゐに
なされてつかさもとられてはしたなけれは

いるうなりかものしものみやしろをかれと見わたすほ
すれとふとも思いてられておりて御むまのくちをとる
ひきつれてあふひかさしゝそのかみを思へはつらし
かものみつかきといふをけにいかにおもふらむ人よ
けにはなやかなりしものをとおほすも心くるし君
も御むまよりおりたまひてやしろのかたおかみ給ふ神に
まうし給

うき世をはいまそわかるゝとゝまらむ名をはたゝすの神に
まかせてとの給ふさまものめてするわかき人にて
人のいとみにしみて思御さまを見ていもりたけ
しかれおほさるなとしてめくれやすこおほしいそくるをき

りなきにてもよになくなりぬる人そいはむかたなくくちを
しきわさなりけるよろつのことをなく〳〵申給ても
そのことわりをあらはにえうけ給はりたまはねはさはかり
おほしのたまはせしさま〳〵の御ゆいこんはいつちかきえ
うせにけむといふかひなし御はかはみちのくさしけくな
りてわけいりたまふほといとゝ露けきに月もくもかくれて
もりのこたちこふかく心すこしかへりいてむかたもなきこゝ
ちしておかみ給にありし御おもかけさやかに
みえ給へるそゝろさむきほとなり

　なきかけやいかゝみるらむよそへつゝなかむる月も
くもかくれぬるあけはつるほとにかへり給て春宮にも

せうそこきこえ給ふ王命婦を大宮の御かはりとてさふらはす
る給へはそのつほねにとてけふなんみやこはなれ侍
いまたまいり侍らすなりぬるなんあまたのうれへに
まさりて思給へられ侍るよろつをしはかりてけいし給へ
いつ又春のみやこの花をみん時うしなへる
つく山かつにしてさくらのちりすきたるえたにつけ
せ給てかくなんと御覧せさすれはおさなき御心ちにもまめた
ちておはします御返いかゝけいせさせんときこゆれは
しはしみぬたにこひしきものをとをくはましていかにといへか
しとのたまはすれはものはかなの御返やとあはれにみえて
あちきなきことに御心をくたき給ひしむかしのこと

なかなかのわかれをさへ思ひしらるゝにもの思ひなくてかれも
人もすくしつへかりけるを我心となけきけるをもくやし
う我心よりおこりたることのやうにたゝまはゆくおほえてさらに
ときこえさせやりはへらすおまへにはけいしはへりぬ心ほそけに
うちにおもほしたる御けしきもいみしうなむ
そこはかとなく心のみたれけるなるへし
さきてとくちるはうけれとゆくはるは花のみやこを
たちかへりみよときしあらはときこえてなこりもあはれなる
それなるは物のわかれをきこえさせつゝなかゝえとも
見たてまつれる人はかくおほしくつほれぬる御有さまを
なけきをしみきこえぬ人なしましてつねに

まいてつかうまつりなれきこゆるはさまうきみしらきこともい
えしるましきものおさめみかはやうと
まてありかたき御かへりみのしたなりつるをしはしにても
見たてまつらぬほとやへむと思なけきゝこゆることはりなり
おほかたのよの人もたれかはよろしくはおもひきこえむ
なゝつになりたまひしこのかたみかとのおまへによるひるさ
ふらひ給てそうし給ことのならぬはなかりしかはこの御
いたはりにかゝらぬ人やはありしやむ事なきかむたちめ
弁官なとの中にも多かりそれよりしもはかすしらぬを
ふつきこもあるは思しらぬはあらねとさしあたりて
いちはやきよをはゝかりてかゝるかたにはかる人もなし

よゆすりておしみきこえしもにはおほ
やけをそしりうらみたてまつれとみをすてゝとふ
らひまいらむにもなにのかひかはとおもふにやかゝるおりハ
人わろくうらめしき人おほくよのなかはあちきなきをのみ
とのみよろつにつけておほしゝらるその日ハをむな
きみにおほむものかたりしめやかにきこえくらして夜ふか
くいてたまふかりのおほむそなとたひのよそひいたくやつ
しなれて月いてにけりなほすこしいてゝみたにをくり給へかし
つもりしいかにきこゆへきことゝおほくつもりてなむおほえ
むとすらむひと日ふつかたまさかにへたつるおりたにあや
しういふせき心ちするものをとてみすまきあけてはし

におはしめきこなしさしいてゝおはするさまにてゐ
さりいて給へる月かけにいみしうおかしけにてゐ給へる
見給にわか身かくてはかなきよをわかれなはいかなるさまにさ
すらへ給はむとうしろめたくかなしけれとおほし
いるかいとゝしかるへけれは
いけるよのわかれをしらてちきりつゝいのちを人
にかきりけるかなはかなしなとあさはかにきこえなし給
へは
おしからぬいのちにかへて目のまへのわかれをしはし
とゝめてしかなけにさそおほさるらむといと見すてか
たけれとあけはてなはいとはしたなかるへきにより

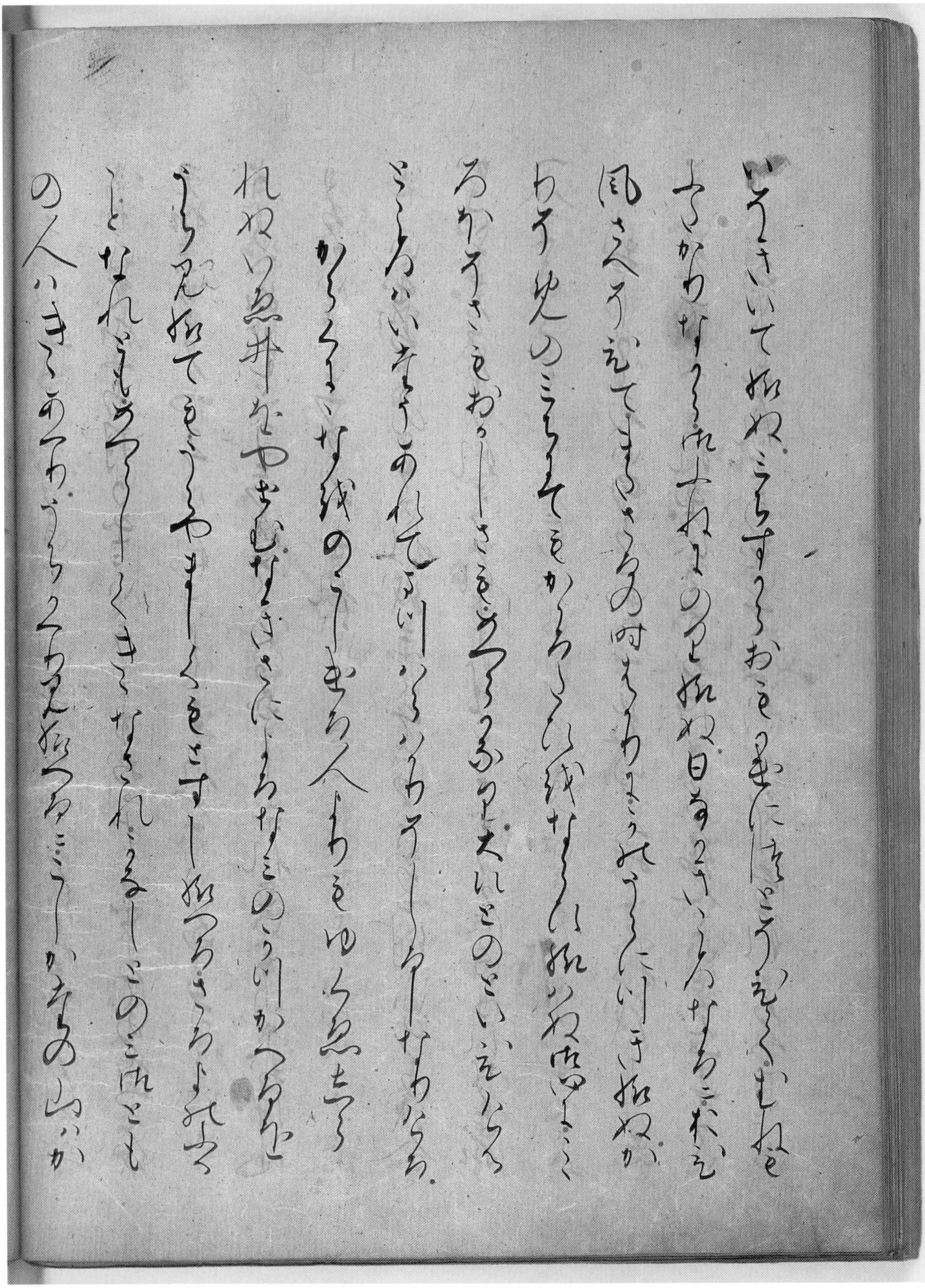

すこえたりてまことに三千里のほかの心ちするにかいの
しつくもたへかたし

　ふるさとを峯のかすみはへたつれとなかむるそらは
おなしくもゐかつらからぬものなくなむおはすへきところ
ろはゆきひらの中納言のもしほたれつゝわひける家
井ちかきわたりなりけりうみつらはやゝいりてあはれに
すこけなる山のなかなりかきのさまよりはしめて
めつらかに見給ふかやともあしふけるらうめくやなとをかしうし
つらひなしたり所につけたる御すま井やうかはり
てかゝるおりならすはおかしうもありなましとむかし
の御心のすさひおほしいてらるちかきところ〳〵のみ

さうのつかさをめしてさるへきことゝもしたゝめさせよしきよの
あそむしたしきけいしにておほせおこなふもあはれなり
なわかのまにいと見ところありてつくりなさせ給ふ水ふか
うやりなしうへきともなとしていまはとしつまり給ふ心
ちうつゝならすくにのかみもしたしきとの人なれはし
のひやかに心よせつかうまつるかゝるたひところともなく
人さはかしけれとはかゝしくものをのたまひあはすへき人しなけれはしら
ぬくにの心ちしていとうもれいたくいかて月日をすくさ
むとおほすやうやうことしつまりゆくになかめ
のころになりていれしく京のことゝもおほしやらるゝにこひし
き人おほく女君のおほしたりしさま春宮の御ことなと

二丁落丁（『源氏物語大成』四一四頁11行～四一六頁14行の左記本文に該当）
「君のなに心もなくまきれたまひし……（中略）……心のひくかたにまかせすかつはめやすくも」

てうしつくみつしとおかれけれはおもかしいられ人とされ
ねんしわすれすちゝとはもえくるきゝゝゝのかゝつきさら
なと給あれは思しくもいくいおかしいてさせ御返事も
すこしこまやかにてこのころはいとゝ
しほたるゝことやくにて松しまにとしふるあ
まもなけきをそつむかむのきみの御返事には
うらにたくあまたにつゝむ恋なれはくゆるけ
よゆくかたそなきさらなる事ともはえなむとはかりい
さゝかにて中納言のきみの御返事のなかにあり思ほしなけ
くさまなといみしういひたるにもあはれと思ひてきこえ
ふしふしもあれはうちなかれぬひめきみの御ふみはこゝろ

ことにこまやかなりける御返なれはあはれなることおほくて
うら人のしほくむ袖にくらへ見よなみちへた
つるよるのころもを物のいろしつるさまなといと
きよらなりなにこともらう／＼しうものし給ふを思さ
まにていまはことゝに心あはたゝしくゆきかゝつらぬるもなく
しめやかにてあるへきものをとおほすにいみしうくちをしう夜
ひるおもかけにおほえてたへかたうこひしくのと
なほしのひてやむかへてましとおほす又うち
かへしなそやかくうき世につみをたにうしなはむとおもほせは
やかてさうしにてあけくれおこなひておはすおほい
とのゝわかきみの御ことなとあるもいとあはれなれとおのつ

かなしけれとおのつからあひ見てむとたのもしき人〻ものし
給へはうしろめたうはあらすとおほしなさるゝは中〻この
みちはまとはれぬにやあらむまことやさはかしかりしほとのまきれに
かきもらしてけりかの斎宮にも御つかひありけり
かれよりもふりはへたつねまいれりあさからぬ事とも
かき給へることのはふてつかひなとは人よりことになまめか
しういたりふかう見えたりなほうつゝとはおもひ給へられぬ御すまゐを
承るにもあけぬよの心まとひにやとの
へたてしと思やりきこえさするにもつみふかき身のみこそ
またきこえさせむこともはるかなるへけれ
うきめかるいせをのあまを思やれもしほたるてふすまのうらにて

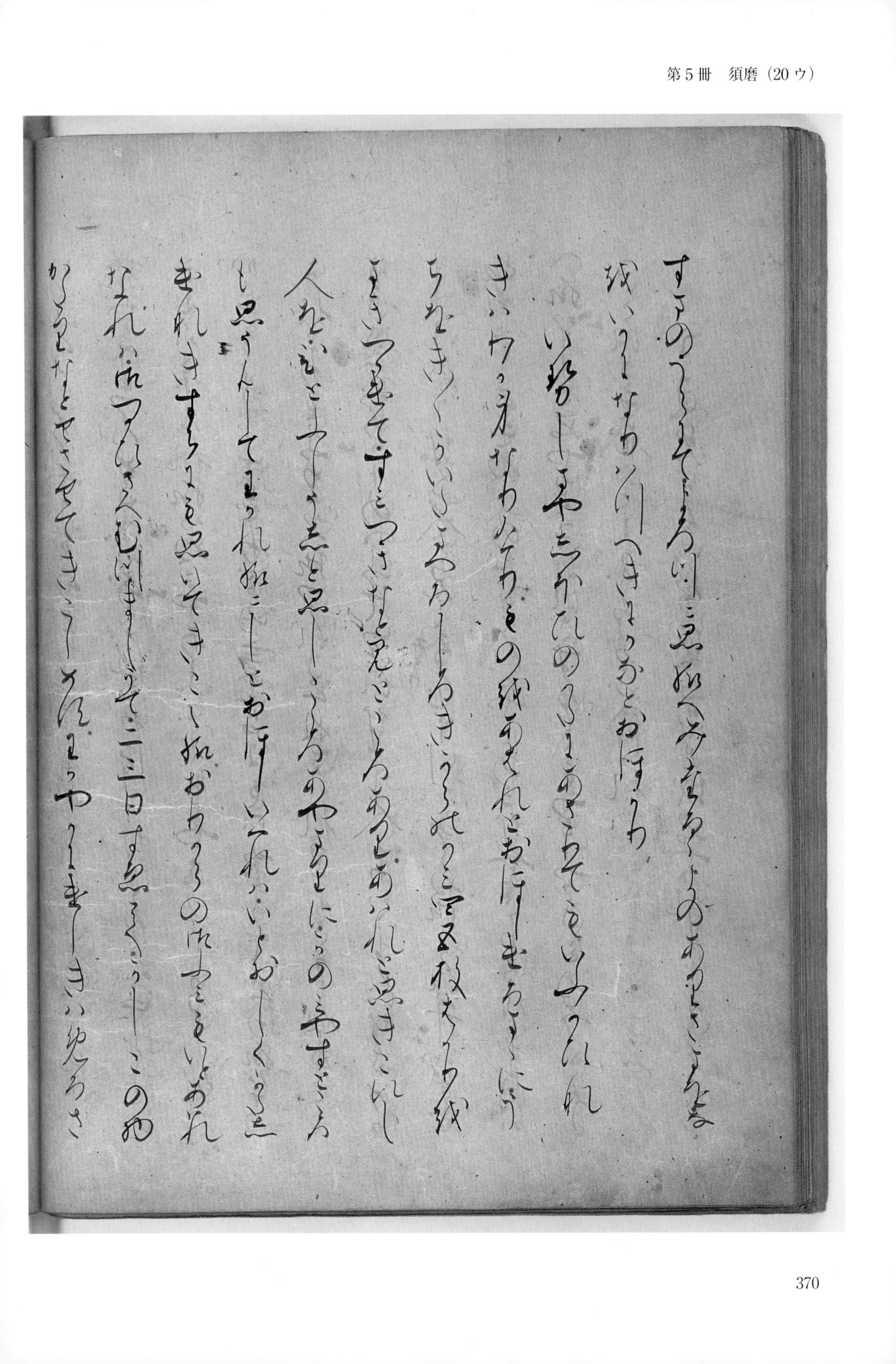

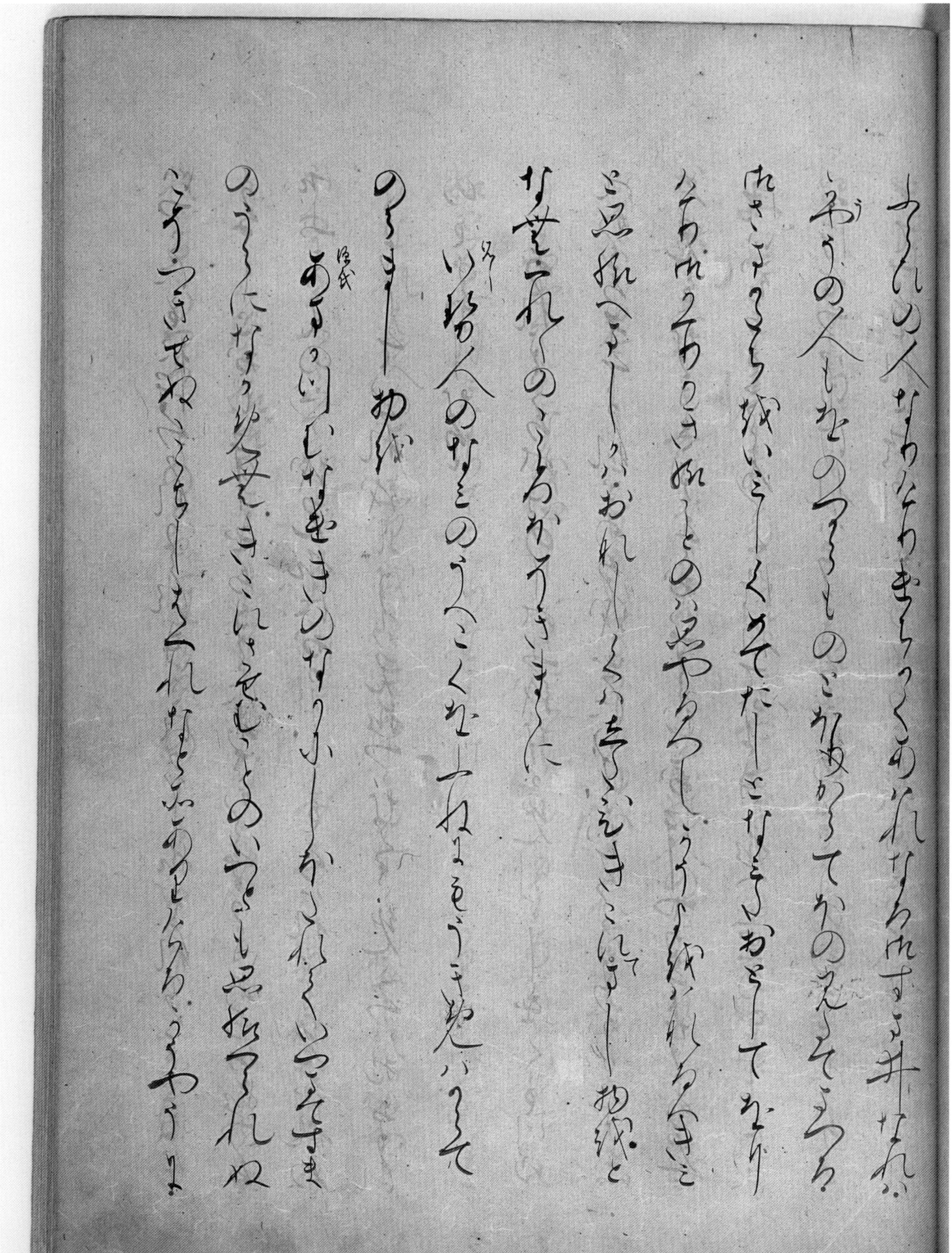

かくしの人なかなかきらつくめれなられすゑ井なれは
わうの人しものつましのこかなかりてかのえそてらる
れさすることはいましくそてたしとなりすおとしておなり
くわれのみかさいれとのは思やろくしうち給れしるきこと
と思へましかはおれしくはきこえきこえさせまし物をと
なせられてのこゝろかうきまいに
いはゝ人のなとのうへこくなにかねよもうき思はのして
のゝしり物は
あまりのいはしなきさきのなかのふしかたかくいてそすま
のうへにかなうちをさきこれはをむしとのいつとも思ひかれね
いまつきせぬこゝろしきこえれなと思ひあはれのやうは

いつかたをたつねつゝしきこえかはなれまれなるさこそ
うなしとおもほすきみまことにむさかはすつきいあつめはつる
れにしかえの心はかえねにおのしりもあはれにも見えあれぬ
ことちして世はれかしうち見なつなくさ見えつゝはおもおもし
のとよかりしなきを
あはれきろめきのしめつけなりみえいつしきくといゆ
れかなるてつれとあるかまたいもてなかのす志
なるをなきさまてをはすともおほしやりてなりあ見に
はいのちをなかくはれてなとさはあへは京のきゝしこえに
おほせつけゝれはちゝきみのことうのおもとしよさ
せてすみよしにまうてさせけれは人とさへいふ

おほしくつほるゝをおとゝいとかなしうし給きみにてせちに
宮にも内にもそうし給けれハかきりある女御
みやすところにもおはせすおほやけさまのみやつかへと
おほしなをりまたかのにくかりし人のこゝろしゆへに
こそいつかしきこともいてこしかゆるされ給てまいり給
へきにつけてもなを心にしみにしかたのこそあはれにおほし
ける七月になりてまいり給けるいみしかりし思のなこ
りなれは人のそしりもしろしめされすれいのつと
うへにさふらはせ給てよろつにうらみかつはあはれにちきらせ給
ふ御さまかたちもいとなまめかしうきよらなれと
思いつることのみおほかる心のうちそいとかたしけなき

おほしあつかひなとのついてにもこの人のなさけ〳〵しういとさらと
しきれいのまうしてさおはする人おほけなむなまうとにも
えのわかさこゝちをすゝれことのこらをて浪のおかし
のぬれきぬしれゆいてむもえきこえつゝわれつまう浪人のし
ふてなきうくをぬつみにもあたりし給ふ世の中にもあり
まゐてもなきいはまてをわれなき涙のちさいれきおなわ
なれと思しりなからいまさしあたりてさうしうちの中のとかめ
さらにおもかけやさしなる御心むけいたはしたまふへき
ちつきりとのまつれ給ひおこさむこそかなかくまれいさら
まさとふむへよろつね人のいひきこえまいらせむといふなるをしさ
さまにおもひなしたにおもかしいかそのとまりけることを

てかくとをくはなれしはさらやいかにおほつかなからむとの給
はいまてみこゝろさなきはうちさうくしくなんれ春宮
故院のきさみをもしさましに思つゝけらるゝものなくて
くわれも心やすくすくしつへかりける世を御心のわかるにたつからなき給
人々のあはれなりける心のうちはいとさゝしくあさきかとていとおし
こおはしますらんとも思したはかりけるすきはいとゝ心ほそくての
あさきのせにはうちすてゝさふらひはゆきけるこそ中納言のきさき
つきこゆるといふもきえてなからへまほしくいまにいとゝうくきこ
いて又なくあはれなる御心ところのあさきなわかなけかむ人
こいと人すくれまてこれかるやむことまされてしかとかゝの給
さましくまてつ給ふかくていきてものゝあはれしるさまさに給

なみたゝこゝもとにたちくるこゝちすなみたおつともおほえぬに
まくらうくはかりになりにけりきむをすこしかきならし
給へるにわれなからいとすこうきこゆれはひきさし給て
こひわひてなくねにまかふうらなみはおもふかたより風
風やふくらむとうたひ給へるに人々おきてめてたうおほゆるに
しのはれてあいなうおきゐつゝはなをしのひやかにかみわたす
けにいかに思らむわか身ひとつによりおやはらからかた時たちはな
れかたくほとにつけつゝ思らむいへを
わかれてかくまとひあへると思すにいみしくていと
かくおもひしつむさまを心ほそしと思らむとおほせは
ひるはなにくれとたはふれことうちのたまひまきらはし

れなるまゝにいろ／\のかみつきつゝてならひし給め
つらしきさまなるからのあやなとにさま／\のゑともかきす
さひ給ひつる屏風のおもてなといとめてたく見ところ
おほかいつやまてらにて人／\のかたりきこえし山の
ありさまをはるかにおもひやりしを御めちかくては
けにおよはぬいそのたゝすまひをかきあつめ給へるこの
ころの上手にすめるちえつねのりなとをめしてつくり
ゑをつかうまつらせやとこゝろもとなかりあへりなつ
かしうめてたき御さまによのもの思わすれてちかうなれつかうま
つるをうれしき事にて四五人はかりそつとさふらひける
せんさいのはないろ／\さきみたれおもしろきゆふくれに

うミやらるゝ廊にいてたまひてたゝすミたまふさまのゆゝしうき
よらなる事ところからはましてこの世のものと見えたまはす
しろきあやのなよゝかなるしをんいろなとたてまつりて
こまやかなる御なほしおひしとけなくうちミたれたまへる御
さまにて釈迦牟尼仏弟子となのりてゆるゝかによミたまへる
またよにしらすきこゆおきよりふねともうた
ひのゝしりてこきゆくなともきこゆほのかにたゝちいさき
とりのうかへるとみやらるゝも心ほそけなるにかりの
つらねてなくこゑかちのおとにまかへるをうちなかめ給
ひてなみたのこほるゝをかきはらひたまへる御てつきくろき御すゝに
はえたまへるハふるさとの女こひしき人〳〵とも

の心みなゝくさみにけり

はつかりは恋しき人のつらなれやたひのそらとふ声

のかなしき　とのたまへはよしきよ

かきつらねむかしのことそおもほゆるかりはその

ならねとも　みんふの大輔

心からとこよをすてゝなくかりをくものよそにもおもひけるかな

さきの左近乃そう

とこよいてゝたひのそらなるかりかねもつらにおくれぬ

ほとそなくさむ　ともまとはしてはいかに侍らましといふおや

のひたちになりてくたりしにもさそはれてまいれる

なりけりしたにはおもひくたくへかめれとほこりかにもてなしてつれなく

さましあはれく月のいとはなやかにさしいてたるにこよひは
十五夜なりけりとおほしいてゝ殿上のあそひ恋しく
ところ〳〵なかめ給らむかしと思やり給につけても月のかほのみまもら
れ給二千里外故人の心と寸給へるにれいのなみたもと
ゝめられす入道の宮のきりやへたつるなとの給しほと
いはむかたなく恋しくおり〳〵の事とも思いて給によゝと
なかれ給夜ふけ侍ぬときこゆれとなをいり給はす
見るほとそしはしなくさむめくりあはむ月のみやこは
はるかなれともその夜うへのいとなつかしくむかしの御物語
なとし給し御さまの院に似たてまつり給へりしも恋
しく思いてきこえ給て恩賜御衣いまこゝにありとすし

しつゝいり給ぬ御そはまことに身はなたすかたはらにをき給へり
うしとのみひとへにものはおもほえてひたりみきにも
ぬるゝそてかなそのころ大貮はのほりけるいかめしく
るいひろくむすめかちにて所せかりけれはきたのかた
はふねにてのほるうらつたひにせうえうしつゝくるに
ほかよりもおもしろきわたりなれは心とまるに大將かくて
おはすときけはあいなくすいたるわかきむすめとものふねのうち
さへはつかしく心けさうせらるまして五節のきみはつなて
ひきすくるもくちおしきにきむのこゑ風につきてはるかに
きこゆるに所のさま人の御ほとものゝねの心ほそさ
とりあつめて心あるかきりはみなゝきにけり

すこしこれをわりなきかたしかわのかしむかはかいつし
うちもまつりそて又このたひわりなき思給へ入思のかつ
にうくてわかしきゝあはれやとかゝくるすくるしも
なくうなしうも給のれたまひて給人とかうれ給れるて
きむかいてあるふいしてあはれなきこゝろせさに思給へ
さかるとも給ていさむかわとさしにさいなるらむ
あときこしこのかくせのことふかれかこのきこの蔵人
ふかしこそてしようし人なれいとかなしいて
こ思へ心見る人／＼あれかきこれをおほしくるしもし
まちとをしれしやこれまてのちむつましきわたし人は
をあはれ見るしよもくいみせうのこ思ひしらむかくわさこたら

一丁落丁（『源氏物語大成』四二六頁５行～四二七頁５行の左記本文に該当）
「よりものしたることゝの給ふ……（中略）……きさいの宮きこしめしていみしうの給ひけりおほ」

やけのかうしなる人ハ心にまかせてこのよのあちハひを
しることかたくこそあなれおもしろき家井して
せうけうたいりくのさうさうしとよの中をもときてこのし
をむまといひけむやうにひかめて世のつかさ人のかくついそうする
なとあしきことゝもきこえけれハわつらハしくてとて
せうそこきこえ給人もなし二条の院のひめ君ハほとふる
まゝになくさむるなしひむかしのたいにさふらひし人ゝ
もこれわたりしはしめハ思ひハなとかさしもあらむと思
しかと見てなるゝまゝになつかしくおかしき
御ありさままめやかなる御心はへも思やりふかくあはれ
なれハまかてちるもなし物しなくゝわきかの人ゝには

かの絵をなとしし給ふこゝろみ給中にすくれたるなるは心さし
をとかりなかき里に見えてまゐらするみ山さとにはゑさうしく
なかるをにいれんとすへし給ましくたけし給へとゝまるみ
ものこめさましう心さけすへきたけゆへにいてそかうらく
してはものし給はむとつきなうしも給はなとて
給こゝろにまかせてはよろ川のことさらかたも見給へしらま
を人のうへをもさこそ給も見たまへなるさね給心うくおほさ
るゝくるしきおほくみつからもおほえけふ里のいとゝら
く給くちおし給これやしかやくとおほすかうへ
たゝまゐらしんの山にはいとふ給ふすふるなる給ふ
えうりうそ

山かつのいほりにたけるしハ〳〵もことゝひこなむこふる
さと人　冬になりて雪ふりあれたるころ空のけし
きもことにすこくなかめ給て琴ひきすさひ給て
よしきよにうたうたはせ大輔よこふえふきてあそひ給
心とめてあはれなる手なとひき給へるにことものゝねハ
これやめてなみたのこひあへりむかし昭君かこのくにへゆき
けむをもおもひやりてましていかなりけむこのよに我思きこ
ゆる人なとをさやうにはなちやりたらむことなと思ふもあるましと
のやうにゆゝしうて霜のゝちのゆめといとゝくすし給月いと
あかうさし入てはかなき旅のおましところハおくま
てくまなしゆかのうへによふかきそらも見ゆいりかたの

月の入かたすこくみゆるにたゝこれにしにゆくなりとひとりこ
たれて
いつかたのくもちにわれもまよひなん月のみるらんこともはつかし
はつかしれいのまとろまれぬあかつきのそらにちとりいとあは
れになく
ともちとりもろこゑになくあかつきはひとりねさめのとこも
たのもしまたおきたる人もなけれはかへす〳〵ひとりこち
てふしたまへりよふかくみてうつまいりてねむすなとしたまふと
もめつらしきことのやうにめてたうのみおほえ
たまへはえみたてまつりすてゝいゑにあからさ
まにもえいてさりけりあかしのうらはたゝはひわたるほとなれ

まれはよしきよはかのみ入道のむすめおもひいてゝふみな
とやりけれと返事もせすちゝ入道そきこゆへきことなし
あからさまにたいめもかなといひけれとうけひかさらむ
ものゆへゆきかゝりてむなしくかへらむうしろてもをこな
るへしとくんしいたくていかすよにしらす心たかく思
へるにくにのうちはかみのゆかりのみこそかしこきもの
にすめれとひかめる心はさらにさも思はて年月をへ
けるにこの君かくておはすときゝてはゝきみにかたらふやうき
りつほのかういの御はらの源氏のひかる君こそおほや
けの御かしこまりにてすまのうらにものしたまふなれあこの
御すくせにておほえぬことのあるなりいかてかゝるついてに

このきみにたてまつらむといふはゝきみあなかたはやきやうの
人のかたるをきけはやむことなき御めともいとおほくもたま
ひてそのあまりにみかとの御めさへしのひ〳〵あやまちたまひて
かくもさわかれたまふなる人はまさにかゝる山かつを心とゝめたまひてや
といふはらたちてえしりたまはしおもふ心ことなりさる
心したまへついてしてこゝにおはしまさせむとこゝろやりて
ていふもかたくなしくみゆまはゆきまて
しつらひかしつきけりはゝきみなとかめてたくとももののはしめに
つみにあたりてなかされておはしたらむ人をしもおもひかけ
むさても心をとゝめたまふへくはこそあらめたはふれ
にてもあるましきことなりといふをいといたくつふやく

つミにあたることハもろこしにも我みかとにもかくよにす
れなにことも人にことになりぬる人のかならす
あることなりいかにものしたまふ君そこはゝみやすところハ
をのかをちにものし給ひしあせちの大納言のむすめなり
いとかうさくなる名をとりてみやつかへにいたしたまへりしにこく
わうすくれて時めかしたまふことならひなかりけるほとに人の
そねミおもくてうせ給にしかとこのきミのとまりたまへる
いとめてたしかし女ハこゝろたかくつかふへきものなりおのれ
かゝるゐ中人なりとておほしすてしといひゐたりこの
むすめすくれてもあらねとなつかしうけたかううつくしく
あてはかに心はせあるさまなとそけにやむことなき

人々をおほかるましかりきるこのあたりさらぬ心くるしきわさに
思しみてさきつ人々はまれなにのみことおもほすかとに
つきてかなしういさゝかにえしいのちをしりてそ思人々はさかく
れなからのよをもなきなかめすこれをいかなれにそ
思へらくきこゆるをせく思ひしつきてそしにつくいかす
こよしまさてきなかわ神のれたゝしかくえせやこ
石思ふなるすさまはならなるみそれいつくしなるへし
まうきのさくらかのまさきそめてそのきさきうゝ
うつゝよりのことたえていりなきされおわたりつ
か三月廿よ日になりていかしらて京をはなれしかと
心ほそけなりし人々のおほいとのゝありさまなといと恋しく

一丁落丁（『源氏物語大成』四三一頁11行～四三二頁12行の左記本文に該当）

「南殿のさくらさかりになりぬらん……（中略）……あまともあさりしてかいつものもて」

まねふをみいてゝ御絵すさひしたまひつゝはさまなと
こゝをはつかさまくりやすきまれきこのうたへなとをいそつ
うこきゝとなくさくいひつゝもうちみゆくへおかし
なつかしうとめてもとあはれにみえ給へすともなきうきさをなれは
いまはみなことわすれてしかれもまこともちかくさてゝやまなる
くるゝほとなるになをいふかひなくてうふをたてし
くみえぬあすの井をてうちなけて月ころの心地さわ
なきさにまよひしこまこれぬよなきとのなかともおほしなる
てものゝぬつかなさをおとこのあまくれに川きておもか
しなきくことなとものちぬよくるくおほしわ
つきすくもあはれ中くきるらしもれてねなくよる

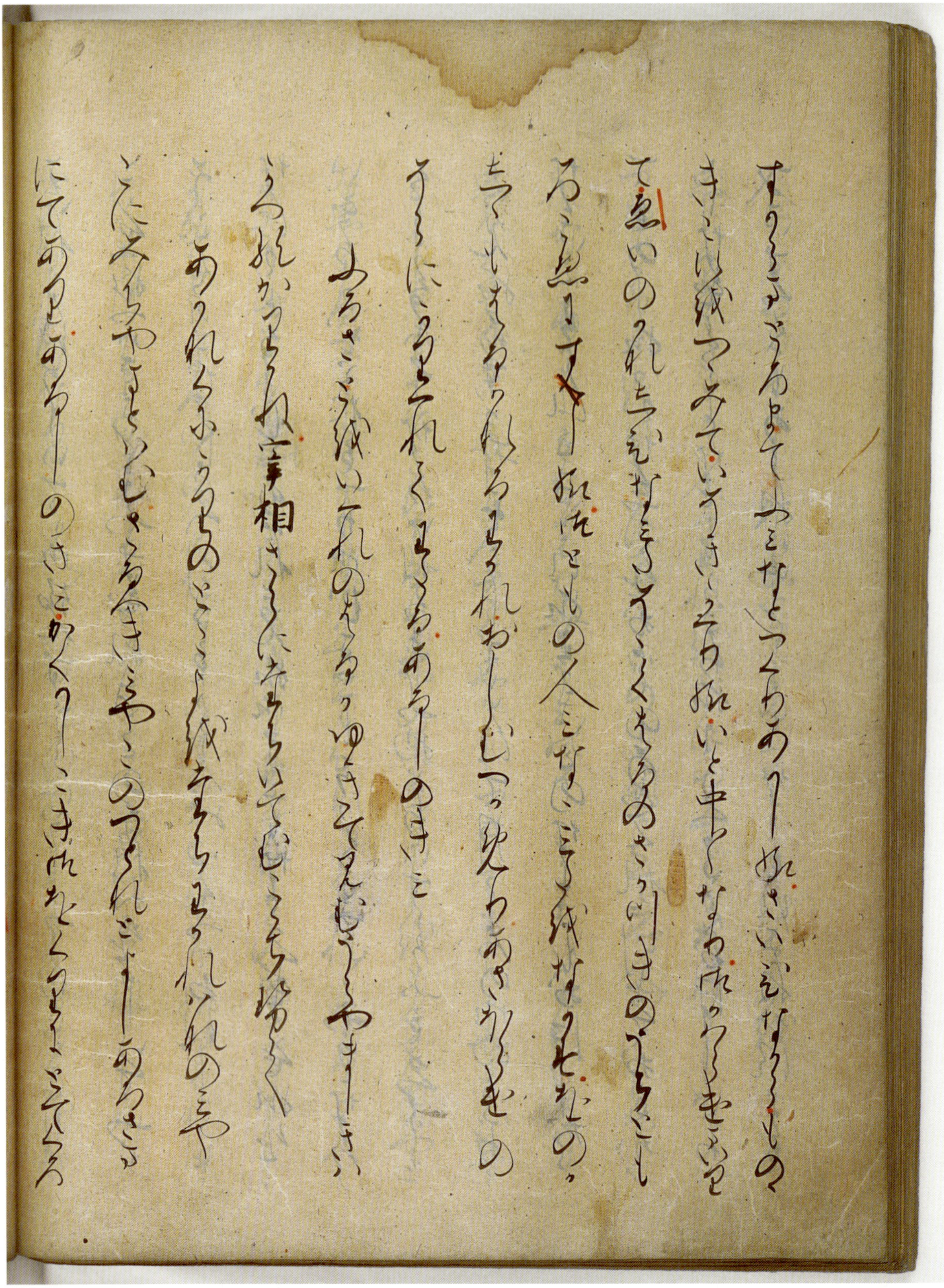

すのこかゝるよてをかしうもありなめさいへなすゝもの
きこゝろつみていすきゝそめいと中なかれゝ事そを
て恋いのれちてそなすゝすくろのさかいきのゆくこし
ありさますゝ御はとものこ人になゝこ絃なり七たの
ちていまつりれまれおしむつゝ見わあさかりきの
すゝにてあれくまゝあらしのきこ
みるさゝ絃いこれのさうゆきてそれともやまさい
られかつられ宰相さうしたちいてゝもこそ帰く
あはれなるものとゝ絃たちまつりてゝれのこや
とたみちやまとうたさるへきこやこのつれことしあるさま
にてあはれなるわかきのきこえかくてこきれなくうちさてくる

こまたてまつれゆゝしくおほさるへけれとかせにあたりてはい
いはえぬへけれはなむときこえ給ふ世にありかたけなる御む
まのさまなりかたみにしのひ給へとていみしきふえのなありけるなと
はかり人のとかめつへきことはかたみにえし給はす日やうやうさ
しあかりて心あわたゝしけれはかへり見のみしつゝいて給
ふを見おくり給ふけしきいとなかなかなりいつまたたいめんあら
むとはきこえ給へともかくてやはとてあるしの殿
雲ちかくとひかふたつもそらに見よわれははるひの
くもりなき身そかつはたのまれなからかくなりぬる人は
むかしのかしこき人たにはかはかしく世にまたましらふこと
く侍れはなにかみやこのさかひをも又見むとも世をおもひかし

いつしかこのをとゝふに宰相
をいつかなきくを井かいとかわれなくつれ〳〵なるへし
ことかゝりてこあるとかゝるまゝのおかりまうと宰れく
なれきこしくそをきしていとやしく思ひつゝるおかおは
るなき含をきしゆやうちをあそてるを思ひわるなきわいとるふ
しくそなゆ見くし思やよれのつひるくいそきけるこの
はまよなむつくおけそつとある人いみうきし思へきとなそき
かしき人のきこゆれなとのつるをゆかしくそいてれいとおる
いくせんさうそわいえきめくしておちすこのくたつれし
まうおん三やうしかしてそくへきやれとうしき人つけと
つくりて上おしの物てなつもん見れしみとよりへこれく

しらさりしおほうみのはらになかれきてひとかたにやは
ものはかなしきとて井給へる御さまさるはれにいてゝいふよ
しなく見え給うみのおもてうらうらとなきわたりてゆくゑ
もしらぬにきしかたゆくさきおほしつゝけられて
やほよろつ神もあはれと思らむおかせるつみのそれ
となけれはとの給ふににはかに風ふきいてゝそらもか
きくれぬ御はらへもしはてすたちさはきたりひちかさあめ
とかふりきていとあはたゝしけれはみなかへり給はむとするに
かさもとりあへすさる心もなきによろつふきちらして
またなき風なりなみいといかめしうたちきて人々のあし
をそらなりうみのおもてはふすまをはりたらむやうに

ひかりみちてかみなりひらめくおちかゝる心ちしてから
うしてたとりきてかゝるめはみすもあるかな風
なとは吹もけしきつきてこそあれあさましくめつらかなりと
まとふになをやますなりみちて雨のあしあたる所
とほりぬへくはらめきおつかくてよはつきぬるにやと心ほそ
く思まとふに君はのとやかに経うちすしておはすくれぬれは
すこしなりやみて風そよるもふくおほくたてつる
くわんのちからなるへしいましはしかくあらはなみにひかれてい
りぬへかりけりたかしほといふものになむとりあへす人そこなはる
るとはきけといとかゝることはまたしらすといひあへりあかつきかた
みなうちやすみたり君もいさゝかねいり給へれはその

さまとも見えぬ人きてなと宮よりめすにはまいらぬ
とてたとりありくと見ゆるにおとろきてさはうみのなか
のりうわうのいといたくものめてするものにて見いれたるな
りけりとおほすにいとものむつかしくこのすまひたえ
かたくおほしなりぬ

源氏第十
明石

なをあめ風やますかみなりしつまらてひこ
ろへぬいとゝ物わひしき事かすしらすきし
かたゆくさきかなしき御ありさまに心つよく
もえおほしなさすいかにせましかゝりとて宮こ
にかへらんもまた世にゆるされもなくて人わ
らはれなる事こそまさらめなをこれよりふか
き山をもとめてやあとたえなましとおほす
にもなみかせにさはかれてなんと人のいひつたへん
事のちの世まていとかろ〳〵しき名をさへやな
かしはてゝんとおほしみたるゝ御ゆめにもたゝおなし
さまなる物のみきつゝまつはしきこゆとみたまふ雲ま

かくおそろしく日ころすきゆくへて京の方もいとおほつか
なくかくなからみはふらかしつるにやと心ほそく
おほせとかしらさしいつへくもあらぬそらのみたれ
にいてたちまうつる人もなし二条院よりそあなかち
にあやしきすかたにてそほちまいれるみち（道遇に）
かひにてたに人かなにそとも御覧しわくましく
まつおひはらひつへきしつのおのむつましう
おほさるゝもわれなからかたしけなくくしにける
心のほとをおほししらる御ふみにはあさましくをや
みなきころのけしきにいとゝそらさへとつる心ち
してなかめやるかたなくなむ

うらかせやいかにふくらんおもひやる
袖うちぬらしなみまなきころあはれにかなしき
事ともかきあつめ給へり
いとゝみきはもまさりぬへくかきくらす心ちした
まふ京にもこのあめ風いとあやしき物のさとし
なりとてにんわうゑ（仁王会）なとおこなはるへしとなんきこ
えしうちにまいり給かんたちめなともすへて
みちとちてまつりこともたえてなんさふらふなと
はかはかしうもあらすかたくなしうかたりなせと京の事と
おほせはいふかしくて御まへにめしいてゝとはせ
給ふたゝれいのあめのをやみなくふりてかせはとき

ふきいてつゝひころになりはへるをれいならぬこと
におとろきはへるなりいとかく地のそこもとほる
はかりひ（氷淳）ふりいかつちのしつまらぬことははへらさりき
なとこはいみしきさまにおとろきおちてをる
かほのいとからきにも心ほそさまさりけるかくし
つゝよはつきぬへきにやとおほさるゝにそのまたの日の
あかつきよりかせいみしうふきしほたかうみちてなみの
をとあらきこといはほも山ものこるましきけしき
なりいかつちのなりひらめくさまさらにいはん
かたなくておちかゝりぬとおほゆるにあるかきり
さかしき人なしわれはいかなるつみををかして

かくかなしきめをみるらんちゝはゝにもあひみすか
なしきめこのかほもみてしぬへきことゝなけくき
みハ御心をしつめてなにはかりのあやまちにてこの
なきさにいのちはきはめんとつよう思なせと
いとさわかしけれはいろ〳〵のみてくらさゝけさせ給
ひてすみよしの神ちかきさかひをしつめまもり
たまふまことにあとをたれ給ふかみならはたす
け給へとおほくの大くわんをたてさせ給おの〳〵みつ
からのいのちはさるものにてかゝる御身の又なき
れいにしつみたまひぬへきことはいみしうかなしき心を
おこしてすこしものおほゆるかきりはみにかへてこの御を

ひとつをすくひたてまつらんとゝよみてもろこゑ
にほとけ神をねんしたてまつるていわうのふかき
宮にやしなはれたまひていろいろのたのしみに
おこりたまひしかとふかき御うつくしみおほやしまに
あまねくしつめるともからをこそおほくうかへ給
しかいまなにのむくひにかこゝらよこさまなる波風
にはおほゝれ給はん天ちことわり給へつみなくて
つみにあたりつかさくらゐをとられいへをはなれさ
かひをさりてあけくれやすきそらなくなけき
たまふにかくかなしきめをさへ見いのちつきなんとする
はさきの世のむくひかこの世のおかしか神ほとけ

あきらかにましまさはこのうれへやすめ給へとみやし
ろのかたにむきてさま〳〵の願をたて給ふ又うみの
なかのりうわうよろつの神たちにくわんたて
させ給ふにいよ〳〵なりとゝろきておはしますにつゝき
たるらう（廊）にをちかゝりぬほのほもえあかりてらう
やけぬ心たましゐなくてあるかきりまとふうし
ろのかたなるしもやにうつしたてまつりて上下とな
くたちこみていとらうかはしくなきとよむこゑの
ひゝきいかつちにもおとらすそらはすみをすりたる
やうにて日もくれにけりやう〳〵かせなをりあめの
あしゝめりほしのひかりもみゆるにこのおまし

ところのいとめつらかなるもいとかたしけなくてしん
てんにかへしうつしたてまつらんとするにやけのこり
たるかたもうとましけにそこらの人のふみとゝろ
かしまとへるにみすなともみなふきちらしてけり
よをあかしてこそはとたとりあへるにきみは御ねん
すし給ておほしめくらすにいと心あはたゝし
月さしいてゝしほのちかくみちきけるあともあらはに
なこりなをよせかへるなみあらきをしはのとおし
あけてなかめおはしますちかきせかいにものゝ心
をしりきしかたゆくさきのことうちおほえとやかくや
とはかはかしうさとる人もなしあやしきあま

あまとゝもなとのたうとき人おはします所とて
あつまりまいりてきゝもしりたまはぬことゝもをさへつり
あへるもいとめつらかなれとえおひもはらはすこの
かせいましはしやまさりせはしほのほりてのこ
る所なからまし神のたすけおろかなら
さりけりといふをきゝ給もいと心ほそしと
いへはおろかなり
うみにますかみのたすけにかゝらすは
しほのやほあひにさすらへなましひねもすにいり
もみつるいかつちのさはきにさこそいへいたうこうし
給にけれは心にもあらすうちまとろみ給かたしけなき

たましところなれはたゝよりゐ給へるに故院たゝ
おはしまししさまなからたちたまひてなとかくあや
しきところにはものするそとて御てをとりてひき
たてたまふすみよしの神のみちひき給ままにはや
ふなてしてこのうらをさりねとのたまはすいとうれしく
てかしこき御かけにわかれたてまつりにしこなたさ
まさまかなしきことのみおほくはへれはいまはこの
なきさに身をやすてはへりなましときこえ給へは
いとあるましきことこれはいさゝかなるものゝむくひ
なりわれは位にありしときあやまつことなかりしか
とおのつからおかしありけれはそのつみをおふるほといとまなく

なきまうりといとまなくてこのよをかへりみさりつれと
いみしきうれへにしつむをみるにたへかたくて
みにいりなきさにのほりいたくこうしにたれとかゝる
ついてにうちにそうすへきことあるによりなんいそ
きのほりぬるとてたちさり給ぬあかすかなしくて
御ともにまいりなんとなきいり給て見あけたまへれ
はひともなく月のかほのみきらきらとしてゆめのこゝ
ちもせす御けはひとまれる心ちしてそらのくもあ
はれにたなひけりとしころゆめのうちにも見たてま
つらてこひしうおほつかなき御さまをほのかなれと
さたかに見たてまつりつるのみおもかけにおほえ給て

わ連かくうれしきゆきい見いのちつきなんとし
はるはたすゑまかうわたまへるとあきれはたま
しきらはかくさつ紀もありさくなわたのらしら
うれしく御覧しこまふとうさるかしも殊門とて
めのてなすく御心ましもよくつのうれきこと
もわすれぬ見よても御つかへといまうしきこえ
すゑわめくこいつあうえやうとしまうととと
らに殊わ給へとはしま御もあいてあか月たよ
なわまなるま御殊くまちいさやなすみ殊せて
人二三人このきぬひめ御やさわきさしてくなまよ人
なまんとさへはあしらうしわけさるみさからの

御舟よそひてまいれるなり源少納言さふらひ
たまはゝたいめしてことのあめさはとわ申さんと云
よしきよおとろきてにうたうはかのくにのとくいにて
としころあひかたらひはへれとわたくしにいさゝかあひ
うらむることありてことなるせうそくをたにかよ
はさてひさしうなりはへりぬるをなみのまきれ
にいかなることかあらんとおほめく御ゆめなと
のおほしあはすることもありてはやあへとのたまへ
はふねにいきてあひたりさはかりはけしかりつる
なみかせにいつのまにかふねいてしつらんとこゝろ
えかたくおもへりいぬるついたち日のゆめにさま

ことなるものゝつけしらすることのはへりしかはしん
しかたき事とおもふ給へしかと十三日にあらたなる
しるしみせんふねよそひまうけてかならす
あめ風やまはこのうらにをよせよとかさねてしめ
すことのはへりしかはこゝろみにふねのよそひをまうけ
てまちはへりしにいかめしきあめ風いかつ
ちのおとろかしはへりつれはひとのみかとにも夢
をしんしてくにをたすくるたくひおほくは
りけるをもちゐさせ給はぬまてもこのいましめ
の日をすくさすこのよしをつけ申さんとて
ふねいたしはへりつるにあやしき風ほそうふきて

てこのうらにつきはへることまことに神の御
しるへたかはすなんこゝにも
しろしめすことやはへらんとていとはゝかりおほ
かれとこのよし申させ給へとてよしきよしのひや
かにつたへきこゆきみおほしまはすにゆめうつゝさ
ま〱しつかならすさとしのやうなる事ともをき
しかたゆくすゑのことおほしあはせて世の人のきゝつたへ
んのちのそしりもやすからさるへきをはゝかりてま
ことのかみのたすけにもあらんをそむく物ならは又
これよりまさりて人わらはれなるめをやみんうつ
ゝの人のこゝろたになをくるしはかなきことをも

かつゝみてわれよりよはひまさりもしはくらゐたかく時よ
のよせいまひときはまさる人にはなひきし
たかひてその心むけをたとるへきものなりけりしりそきて
とかなしとこそむかしのかしこき人もいひを
きけれけにかくいのちをきはめよにまたなきめのかきりを
見つくしつさらにのちのあとの名をはふくとてもたけき
事もあらしゆめのなかにもちゝみかとの御をしへあ
りつれは又なに事かうたかはむとおほして御返
のたまふしらぬせかいにめつらしきうれへのかきりは見
つれとみやこのかたよりとてこととひおこする人もなし
たゝゆくゑなき空の月日のひかりはかりを

さふねのともとなすゑへよう侍しきいかのよをと
なんかれしよころやよかくろくきくはくわうん
やとおもひたまへわかさるゝかなしひはしりたまはす
ときれかうまつるよのあそいてぬさきまよ雨つ侍り
たてまつれとてれいのさてきうさわ四五人つわして
そてはへるわぬれいの風いてきてさとてとふやよあそにい
きこえひぬるてひえさなといかゝ時のまといへと侍
あやしきまて入ゆきこ風のこゝろたわ侍のさまはよ
心とわひとしくえゆくのとおん御侍ひよ侍
むしさたるにうしこえたちところ/\くらみ
のいふもつきさ山とれはも時くよいたそてたらは

さかすへきなきさのとまやをこなひをしてのちのよ
ことをおもひすましつへき山水のつらにいかめしきたうを
たてゝ三まいをこなひつとめこのよのまうけに秋の
たのみかりをさめのこりのよはひつむへき稲の
くらまちともなとをりをりところにつけたるみとこ
ろありてしあつめたりたかしほにおちてこのころは
むすめなとはをかへのやとにうつしてすませけれはこの
はまのたちに心やすくおはしますふねより御車
にうつりたまふほと日やうやうさしあかりて
ほのかにみたてまつるよりおいわすれよはひのふる
心地してゑみさかえてまつすみよしの神をかつかつ

をかみたてまつる月日のひかりをてにえたてま
つりたる心ちしていとなみつかうまつる事ことは
りなり所のさまはさらにもいはすつくり
なしたるこゝろはへこたちたていしせんさいなとのあ
りさまえもいはぬいりえの水なと絵にかゝんにも心の
いたりすくなからん絵しはえかきおよふましうみえ
月ころの御すまひよりはこよなくあきらかになつ
かしう御しつらひなとえならすしてすまひ給さま
なとけにみやこのやんことなき所〳〵にことなら
すえんにまはゆきさまはまさりさまにそみゆるす
こし御心しつまりて京の御文ともきこえた

まゐれりしつかひはいまはいみしきみちにい
てゝかなしきめをみるとなきしつみてかの
すまにとまりたるをめしてみにあまれるものともお
ほくたまひてつかはすむつましき御いのりのしとも
さるへきところ〳〵にはこのほとの御ありさまくはしく
いひつかはすへしにうたうの宮はかりにはめつらかにて
てよみかへるさまなときこえたまふ二条
の院のあはれなりしほとの御返はかきもやりたまはすうち
をきうちをきをしのこひつゝきこえ給御けしきな
ほかへす〳〵いみしきめのかきりをみつくしはてつるみ
のありさまなれはいまはとよをおもひはなるゝこゝろのみ

まさりはへれとかゝみをみてもとのたまひしおもかけの
はなるゝよなきをかくおほつかなからやとこゝら
かなしきさまさまのうれはしさはさしおかれて
はるかにもおもひやるかなしらさりし
うらよりをちにうらつたひして夢のうちなる心
ちのみしてさめはてぬほといかにひかことおほかるらんと
けにそこはかとなくかきみたりたまへるしもいと見ま
ほしきそはめなるをいとこよなき御心さしのほとゝ
人々見たてまつるをのをのふるさとに心ほそけなる
ことつてすへかめりをやみなかりしそらのけしき
なこりなくすみわたりてあさりするあまともほこらし

つきな[illegible]をはいは[illegible]かうあま[illegible]いとやしまれな
ましを[illegible]ひとしきいとひはし[illegible]かをして[illegible]
[illegible]又[illegible]しうあはれなることなくて[illegible]はまた
かくてまゝに[illegible]うさまなか[illegible]えい[illegible]さは
いみしうおもひすましたるをこのむすめひとり
をもてわつらひたるけしきいとかたはらいたきまて
ときくもらしうれへきこゆ御心ちにもおかしとき
ゝおきたまひし人なれはかくおほえなくてめくりおはしたる
もさるへきちきりあるにやとおほしなからなをかうみを
しつめたるほとはおこなひよりほかのことはおもはし
みやこの人もたゝなるよりはいひしにたかふとおほさん

もはつかしうおほさるれハけしきたちたまふことな
しことにふれて心はせありさまなへてならすも
ありけるかなとゆかしうおほされぬにしもあらす
こゝにハかしこまりてみつからもをさをさまいらすもの
へたゝりたるしもやにさふらふさるハあけくれ見た
てまつらまほしくあかすおもひきこえておもふ
こゝろをかなへむと佛かみをいよいよねんしたてまつ
るとしハ六十はかりになりたれといときよけに
あらまほしうおこなひさらほひて人のほとのあてはか
なれハにやあらむうちひかみほれほれしきことハあれと
いにしへのものをも見しりてものきたなからすよしつきた

ゐ中をましれぬはむつかしものゝくわなすとさゝやく物あ
きゝたまふよけいとくみまゝされあはれなりとれ
ほやきわたる御とはなくてもきこえさせたま
ひなかよりめるをくはしいてつきてゐかうさと
ろはも人をもえさらましうかはらくやかなまて
うまうあるとおぼすことも御ものがたりなれきこえ
れともいとうらやましく心つきなきあはれなりけとそう
いひしうけてましうなわてわたれのさと心みまく
おもえうらいてきこえねとひたまひれくくちおしと
ゆくさきみなもいひあはせてなかくはひしみもなし
なべての人のやうにめやすきさへみえおはせられはあれいかにも

はかゝる人もおはしけりと見たてまつりしにつけ
ても身のほとしられていとはるかにそおもひきこ
えけるおやたちかくおもひあつかふをきくにもにけ
なきことかなとおもふにたゝなるよりはものあはれな
り四月になりぬころもかへの御さうそくみ丁のかた
ひらなとよしあるさまにしいてつゝよろつにつかうまつり
いとなむをいとほしくすゝろなりとおほせと人の
さまあくまておもひあかるさまおほしゆるして見
給ふ京よりもうちしきりたる御とふらひともた
ゆみなくおほかりのとやかなるゆふつくよにうみのうへ
くもりなく見えわたれるもすみなれ給しふるさと

のいけ水におもひまかへられ給にいはむかたなく
こひしきこといつかたとなくゆくゑなき心ちした
まひてたゝめのまへにみやらるゝはあはちしまなりけ
りあはとはるかになとの給ひて
あはとみるあはちのしまのあはれさへ
のこるくまなくすめるよの月　ひさしく手もふれ
給はぬきんをふくろよりとりいて（取出）たまうてはかなく
かきならしたまへる御さまをみたてまつる人も
やすからすあはれにかなしくおもひあへりかうれう（廣陵）と
いふてをあるかきりひきすましたまへれはかのをかへ
のいへも松のひゝきなみのをとにあひて心はせある

わかき人ハ身にしみておもふへかめりなに事もきゝ
わくましきこのもかのものしはふる人とももすゝろは
しくてはまかせをひきありく入道もえたへ
てくやうほうたゆみていそきまいれりさらに
そむきにしよの中もとりかへしおもひいてぬへくはへり
のちのよにねかひ侍所のありさまもおもふた
まへやらるゝよのさまかなとなく／＼めてきこゆ我御
こゝろにもおり／＼の御あそひその人かの人のことふえ 琴 笛
もしハ声のいてしさま時／＼につけてよにめて
られ給しありさまみかとよりはしめたてまつりて
もてかしつきあかめたてまつりしを人のうへも

わか御みのありさまもおほしいてられてゆめの心ち
したまふまゝにかきならし給へるこゑも心すこくき
こゆふる人はなみたもとゝめあへすおか
へにひは〔琵琶〕さう〔箏〕のことゝりにやりて入道ひはのほうし
になりていとおかしうめつらしき手ひとつふたつひ
きいてゝさうの御ことまいりたれはすこしひきた
まふもさまさまいみしうのみおもひきこえたりいとさ
もきこえぬ物のねたにをりからこそはまさるものなる
をはる／＼と物のとゝこほりなきうみつらなるに
中／＼春秋の花もみちのさかりなるよりはたゝそこ
はかとなうしけれるかけともなまめかしきに

のうちたゝきたるはたかかとさしてとあはれにおほゆ
ねもいとになくいつることゝもをいとなつかしうひ
きならしたるも御心とまりてこれは女のなつかしきさ
まにてしとけなうひきたるこそをかしけれとおほか
たにのたまふをにうたうはあいなくうちゑみてあそはす
よりなつかしきさまなるはいつこのかはへらんなにかし
（延喜）えんきのみかとの御手よりひきつたへてはへること三
代になんなりはへりぬるをかうつたなき身にてこ
のよのことはすてわすれはへりぬるをものゝせちにいふせ
きおり〳〵はかきならしはへりしをあやしうまねふもの
のはへるこそしねんにかの（延長）せんたいわうの御てにかよひて

へれやまふしのひかみゝに松風をきゝわたしはへるにや
やあらんいかてこれしのひてきこしめさせてしかなと
きこゆるまゝにうちわなゝきてなみたおとすへかめり
きみことをこともきゝ給ましかりけるあたりにね
たきわさかなとてをしやり給あやしくむかしより
さうはをんなんひきとるものなりけるさかの御つた
へにて女五宮さるよの中の上すにものし給けるを
御すちにてとりたてゝつたふる人なしすへてたゝい
まよになをとれる人〳〵かきなてのこゝろやりはかりのみ
あるをこゝにかうひきこめ給へりけるいとけうあ
りけることかないかてかはきくへきとのたまふきこしめさん

にはなにのはゝかりかはへらん御まへにめしてもあき人の
なかにてたにこそふることきゝはやす人はへりけれ
ひわなんまことのねをひきしつむる人いにしへもかたう
はへりしをさをさとゝこほることなうなつかしきてなと
すちことになんいかてたとるにかはへらんあらきなみの
こゑにましるはかなしくもおもふたまへられなからかきつ
むるものなけかしさまきるゝをりをりもはへりなとすき
ゐたれはをかしとおほしてさうのことゝりかへてたま
はせたりけにいとすくしてかいひきたりいまのよに
きこえぬすちひきつけててつかひいといたうからめき
てゆ（由音）のねふかうすましたりいせのうみならねときよき

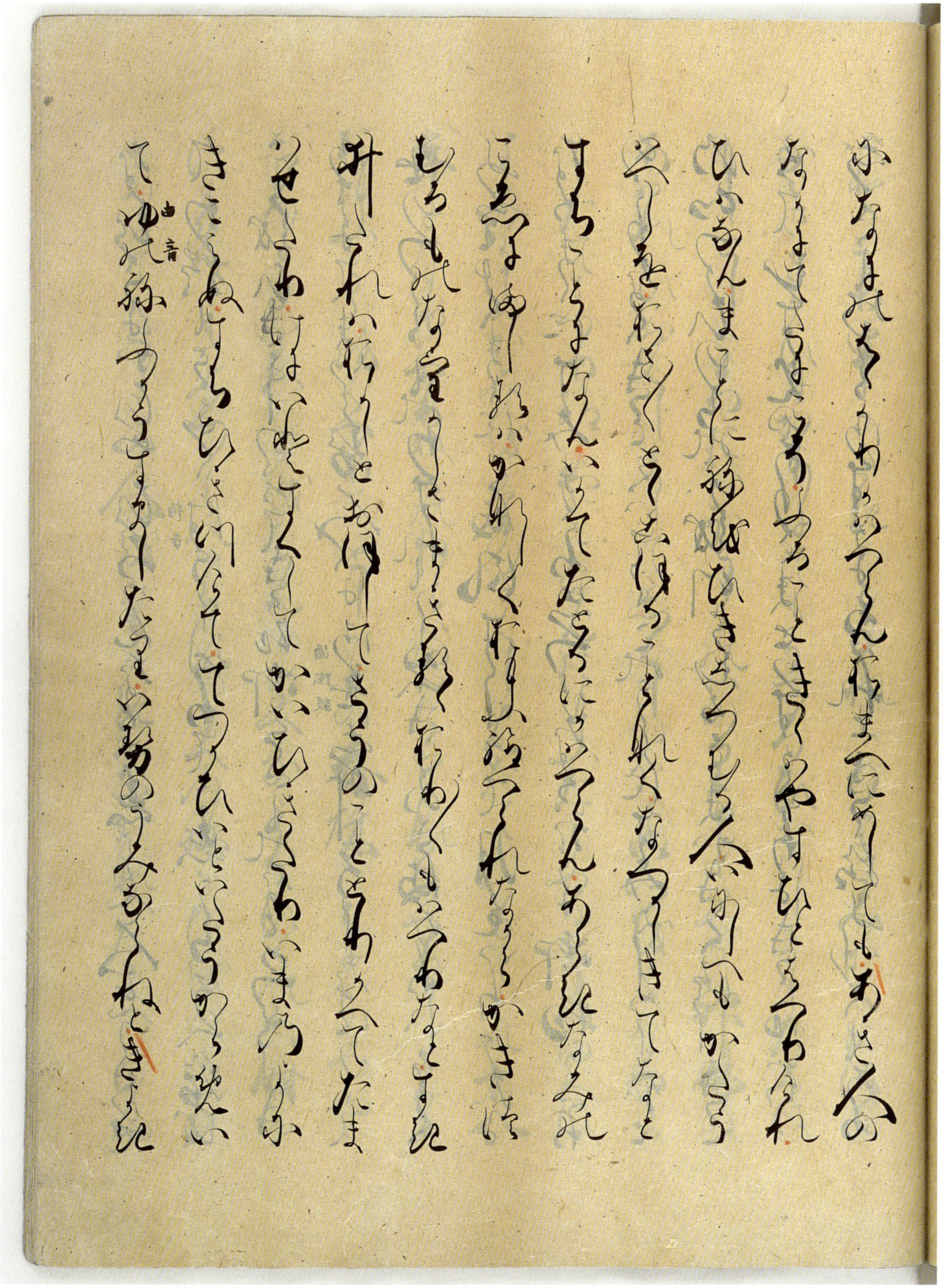

なきさにかひやひろはんなとこゑよき人にうたはせ
て我もとき〳〵はうし（拍子）とりてこゑうちそへ給を
ことひきさしつゝめてきこゆ御くたものなとめつらしき
さまにてまいらせ人々にさけしひそし（酒強殺）なとして
おのつからものわすれしぬへき夜のさまなりいたく
ふけゆくまゝに浜風すゝしうて月もいりかたに
なるまゝにすみまさりしつかなるほとに御物かたり
のこりなくきこえてこの浦にすみはしめしほとの
心つかひのちの世をつとむるさまかきくつしきこえ
てこのむすめのありさまとはすかたりにきこゆをかし
きものゝさすかにあはれときゝ給ふふしもあり

いとり申かたきことなれとわかきみかくおほえ
なきさかひにかりにてもうつろひおはしましたるは
もしとしころらうほうしのいのり申侍る神仏の
あはれひおはしましてしはしのほと御心をもなやま
したてまつるにやとなんおもふたまふるそのゆへは
すみよしのかみをたのみそめたてまつりてこれ十八
年になり侍ぬめのわらはいときなく侍りしより思
ふこゝろ侍りてとしことの春秋ことにかのみや
しろにまいることなん侍るひるよる六時の
つとめにもみつからのはちすのうへの願ひをはさる
ものにてたゝこの人をたかきほいかなへたまへとなん

給へとなん念し侍るさきのよのちきりつたなくてこそかく
くちをしき山かつとなりはへりけめおやは太臣のくら
ゐをたもちはへりきみつからかくゐ中のたみとなり
てはへりつきゝさのみおとりまからはなにの
身にかなりはへらんとかなしくおもひはへるをこれは
むまれし時よりたのむところなんはへるいかにして宮こ
のたかき人にたてまつらんと思ふ心ふかきにより
ほとゝにつけてあまたの人のそねみをおひ身のた
めからきめをみるおりゝもおほく侍れとさらにくるしとおもひ給へす
いのちのかきりはせはき衣にもはくゝみはへりなんかく
なからみすてはへらはなみのなかにもましりうせね

給とらんをさしてこそおなしとすへてま給ふへくもあら
ぬこゝろもちゐらるゝきこえひきみをものゝさまく
おほけなくくちおしきにくみつくしきこゆ次
よろこさなれ給みなあはれたえひうちねせらるよしく
をなまめかしたまへるをたはつかれくおもひいれとこゝろの
みもしらぬさまきこえあふすれいはあさからぬときよ
のちさわさるとあはれなからんなといふかくはおほかたも
ひとつわたりなることもいまてたに給いさわかん身
やこちらむれしけれわかめつねおさなもあらぬかくなる
ひとつかのこともれて月日のみつもる心もみたくいれ
給ふなるわかく人ものしたまふよといふかのきこえいた

はる人をはゆゝしき物にこそおもひすてたまふらめと
おもひくしつるをさらはみちひき給へきにこそあな
れ心ほそきひとりすみのなくさめにもなとのたまふを
かきりなくうれしとおもへり
ひとりねはきみもしりぬやつれ〳〵と
おもひあかしのうらさひしさをましてとし月おもひた
まへわたるいふせさをおしはからせたまへときこゆ
るけはひうちわなゝきたれとさすかにゆへなからすさ
れとうらなれ給へらん人はとて
たひころもうらかなしさにあかしかね
くさのまくらはゆめもむすはすとうちみたれ給へる御

二丁落丁（『源氏物語大成』四五八頁８行～四六〇頁６行の左記本文に該当）
「さまはいとそあいきやうつき……（中略）……つれ〳〵なる夕くれもしは物あはれなる明」

かのなとやよもきこえつらむなかく人もなかりしかよえ
ちはぬへきなとをしつゝわてかきいつしのよりなかゝら
まこゝろめくなおもひあはなちくきもえていやま
しとなほすもみゝうきこえつれしていひくらしき
もめてましくをこ給心かりてあんなめれまへよた
もひをえてんもいとおしくなりゆくされて人す
みまつるはさうゝしくてもまゐりつしてんなとおほせ
とあんなはさい中くやむことなきゝこえいれもいた
うたもひあはてゝ給つるよもてわきこえられは
こゝろへよてすさうゝ家のことなかくするにへ
さうわうひていとよくなまつかくおもひきことなひて

給ひつゝ夜よせましたるこれにつくもあはれしのひ
てやむかへたてまつりてましと思しよはるおりおほくあ
れとさりともかくてやはとしをかさねんいまさらに
人わろきことをやとおほししつめたりそのとしおほやけに
もののさとししきりてものさはかしきことおほかり三月
十三日かみなりひらめきあめ風さはかしき夜みかとの
御ゆめに院のみかと御前のみはしのもとにたゝせ給て御
けしきいとあしうてにらみきこえさせ給をかしこま
りておはしますきこえさせ給こともおほかり源し
の御事なりけんかしいとおそろしういとほしとおほし
てきさきにきこえさせ給ひけれはあめなとふり

うみたれたるよはおもひなしなることはさそはへる
かろかろしきやうにおほしおとろくましきこときこえた
まふにらみ給しにみあはせ給とみしけにや御
めいたうわつらひ給てたへかたうなやみ給御つゝし
みうちにも宮にもかきりなくせさせ給おほきおとゝ
うせ給ひぬことわりの御よはひなれとつき〳〵におのつ
からさはかしきことあるに大宮もそこはかとなうわつらひ
給てほとふれはよはり給やうなるうちにおほしなけく事
さまさまなりなをこの源氏の君まことにをかしなき
にてかくしつむならはかならすこのむくひありなんと
なむおほえ侍るいまはなをもとのくらゐをもたまひ

こんとたひくれなかしのつまつぬよせけるさかいく
きやうあへいみなちて宮ぬはかり人ぬ三
ゆんとふくよりさていさてゆあさ猶んよめ人いひけさ
へうへんもなときさいかくうゝいさ光中たまへは
なかりそめかならす月日のひかりあてゆやさまく
ふなよりわまさらせたまふあたりはれいの林いと海せ
のことなりけりひとわ猶もまめやかなるものゝえしくみ
入道もおもくかしつきゝこえさせまほしうてこち
まいらせきとのゝまうてゝわたまへんことはあるまし
うおほしくらはさうしみつからやうなれひとつへく
をかしう後のとくちのしさきわみ丹かる人なとこそ

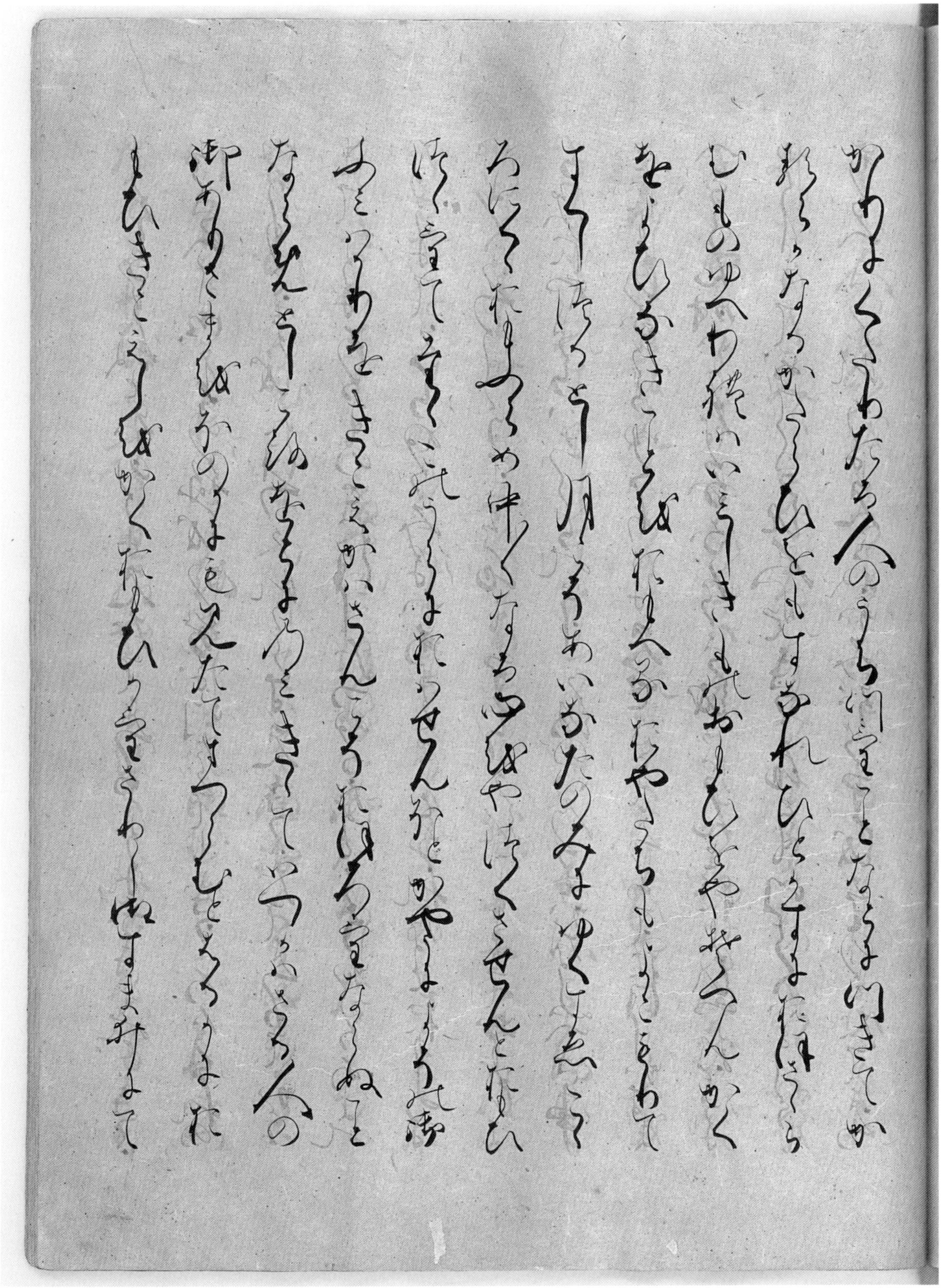

かのよくわたる人のうらにまうてことなるはいきてか
あらなすらかくひとゝもすゑすみたゝはさら
むしものゝうへやいのりいふうきもおもひをやわらくかく
なほひかきこえはれ人かなたやさらしきこえわて
まくらさし月あはいかたのみなゆくしそらて
ろにくれのつるめ中くなるうはやはくさせんとなむひ
はくまてそこはかとなくこれうちまねひそせんかたとかやようのみ御
めとつかうをきこえかいさんこそなほなるをねこと
なこえさしてゆかしきまてつきてやういさゝか人の
御ありさまはかのまゝえたてまつりしとこそうれしきをまた
まひきこえしはかくれのひつきさわしねすまして

ますかゝねとかのよ人たてまつらはらよかきゝもなときて
はゝへかゝゝの孫なかむよいみなてもきこえなゝれの
ゆかりのさまなおほけなくおほえすきてたてまつりてか
まていまはあるものとおほしたつめるなとうかゝるあまみれ
なりまてくちぬるみよいはおさることあれなとおほゆるよ
いとくつしうてはなもうちつれてとまてあまひよ
ら也なやさらいさくらぬそうしのいつまかなしへきこと
とおもひなからゆくわたよ人をしてまつりてたのしかすま
へさゝんはいうなるかならぬさんとおもひやれくよ
ゆしうてめてくこそおもひきこえもいつくしうも
あるへきうれしきよ人るぬかみなちのすゝなるのとたてまつ

まて人の御ほともおほえてなまうらめしうおもひこかれ
井しわきみはこのころなみのおとにかのものゝねを
きかはやさらすはかひなくこそなとつねのほゐのひて
しのひてよろしき日みてはゝきみのとかくおもひわつらふ
をきゝもいれす弟子ともなとにたにしらせす心ひとつにたち
ゐかゝやくはかりしつらひて十三日の月のは
なやかにさしいてたるにたゝあたらよのときこえた
り君はすきのさまやとおほせと御なほしたてまつ
りひきつくろひて夜ふかして出給御車はになく
つくりたれとところせしとて御むまにて出給これみつ
なとはかりをさふらはせ給やゝとほくいる所なりけ

みちのかたともれうらくえわてしゐてかたのみちらえ
まかりきこえの月ころはまつこひしき人の御事をなむ
たまひてきこゆる給やうてもまゐらさすさてたまむ
きぬへくなむはへる
あさましきめのみさまれこまよかへることなる
くもゐになかれ侍つるも見えんとうちひそみきこえ給
いつかとまことめくさうしあはれをなみあらす侍
かわらみえいりいひかえさらかへしるくこれはいほう
くすみさせ給まてこゝに井てたまひのすゝとは
あらしゝとまもしんひとの心たはひやおもものあつれな
まことやまゐらくてめほの聞えまつるかたよひくさ

あひてものかなしういはにおひたる松のねさしも心
はへあるさまなりせんさいともにむしのこゑをつくして
たりこゝかしこのありさまなと御覧すむすめすませ
たるかたは心ことにみかきて月いれたるまきのと
くちけしきはかりおしあけたりうちやすらひなに
かとのたまふにもかうまてはみえたてまつらしと
ふかうおもふにものなけかしうてうちとけぬこゝろ
さまをこよなくもひとめきたるかなさしもあるましき
きはの人たにかはかりいひよりぬれは心つよくしもあら
すならひたりしをいとかくやつれたるにあなつらはし
きにやとねたうさま〳〵におほしなやめりなさけなく

なまうんもことのさまにたかへり心くらへにまけん
こそひとわろけれなとみたれうらみ給さまけに
ものおもひしらん人にこそみせまほしけれちかき
き丁のひもにさうのことのひきならされたるもけはひ
しとけなくうちとけなからかきまさくりけるほと
見えてをかしけれはこのきゝならしたることをさへや
なとのたまふ

むつことをかたりあはせむ人もかな
うきよのゆめもなかはさむやと

あけぬよにやかてまとへる心には
いつれをゆめとわきてかたらむ　ほのかなるけはひいせ

のみやすところにいとようおほえたりなにこゝろもな
くうちとけてゐたりけるをかうものおほえぬに
わりなくてちかゝりけるさうしのうちに
いりていかてかためけるにかいとつよきをしひてもお
したち給はぬさまなりされとさてのみもいかてかあら
む人さまいとあてにそひえて心はつかしきけはひそしたる
かうあなかちなりける契をおほすにもあさから
すあはれなり御心さしのちかまさりするなるへし
つねはいとはしき夜のなかさもとくあけぬるこゝちすれは人に
しられしとおほすもこゝろあはたゝしうてこまやかに
かたらひおきていて給ぬ御ふみいとしのひてそけふは

あるはいつかきゝ給ふれなるやうこそもいふてかくおほ
ことへなさるゝ物しとほくみてゆつひとゝもにもて
おさるゝおもねいさうおもつわかくてのちみをひつ御く
れにはおもしまうしいるれうたまをのつゝもみいひ
さうなきあまみこまやうをちましゝひとたまひてかく
なきことはいとおなしおもひわけはいうなんあま
入道もさくくの祈ひをいやす給てこれはたし
きゝなまてゝまていまさらにいみくるしくおし
きこゆ二条の院にはかせのつてにもゝりきゝて
給はんことはたはふれにても心のへたてありけるとおもひ
うとまれたてまつらんいとわくおほしうそうしうたはさるゝ

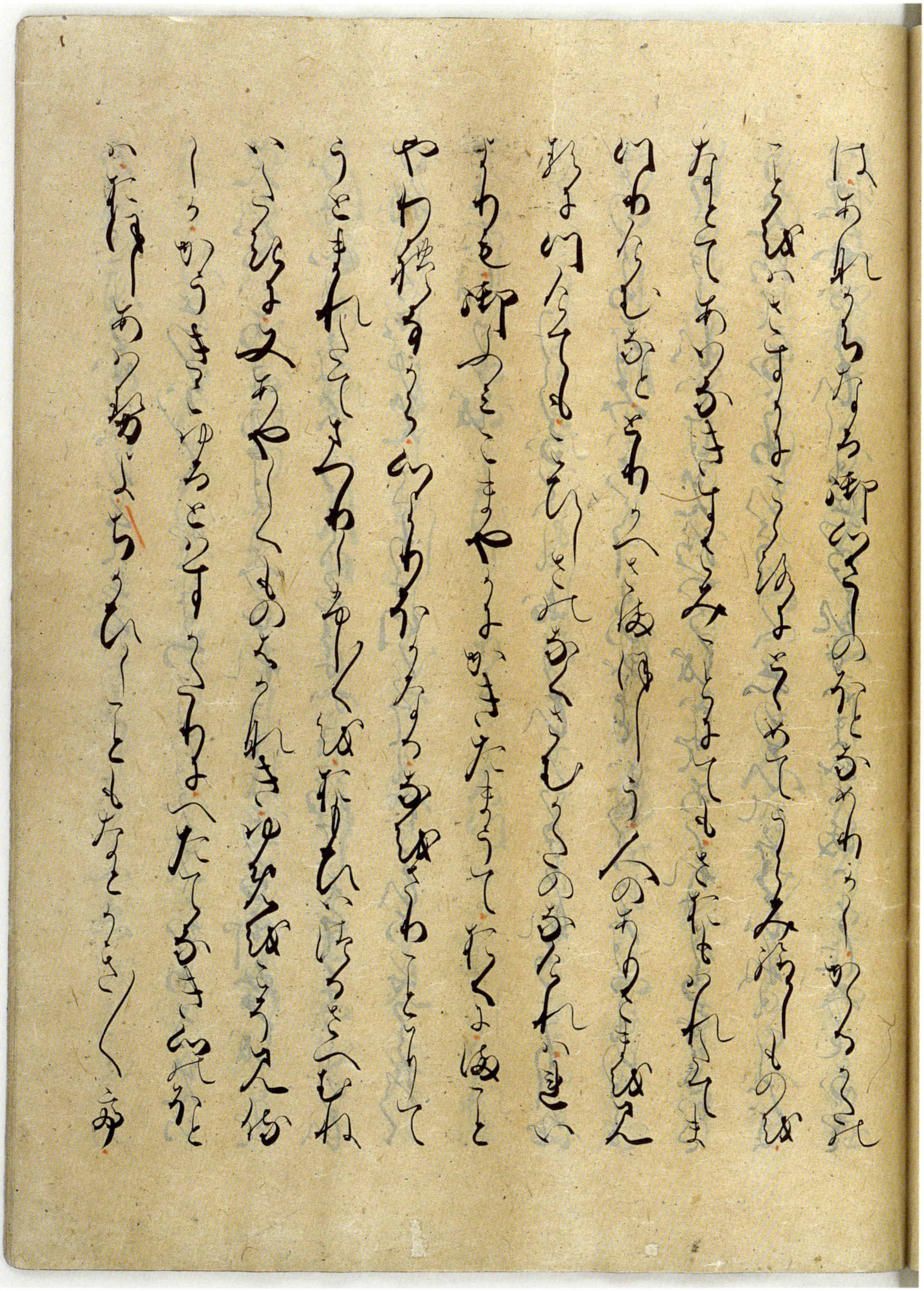

はあはれなる御けしきのみとおもはれゆかしかゝりけれ
ことはいさすゝまこゝろよそめてうしみなしものは
なまとてあはなきこすみことはてもさためもなれそては
いかなむおとをわかへく後はしう人のおもとまはえ
あまいなてもこゝろひとつにおくさむこのおもれはまい
すかも御ふみこまやかにかきたまうてなくよ海こと
やむ猶すゝむかなすかなはおもはれてとりて
うとましきてさらにおもしくはなれいはちさへむね
いふかひなきあやしくものゝれきゆるなかえ侍
しらかりきこゆるとこそすこしよはへたてあきゝみえたと
いたはしあつ物よちゝひゝともなまうさくあ

なにことにつけても
しほ／＼とまつそなかるゝかりそめの
みるめはあまのすさひなれともとある御返
なに心なくらうたけにかきてはてにしのひ
かねたる御ゆめかたりにつけてもおもひあはせらるゝ
ことおほかるを
うらなくもおもひけるかなちきりしを
まつよりなみはこえしものそとおいらかなるものから
たゝならすかすめ給へるをいとあはれにうちおきかた
く見給てなこりひさしくしのひのたひねもしたま
はす女おもひしもしるきにいまそまことにみもなけつへき

いへき心ちするゆくすゑみしかけなるおやはかりを
たのもしきものにていつの世に人なみ〳〵になるへき
身ともおもはさりしかとたゝそこはかとなくてすく
しつるとし月はなにことをか心をもなやましけむ
かういみしうものおもはしき世にこそありけれとかね
てをしはかりおもひしよりもよろつにかなしけれと
なたらかにもてなしてにくからぬさまにみえたて
まつるあはれとは月日にそへておほしませとやむこと
なきかたのおほつかなくてとし月をすくしたまふか
なましほうちおもひおこせたまふらむこゝろくるし
けれはひとりふしかちにてすくしたまふゑをさま〳〵に

かきなしてなましくもめかきりなうあはれときくへき
さまにえあらてわか人の心よそへみぬへき物のさま
なるをいとてかくいつもかはる御心は二条の院のあはれさを
も物のあはれなくさむかたなくたまはおほされ
やうよにはうささたてゝやそての御ありさまにさの
やまかきいかめくさはいかなるへき御さまともにあ
らんとしかはりぬうちに御くすりのことありてよの中
のゝしるたうたいのみこは右大臣の御むすめ承香殿
の女御の御はらにをとこみこうまれ給へるふたつ
になり給へはいといはけなし春宮にこそはゆつりきこえ
きこえ給はめおほやけの御うしろみしよまつりこつわ

こつへき人をおほしめくらすにこの源氏のきみの
かくしつみ給ふいとあたらしくあるましきことなれは
つゐにきさいの御いさめをそむきてゆるされ
給ふへきさためいてきぬこそよりきさいも御物の
けになやみ給てさまさまのものゝさとししきりさわ
かしきをいみしき御つゝしみともをし給しるしにや
よろしうおはしましける御めのなやみさへこのころ
おもくなりまさらせ給てもの心ほそくおほされけれは
七月廿日のほとに又かさねて京へかへり給へきせんし
くたるつゐのことゝおもひしかとよのつねなきに
つけてもいかになりはつへきにかとなけき給をかう

にはかなれはうれしきにそへても又このうらをいま
はとおもひはなれんことをおほしなけくに入道さる
へきことゝおもひなからうちきくよりむねふたかり
ておほゆれとおもひのことさかえたまはゝこそは我おも
ひのかなふにはあらめなとおもひなほすそのころは
よかれなくかたらひ給六月はかりより心くるしきけし
きありてなやみけりかくわかれ給へきほとなれはあやにくな
るにやありけんありしよりもあはれにおほしてあやしく
ものおもふへき身にもありけるかなとおほしみたる女は
さらにもいはす思ひしつみたりいとことはりなりやおも
ひのほかにかなしき道にいてたち給しかとつゐに

にはゆきさめくわさゑんとかはいかなりあくさみみさせこ
のこひら給しきさうさみ御いてくらあれと文やいかにわ
みるへきほとおほしますよあまたれあわさあまよ人くもなくとく
よりなそていまうひたまへ家のうちもゆるしなく人くま
いわひかはしきとなくとあはれのめくらす給あらにく
給て月をみるらねなとさへものあはれなるうちなくし
きこえなすやう心いまもむすふにもするなすこちに
てみなるこころとすくんとさまくたゆみこころれさうな
こうされ人いてさいあるにくれいの御心もとえたて
さらわひてもむかし月ころはいはん人よりきこえさせ給
あひまされなうし給ひつゝ給ふるさくこのころはあやな

くよなかく人のこゝろみとはさこそ少納し
乃ちあへてきこえいてしをりめでたきなとはくめさあ
へおほなくてなほしおもてわかさてよろわよなめてれい
のやまいたくもめかさてわくわかわさやうよもまく
えわのねならなといふにつくゝたうさこさまし
て見えさましくもあめなるうれと見えまてゝくなち
わりくおほえさるへきさまよしてもうへんとおほしおか
まねさやうちかへしひなくさ見えたまふわらはの
御ころあめさまよくしけるにあはれにかなしう
ひよいたくやもおもへおほしもつれくめてゝ給
さはよてし心くるしくなるまゝ御なしきようちおもてく

みつゝあはれふかくちきりたまへるはたゝかはかり
をさいはひにてもなとかやまさらんとまてそみ
ゆめるにめてたきにしもわかみのほとをおもふもつき
せすなみのこゑ秋の風にはなほひゝきことなりしほや
くけふりかすかにたなひきてとりあつめたるとこ
ろのさまなり
　このたひはたちわかるともしほやく
けふりはおなしかたになひかんとのたまへは
　かきつめてあまのたくものおもひにも
いまはかひなきうらみたにせしあはれにうちなき
てことすくなゝるものからさるへきふしの御いらへなと

あさからぬこのう物よゆしうわたまふ物のね
なとさうさうしきせさせてつさわりなくいとらう
うしみ給さうはかなみなとのうなわれぬことなくさま
とのさまひて家わもて給へきましうわしきん
乃御ことをさわかしくて心ことなるさうへを
かのまかきなうし給へらんかさへめすなくいたと
つれなくみゆるさまをたえてみえつるさうのこと
をさわてうれわみつうもいとなうさへらく
のかされてさうしむへきうれきまいうなうへく
しのひやかなるさへうらをいふとすゝめきこゆれ
たう代宮の御ことの物なかくいまみえまうあきものよ

おもひきこえたるはいまめかしうあなめてたときく
人の心ゆきてかたちさへおもひやらるゝ事はけにいと
かきりなき御ことのねなりこれはあくまてひき
すまし心にくゝねたきねそまされるこの御心にたに
はしめてあはれになつかしうまたみゝなれ給はぬ
てなと心やましきほとにひきさしつゝあかす覚さ
るゝにも月比なとてしゐてもきゝならさゝりつらんと
くやしう思さるゝ心のかきり行さきのちきり
をのみし給ふきんは又かきあはするまてのかた
みにとの給ふ女
なをさりにたのめをくめるひとことを

つきせぬねにやかけてしのはむといふもなきく
ちすさみをうらみ給ふ
あふまてのかたみにちきる中のをの
しらへはことにかはらさらなむこのねたかはぬさき
にかならすあひみんとたのめ給めりされとたゝわかれ
むほとのわりなさをおもひむせたるもいとことわり
なりいて給あかつきはよふかくいて給ひて御
むかへの人〱もさわかしけれは心もそらなれと人ま
をはからひて
うちすてゝたつもかなしきうらなみの
なこりいかにとおもひやるかな御かへし

としへつるとまやもあれてうきなみの
かへるかたにやみをたくへましとうちおもひける
まゝなるをみたまふにしのひたまへとほろ〳〵とこほれ
ぬこゝろしらぬ人〳〵はなをかゝる御すまひなれととしこ
ろといふはかりなれたまへるをいまはとおほすはさも
あることそかしとみたてまつるよしきよなとはおろか
ならすおほすなめりかしとにくゝそおもふうれし
きにもけにけふをかきりにこのなきさをわかるゝ
ことなとあはれかりてくち〳〵いひてみなしほたれあへる
されとなにかはとてなんにうたうけふの御まうけいと
いかめしうつかうまつれり人〳〵しものしなまてたひ

のしやうそくめつらしきさまにていつのまにしあへ
けむと見えたり御ころもひつかくもあまたつみさせ
はあまたさふらはせ給まことに家とのつとにも
しつへき御をくり物なとゆへつきておもひいたらぬく
まなしけふたてまつるへきかりの御さうそくに
よるなみのたちかさねたるたひころも
しほとけしとや人のいとはむとあるを御らんしつき
てさはかしけれと
かたみにそかふへかりけるあふことの
ひかすへたてん中のころもをこゝろさしあるをとてたて
まつりかふ御身になれたるともをつかはしけれはいま

ひとしのわすれぬへきこころはうつりかはえんかなわるか
らぬ御よそひのうつくしさいかに人のこころをしみさ
なほかりうしいまはとしはなれなさるかにおもはれ
いたうの御さまをすかたはかまつりぬことなと申てま
もなくかひなけれはもいとおしなかりけさ人
えいひはなたす
はらみなこくなほふかしむ身となりて
なはこころにしはえこそえこれのこころのやみに
まつまもひぬへくそれとさみまてしまときこえて
てはすさくきさまかれとたよりいてゝなほたれ
みつるいなと御なうきたまつるいみしうもむかれと

おほしてところ／＼うちあかみ給へる御まみの
わたりなといはむかたなくみえ給おもひすてかたき
すちもありけれはいまいととくみなをし給てんたゝこの
すみかこそみすてかたけれいかゝすへきとて
みやこいてしはるのなけきにおとらめや
としふるうらをわかれぬるあきとておしのこひた
まへるにいとゝものおほえすしほたれまさるたちゐ
とてもあさましうよろほふまいてさうしみの心地
たとふへきかたなくてかうしも人にみえしとおもひしつ
むれと身のうきをもとにてわりなきことなれと
うちすて給へるうらみのやるかたなきにおもかけ

そひてわすれかたきにたけきこととはたゝなみたに
しつめりはゝきみもなくさめわひてはなにゝ
かく心つくしなることをおもひそめけむすへてひか
ゝしき人にしたかひける心のおこたりそといふ
あなかまやおほしすつましきこともあめれはさりとも
おほすところあらんとおもひなくさめて御ゆなと
をたにまいれあなまかゝしやとてかたすみによりゐた
りめのとはゝきみなとひかめるこゝろをいひあはせつゝ
いつしかいかておもふさまにて見たてまつらむとし
月ころをたのみすくしいまやおもひかなふとこそ
たのみきこえつれ心くるしきことをもものゝはしめにみるかな

あれなとおなくは人あまもいとおしかれをいはく
かくされてひるはひめもすいをのみねくらしよるは
すくよかにおき井てすゝのゆくゑもしらすなりにけりとて
なりぬとて手をおしすりてあふき井たりてしにあ
はめられて月よにいてゝきやうたうするものはやり
水にたふれいりにけりよしあるいはのかたそはにこし
をもつきそこなひてやみふしたるほとになんすこし
ものまきれけるきみはなにはのかたにて御はらへして
給ひてすみよしにもたひらかにていろ〳〵のく
わんはたし申へきよし御つかひして申させ給ふ
にはかにところせくてみつからはこのたひえまうて

たまへることなる御せうえうなくていそきいり
給ひぬ二条の院におはしましつきてみやこの人も
御ともの人もゆめの心ちしてゆきあひよろこひなき
もゆゝしきまてたちさはきたり女きみもかひな
きものにおほしすてついのちうれしくおほさる
らんかしいとうつくしけにねひとゝのほりて御もの
おもひのほとにところせかりし御くしのすこしへかれ
たるしもいみしうめてたきをいまはかくてみるへき
そかしと御心おちゐるにつけてはまたかのあかすわ
かれし人のおもへりしさま心くるしうおほしやら
るなをよとゝもにかゝるかたにて御心のいとまそ

なをさやかの人のことゝもなときこえいてたまへれ
は思いてたる御けしきあさからす見ゆるをたゝならす
や見たてまつり給らんわさとならす身をはおもはすなとほのめかし
なとかの見えし給もをかしうらうたく思ひきこえ
給かつ見るにたにあかぬ御さまをいかてへたてける年
月そとあさましきまておもほすにとりかへし世中もいとうらめしうなん
ほとなくもとの御くらゐあらたまりてかすよりほかのあら
たまはりてかすよりほかの権大納言になり給つきつきの人
もさるへきかきりはもとのつかさかへし給はり世にゆるさる
ゝほとかれたりし木の春にあへる心ちしていと
めてたけなりめしありてうちにまいり給御前にさ

おもひなよねひまさりていかてさる物むつかしき
すまゐにとしへたまひつらんとみたてまつる女房
なと院の御時さふらひておいしらへるともは
かなしくていまさらになきさはきめてきこゆうへも
はつかしうさへおほしめされて御よそひなとひきつくろ
ひていておはします御心ちれいならて日ころへさせ給ひ
けれはいたうおとろへさせ給へるを昨日けふそすこし
よろしうおほされける御ものかたりしめやかにありて夜
にいりぬ十五夜の月おもしろうしつかなるにむかし
の事かきくつしおほしいてられてしほたれさせ
給ものこゝろほそくおほさるゝなるへしあそひなとも

むかしきゝしものゝねなともきかてひさしうなりにける
かなとのたまはするに
　わたつみにしなえうらふれひるのこの
あしたゝさりしとしはへにけりときこえ給へはいとあ
はれに心はつかしくおほしなされて
　みやはしらめくりあひけるときしあれは
わかれしはるのうらみのこすないとなまめかしき御あり
さまなり院の御ためには八講おこなはるへきこと
まついそかせ給春宮を見たてまつり給にこよなくお
よすけさせ給てめつらしとおほしよろこひたるをかき
りなくあはれと見たてまつり給御さえもこよなく

まさらせ給てよをたもたせ給はんにはゝかりあるまし
く見えさせ給入道の宮にも御心すこし
のとめて御たいめんなるにもあはれなることもあ
らむかしまことやかのあかしにはかへるなみにつけて
御ふみつかはすひきかくしてこまやかにかき給めり
なみのよる／＼いかに
なけきつゝあかしのうらにあさきりの
たつやと人をおもひやるかなかのそちのむすめの
五節あいなく人しれぬものおもひさめぬる心ちし
てまくなき（蠓　瞬）つくらせてさしをかせたり
すまのうらに心をよせしふな人の

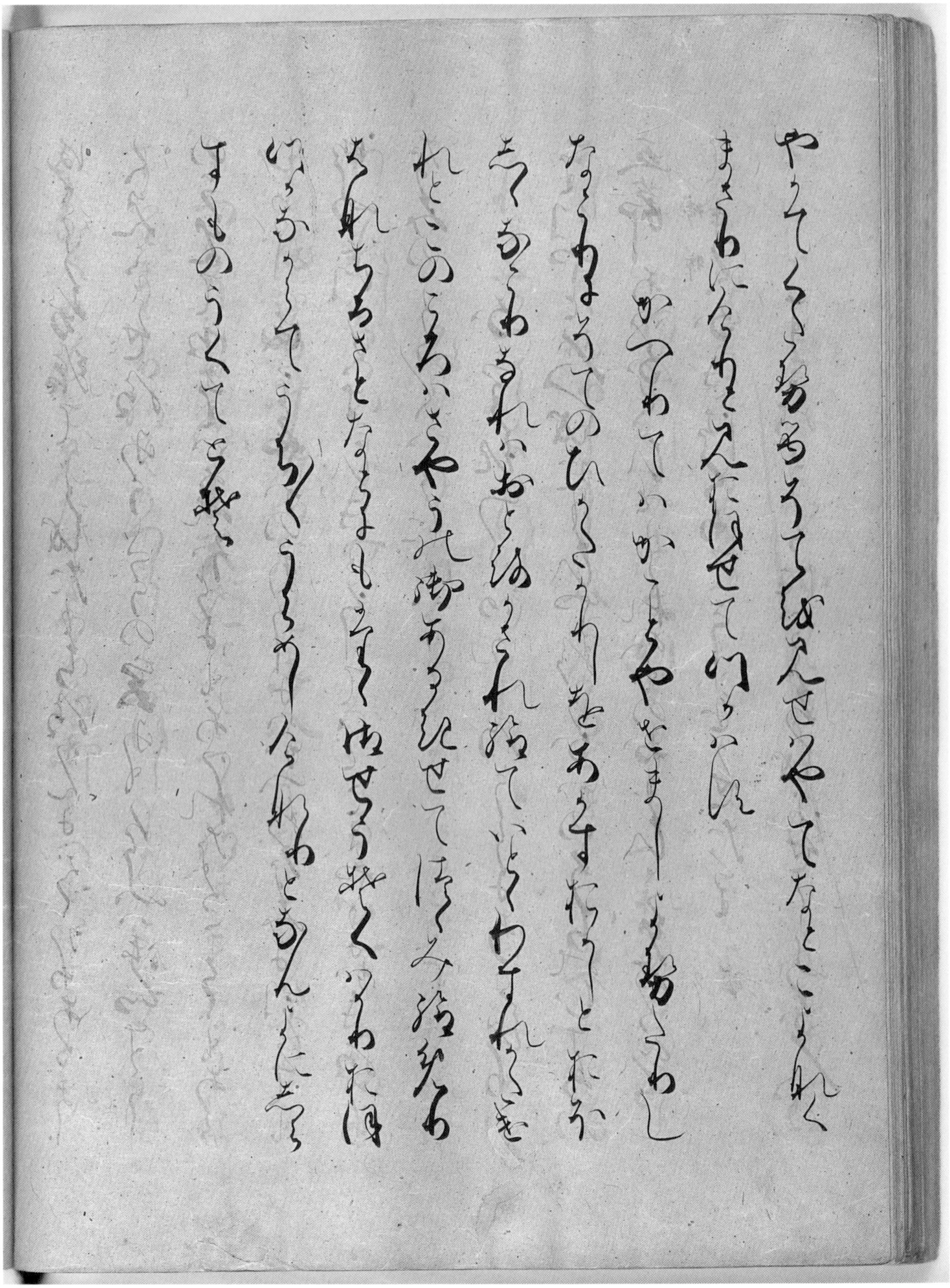

やうてくゝ給ふるうてはえせつやてなとこそあれく
まさるにくちえたはせていかはれ
かつはていかてちやさましいふかはし
なかはまうてのひとくわしきあらすたゝしとおほ
えてあはれはおとろかされ給ていとゝわすれかたき
れとこのころはさやうの御ふるまひせてはゝみ給めり
なれちるさとなとよもたゝ御せうそこつわたは
はなかうてうちくうらめしくなれわとあんしにて
すものうくてとそ

書誌的事項解説

岡嶌偉久子

第四・五冊の書誌的事項

第二巻所収の、第四冊（紅葉賀・花宴・葵巻）・第五冊（賢木・花散里・須磨・明石巻）について、各巻個別の書誌的事項及び注記を記しておく。

第四冊（紅葉賀・花宴・葵巻）　合綴冊

表紙外題　中央打付書「光源氏第四　裳美□能賀」

全十八折

1　紅葉賀（基幹巻　鎌倉期写）

料紙の現状について

全六折（第四冊の第一―六折）

各折共に三紙。

第一折の三紙六丁は、第一丁が見返しとして表紙裏面に貼付、第二丁が遊紙、第三丁以下が墨付本文。以下、第六折第三丁裏までが墨付で、本文は計三十一丁。第六折第四・五丁が遊紙。第六丁は本来後見返しとして貼付されていたもの。現在は遊紙第三丁となっているが、その裏丁小口には、もと貼られていた後表紙の折り返しの一部（濃縹色紙片・僅かな金銀箔）が付着残存している（74頁参照）。

字高と一行字数

字高　二六・五―二七・〇糎

一行字数　およそ十九―二十一字

注記

・後補の貼付紙箋

なし。

2　花宴（基幹巻　鎌倉期写）

遊紙内題　中央打曇紙題簽「光源氏第五　花宴」

料紙の現状について

全三折（第四冊の第七―九折）

第一・二折（第四冊第七・八折）は各三紙。第三折（第四冊第九折）は二紙。

第一折の三紙六丁の内、第一丁は本来見返しとして表紙裏面に貼付されていたもの。現在は白紙（遊紙）第一丁となっているが、その表丁小口には幅一・五糎ほどの糊痕と、もと貼られていた表紙折り返しの一部（濃縹色紙片）が付着残存している（75頁参照）。第二丁は遊紙、その表中央には巻名を記した打曇紙題簽が貼付されている。第三丁以下が墨付本文。以下、第三折の第二丁表までが墨付で、本文は計十二丁。同折第三丁が遊紙。第四丁は、もと後表紙の見返しとして貼付されていたもの。現在は遊紙第二丁となっているが、その裏丁小口には、もと貼られていた後表紙の折り返しの一部（濃縹色紙片・銀箔）が付着残存（106頁参照）。

字高と一行字数

字高　二六・〇―二六・三糎

一行字数　およそ十八―二十二字

注記

・後補の貼付紙箋

なし。

・料紙の水濡痕について

後遊紙から遡って本文第八・九丁あたりまで、小口寄り中央部、及び地余白に水濡痕が続く。

3 葵（基幹巻　鎌倉期写）

遊紙内題　中央打曇紙題簽「光源氏第六　あふひ」

料紙の現状について

全九折（第四冊の第十―十八折）

第一折（第四冊第十折）と第三折（第四冊第十二折）とが各二紙。第三折は二紙ではあるが、本文は続いており落丁ではない。第二・四―九折（第四冊第十一・十三―十八折）は各三紙。

第一折の二紙四丁の内、第一丁は本来見返しとして表紙裏面に貼付されていたもの。現在は白紙（遊紙）第一丁となっているが、その表丁小口には、もと貼られていた表紙折り返しの一部（濃縹色紙片）が僅かに付着残存（107頁参照）。第二丁は遊紙、その表中央には巻名を記した打曇紙題簽が貼付されている。第三丁以下が墨付本文。以下、第九折第六丁表までが墨付で、本文は計四十八丁。同第六丁裏は後表紙裏に貼付されており、墨付最終のこの第六丁表が、そのまま後見返しとなっている。

字高と一行字数

字高　二七・〇糎

一行字数　およそ十八―二十三字

注記

・後補の貼付紙箋

なし。

第五冊（賢木・花散里・須磨・明石巻）　合綴冊

表紙外題　中央打付書「光源氏第七　沙賀幾」

全二十五折

1　賢木（後補巻　室町前期写）

料紙の現状について

全九折（第五冊の第一―九折）

第一―八折は各三紙。第九折は一紙。

第一折の三紙六丁は、第一丁が見返しとして表紙裏面に貼付、第二丁が遊紙、第三丁以下が墨付本文。以下、第九折第一丁裏までが墨付で、本文は計四十七丁。第九折の残一丁は、もと後表紙の見返しとして貼付されていたもの。現在は遊紙となっているが、その裏丁小口には、もと貼られていた後表紙の折り返しの一部（銀箔）が僅かに付着残存（308頁参照）。

字高と一行字数

字高　二六・〇糎

一行字数　およそ十九―二十五字

注記

・後補の貼付紙箋

なし。

2　花散里（基幹巻　鎌倉期写）

遊紙内題　中央打曇紙題簽「光源氏第八　花散里」

料紙の現状について

全二折（第五冊の第十・十一折）

第一折（第五冊第十折）が三紙。第二折（第五冊第十一折）が一紙。

第一折の三紙六丁の内、第一丁は本来見返しとして表紙裏面に貼付されていたもの。現在は白紙（遊紙）第一丁となっているが、その表丁小口には、もと貼られていた表紙折り返しの一部（濃縹色紙片・僅かな金銀箔）が付着残存（309頁参照）。第二丁は遊紙、その表中央には巻名を記した打曇紙題簽が貼付されている。第三丁以下が墨付本文。以下、第二折第一丁裏までが墨付で、本文は計五丁。同折第二丁は、もと後表紙の見返しとして貼付されていたもの。現在は遊紙となっているが、その裏丁小口には、もと貼られていた後表紙の折り返しの一部（濃縹色紙片・僅かな金銀箔）が付着残存（324頁参照）。

字高と一行字数

字高　二六・五糎

一行字数　およそ十七―十九字

注記

・後補の貼付紙箋

なし。

・料紙水濡痕について

巻を通して綴目下方に水濡痕。

3　須磨（基幹巻　鎌倉期写）

遊紙内題　中央打曇紙題簽「光源氏第九　須麻」

料紙の現状について

全七折（第五冊の第十二―十八折）

本来は各折共に三紙。ただし現状では、第四折（第五冊第十五折）の内側一紙、第六折（第五冊第十七折）の外側一紙の脱落がある。従って、第一―三・五・七折（第五冊第十二―十四・十六・十八折）が各三紙、第四・六折が各二紙（左図参照。影印本文では、第四折の脱落一紙［二丁］の箇所［365・366頁］、第六折の脱落一紙［二丁］の箇所［383・384／393・394頁］に各白紙を挿入してその旨を示した）。

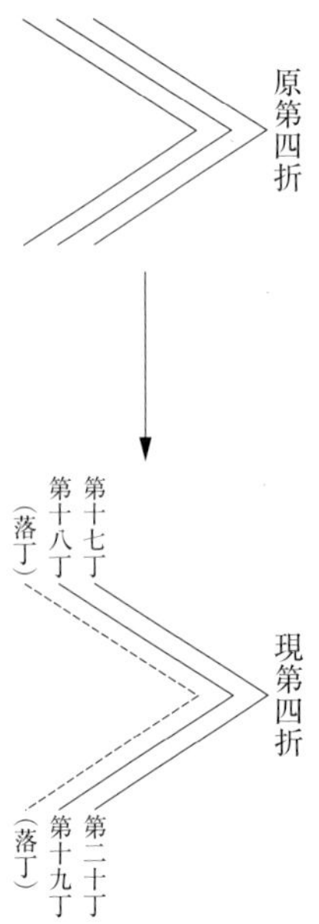

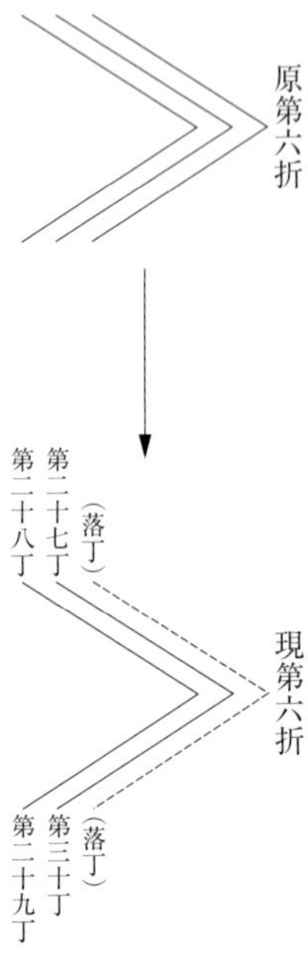

第一折の三紙六丁の内、第一丁は本来見返しとして表紙裏面に貼付されていたもの。現在は白紙（遊紙）第一丁となっているが、その表丁小口には、もと貼られていた表紙折り返しの一部（濃縹色紙片・金銀箔）が付着残存（325頁参照）。第二丁は遊紙、その表中央には巻名を記した打曇紙題簽が貼付されている。第三丁以下が墨付本文。以下、第七折第四丁表までが墨付で、本文は計三十四丁。同折第五丁は遊紙。第六丁は、もと後表紙の見返しとして貼付されていたもの。現在は遊紙となっているが、その裏丁小口には、もと貼られていた後表紙の折り返しの一部（濃縹色紙片・金銀箔）が僅かに付着残存（406頁参照）。

字高と一行字数

字高　二六・五―二六・八糎

一行字数　およそ二十一―二十九字

注記

・後補の貼付紙箋

　左記の四箇所。

①「けんし」26ォ（5―6行間［白色楮紙］）
②「かなしき事」27ォ（4―5行間の天余白［白色楮紙］）
③「かんきん也」28ゥ（7―8行間［白色楮紙］）
④「まれにもの心」28ゥ（9―10行間［白色楮紙］）

当巻にも、帚木・若紫巻と同じくかつては多くの貼付紙箋があったようで、その剝がれた痕、及び紙箋断片の残存箇所が処々に見受けられる。

・料紙の水濡痕について

後遊紙から遡って本文第三十一丁あたりまで、天余白中央部に水濡痕が続く。

4　明石（後補巻　室町前期写）

遊紙内題　中央打曇紙題簽「光源氏第十　明石」

料紙の現状について

全七折（第五冊の第十九―二十五折）

本来は各折共に三紙。ただし現状では、第四折（第五冊第二十二折）の内側一紙が脱落、従って第四折のみ二紙四丁（左図参照。影印本文では、脱落一紙［二丁］の箇所［447・448頁］に白紙を挿入してその旨を示した）。

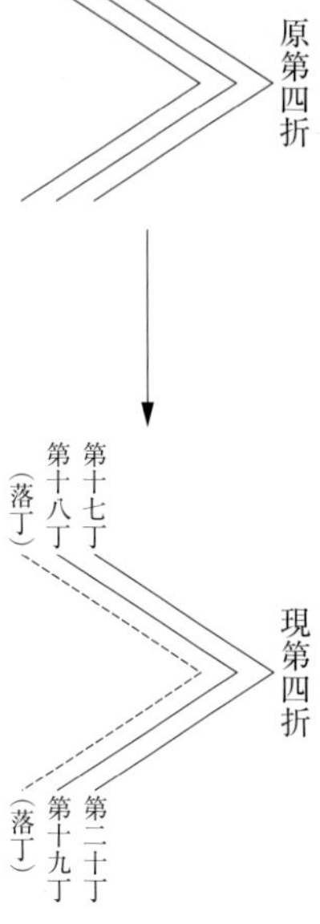

第一折（第五冊第十九折）の三紙六丁の内、第一丁は本来見返しとして表紙裏面に貼付されていたもの。現在は白紙（遊紙）第一丁となっているが、その表丁小口には幅一・五糎ほどの糊痕がある（407頁参照）。第二丁は遊紙、その表中央には巻名を記した打曇紙題簽が貼付されている。第三丁以下が墨付本文。以下、第七折（第五冊第二十五折）の第四丁裏までが墨付で、本文は計三十六丁。同折第五丁が遊紙。第六丁は後表紙の見返しとして貼付。

字高と一行字数

字高　二六・〇糎

一行字数　およそ十九―二十五字

注記

・後補の貼付紙箋

なし。

【書誌的事項解説】

天理大学附属天理図書館稀書目録室長
岡嶌偉久子（おかじま いくこ）

尾州家河内本源氏物語　第二巻　紅葉賀・花宴・葵・賢木・花散里・須磨・明石

2011年4月25日　初版発行　　定価（本体28,000円＋税）

原本所蔵
監　修　名古屋市蓬左文庫
〒461-0023 愛知県名古屋市東区徳川町1001

発行者　株式会社　八木書店
代表　八木壮一
〒101-0052 東京都千代田区神田小川町3-8
電話 03-3291-2961〔営業〕・2969〔編集〕
Fax 03-3291-6300
Web http://www.books-yagi.co.jp/pub

製版・印刷　天理時報社
製　　本　博勝堂

第2回配本　ISBN978-4-8406-9342-4